Bella Q.

Das Lächeln der Fatima

Originalausgabe – Erstdruck

Bella Q.

Das Lächeln der Fatima

Celle-Krimi № 2

Schardt Verlag Oldenburg

Bibliographische Information der Deutschen Bibliothek:

Die Deutsche Bibliothek verzeichnet diese Publikation in *Der Deutschen Nationalbibliografie*; detaillierte bibliographische Daten sind im Internet über *http://dnb.ddb.de* abrufbar.

Photograph des Titelbildes: Jürgen Schwörer

1. Auflage 2008

Schardt Verlag
Uhlhornsweg 99a
26129 Oldenburg
Tel.: 0441-21779287
Fax: 0441-21779286
Email: schardtverlag@t-online.de
www.schardtverlag.de
Herstellung: Fuldaer Verlagsanstalt

ISBN 978-3-89841-361-9

Prolog

Das geschäftige Treiben, das tagsüber die barocken Gemächer der alten Gemäuer des Schlosses und den Schloßpark mit Stimmen und Schritten lebendig erhielt, war einer beinahe gespenstischen Stille gewichen. Die Geräusche des Tages waren verstummt.

Jetzt hörte man nur noch das fast lautlose Dahinziehen des Wassers, das sich wie eine dunkle, schwarzgrüne Schlange im Schloßgraben wand und nur hin und wieder durch ein gelegentliches Blubbern preisgab, daß sich Leben darin befand. Zwischen den Gräsern des Ufers und auf den weiten Rasenflächen des Schloßgartens sah man Enten, die tagsüber schnatternd über den Graben zogen, im weißen Mondlicht ruhen. Einige wenige Spaziergänger gingen mit ihren Hunden durch die beginnende Dunkelheit und unterbrachen mit ihren Schatten die fahlen Lichtkegel der Straßenlaternen und das strahlende Licht, das die Wände des Schlosses erhellte.

Wie eine alternde Prinzessin, die vergeblich auf ihren Liebsten wartet, lag die im Stil der Weserrenaissance erbaute Celler Residenz majestätisch erhaben auf dem höher gelegenen Teil des Parks, umgeben von den dumpfen Geräuschen der Stadt, einem Autohupen oder einem Ruf, Geräusche, die die barocke Prinzessin nie wirklich zu erreichen schienen.

Bald jedoch war die Vorstellung des Schloßtheaters zu Ende, und ein letztes Aufbäumen von Leben würde durch die alten Gänge schwingen, den großen, mit rotem Teppich ausgelegten Theateraufgang mit leisem Murmeln, Lachen und trippelnden Schritten erfüllen, bevor sich die Prinzessin wie jede Nacht wieder einsam und allein auf ihrem Lager niederlassen würde.

Einzig aus dem schmalen Treppenhaus, das hinter den Kulissen lag, den Garderoben und besonders dem Theaterkeller war pralles menschliches Dasein zu vernehmen, und das oft bis tief in die Nacht.

Hier unten war der Treffpunkt, der sowohl vom Ensemble und den Angestellten des Hauses, als auch von Besuchern zu einem schnellen Update oder einem intensiven Austausch genutzt wurde.

Unzählige klein- und großformatige Schwarzweißphotos, die die Geschichte des Theaters und dessen Aufführungen festhielten, hingen an den weiß gekalkten Wänden. Allesamt Werke der Theaterphotographen. Im hinteren Gewölbeteil, der Spielerecke, konnte man den großen Kaspar Grimm in seiner letzten Rolle als eingebildeten Kranken von Moliere sehen. Viola von Ameln, die schon lange nicht mehr spielte, hing als Gretchen in der berühmten Faust-Inszenierung direkt neben dem Publikumseingang, und der damals noch junge Otto Schneeweiß, in seiner ersten großen Rolle als Mercutio in Romeo und Julia von Shakespeare, zierte die Wand gegenüber des Tresens. Sie alle sahen auf die Menschen, die im Keller ein und aus gingen – auf Pappe gebannte Wächter, die die Mauern hüteten, die Geschichten, die Geschichte. Was hatte das Theater für bewegte Jahre, ja Jahrhunderte hinter sich! Bereits im sechzehnten Jahrhundert war in den Hallen Hofmusik aufgeführt worden. Wir wissen von Aufführungen des Balletts Die Triumphierende Liebe umgeben mit sieghaften Tugenden, das 1653 aufgeführt wurde anläßlich der Hochzeit des Herzogs Christian Ludwig im Rittersaal des Schlosses. Damals waren schon Künstler aus ganz Norddeutschland dabei. Später dann gab es eine französische Truppe, die in Celle und Hannover spielte. Ab 1690 wurde eine italienische Truppe verpflichtet, die commedia dell'arte zu spielen. Es wurden kleine Singspiele und Opern aufgeführt, jedoch nur für die höfische Gesellschaft. Erst Ende des achtzehnten Jahrhunderts wurde das Theater auch für die bürgerlichen Stände geöffnet. Nach Jahren spärlichen Betriebes wurde es 1890 geschlossen und verfiel. Erst 1935, mit den technischen Möglichkeiten des zwanzigsten Jahrhunderts versehen, begann wieder eine neue, beständigere Spielära.

Und was war heute? Ein Haus, das um Gelder und Besucher gleichermaßen kämpfen mußte, ein Haus, das einerseits der Tradition verpflichtet war und andererseits der Neuzeit gerecht werden wollte. Ein Haus, das die Kluft zwischen Kultur und Kommerz bewältigen mußte.

Doch was sollte man denn heute unter Kultur verstehen? Sollte man dem Glauben schenken, was der neue Vorstandsvorsitzende des Schloßtheaters bei seiner Antrittsrede in den Raum stellte? Der meinte in seiner Rede, die Definition in der Kulturgeschichte der Menschheit sei ein Klacks dagegen, wie heute Kultur beschrieben würde. Nach William James Durant, einem amerikanischen Philosophen, sei Kultur soziale Ordnung, welche schöpferische Tätigkeiten begünstige. Sie beginne, wo Chaos und Unsicherheit endeten. Neugier und Erfindungsgeist würden frei, wenn die Angst besiegt sei, und der Mensch aus natürlichem Antrieb dem Verständnis und der Verschönerung des Lebens entgegenschreite. Ha!

Was war Kultur heute denn? Ein Spagat, nichts als ein Spagat! Es wurde ja von Tag zu Tag schwieriger, allen und jedem gerecht zu werden: dem Publikum, der Politik, der Religion, der Moral, der Kasse, der Klasse.

Die Stimmung des künstlerischen Ensembles und der Mitarbeiter war gespannt. Pro Spielzeit wurden im großen Haus zehn Stücke herausgebracht, im Malersaal, auf der kleinen Perfomancebühne, etwa sechs bis sieben. Und doch waren von mehreren Kollegen die Verträge für die neue Spielzeit nicht verlängert worden. Wie sollte man spielen, wenn die Rollen nicht besetzt werden konnten, die political correctness die Hände band, die handwerklichen Betriebe gedeckelt und die Zuschüsse für die Förderung auf Eis gelegt wurden? Die Angst war keinesfalls besiegt.

1.

Erleichtert trat Amandus Schön durch den hinteren Ausgang des Theaterkellers, ging über den Vorplatz und den kleinen Rasenwall hinauf in den Schloßpark und sah verzagt in den sich allmählich verdunkelnden Himmel. Ungeduldig zündete er sich eine Zigarette an und inhalierte tief, so tief, daß er meinte, er könne den Rauch selbst im kleinen Zeh noch spüren. Die Pause, fernab aller Kollegen, tat ihm gut. Der Abend hatte es bislang wirklich in sich. Erst hatte er während der Aufführung einen Hustenanfall nach dem nächsten bekommen, dann hatte er sich dauernd versprochen und flehte jedesmal stumm zum Himmel, daß die Intendantin, Käthe Kuss, gnädig darüber wegsehen würde.

Aber dann ging es ja erst richtig los. Kalliope, dieses liebeswütige Weib, wollte, kaum daß sie hinter der Bühne verschwunden waren, wissen, ob Ruben bei ihm aufgetaucht sei. Dabei hatte er, Schön, nicht einmal gewußt, daß der Junge Ruben hieß. Und schließlich ging's um dieses verdammte Geld, das sie ihm partout nicht ausleihen wollte und das Käthe Kuss aber unbedingt wieder brauchte. Er war auch zu blöd! Was mußte er sich ausgerechnet an den Spendengeldern zu schaffen machen? Und alles nur, damit dieser kleine Bastard ihn in Ruhe ließ.

Schön sog heftig an der Zigarette. Seine Hände zitterten, und er wußte nicht, ob es von der kühlen Luft kam, da er keine Jacke, sondern nur ein leichtes weißes Hemd über der Hose trug, oder von der Unruhe, die ihn heute abend fast panisch machte. Es wuchs ihm alles über den Kopf. Am liebsten wäre er abgetaucht. Mal für einige Wochen weg sein, überlegte er, in die Karibik abhauen oder wenigstens an die Nordsee. Nervös kaute er zwischen zwei Zügen an seinem linken Daumen, der, wie er befand, aussah, als hätte er gerade eine Hungersnot hinter sich gebracht.

Und er mußte endlich mit dem Grasrauchen aufhören. Für so etwas bist du allmählich wirklich zu alt, Schön, schimpfte er innerlich, irgendwie mußt du anders aus der Nummer wieder rauskommen. Er fuhr sich fahrig durch seine aschblonden, kinnlangen Locken. Doch das Geld war weg, da war er sich sicher.

Er hatte dem Jungen Geld angeboten, damit er wieder nach Berlin zurückging und sich am besten nie wieder blicken ließ. Der hatte das Geld genommen, zweieinhalbtausend Euro, und dann gemeint: „Du kannst dich von deiner Vaterschaft nicht einfach freikaufen. Aber danke.“

Schön hatte ihm daraufhin die Tür vor der Nase zugeschlagen und ihm einige derbe Flüche hinterhergeschickt. Das war vor etwa zwei Wochen gewesen. Seitdem hatte er ihn nicht mehr gesehen.

Schön versuchte sich Rubens Gesicht in Erinnerung zu rufen. Er sah gut aus, sein Sohn, genau wie er selbst. Die gleichen weichen Locken, die gleichen blauen Augen. Nur Ruben war etwas größer als er, vielleicht fünf Zentimeter? Er schätzte ihn auf gut einsfünfundachtzig. Und Ruben war eindeutig athletischer gebaut als er. Schön hatte eher den zarten Körperbau seines Vaters abbekommen, während Ruben offensichtlich Kalliopes stämmigeren Gene geerbt hatte.

Irgendwann holte die Jugend jeden ein, und jeder wird für seine Sünden bestraft, überlegte Schön ärgerlich und ließ seinen Blick über die weiten Flächen wandern. Er mochte die alten Bäume, die knorrig seit Hunderten von Jahren dort standen, er kannte das Geheimnis um den Roten Gang zwischen Schloß und Stadtkirche, um dessen Eingang kaum ein Mensch noch wußte, er liebte die Sonnenstrahlen, die im Sommer auf dem Wasser tanzten, die fahlen Lichtstreifen, die jetzt die Wege säumten. Als Kind war er hier im Sommer oft zum Fröschesuchen unterwegs gewesen, im Winter hatte er sich manchmal zum Rodeln verabredet, obwohl selten Schnee lag. Aber er hatte seine Schlittenkufen so präpariert, daß sie auch die Hügel hinabglitten, wenn sie mehr Gras als Schnee als Unterlage hatten. Einmal wäre er dabei beinahe ertrunken, als sein Schlitten von der Bahn abkam und einfach auf den Graben zusteuerte. Es war purer Zufall, daß seine Mutter gerade vom Markt zurückgekommen war und den Weg nach Hause durch den Park nahm, und dabei zusah, wie er in den Graben fuhr. Sie hatte ihre Einkaufstaschen einfach fallengelassen und war ihm hinterhergesprungen.

Schön sog an seiner Zigarette, so daß die Spitze rot aufglomm und wie ein Wegzeichen die grauen Pflastersteine unter seinen Füßen für den Bruchteil einer Sekunde erhellte. Seine Mutter hatte sich bei seiner Rettung eine Lungenentzündung geholt, drei Wochen später war sie tot. Seitdem hatte Schön ein pathologisches Verhältnis zu Schnee und Wasser. Er war nie wieder gerodelt. Sein Vater hätte ihn umgebracht. Aber das würde er eh eines Tages tun. Da war er sich ziemlich sicher. Alles eine Frage der Zeit, dachte er manchmal. Sein Vater hatte ihm den Tod seiner Mutter nie verzeihen können. Seine restliche Kindheit war die Hölle auf Erden gewesen, gespickt mit täglicher harter Prügel, Essensentzug und wochenlangen Hausarresten. Bertold-Maria Schön, sein Vater, war durch dieses Ereignis der Teufel in Person geworden. Doch das wußte in der Trift, wo er aufgewachsen war, wohl kaum mehr jemand. Wieder zog Schön an der Zigarette und sah gleichzeitig mit verzagter Miene noch einmal in den aschgrauen Himmel, als würde er dort eine Lösung all seiner Probleme entdecken. Er seufzte tief. Der rechte Daumen, stellte er nun fest, sah kaum besser aus als der linke. Schön schüttelte den Gedanken an seine Kindheit ab.

Denn einen Lichtblick heute gab es noch. Er würde gleich wieder hineingehen, das Stück ging weiter, und er mußte in der ersten Szene nach der Pause spielen. Genau wie die kleine Türkin, die seit einigen Monaten zum Ensemble gehörte. Sie war, wie er, stets überpünktlich in der Seitenbühne zu finden. Schön suchte ihre vibrierende Nähe wie ein herrenloser Hund einen neuen Besitzer sucht. Seine Lieblingsszene dieses Stückes stand unmittelbar bevor. Er konnte Betül Ceylan darin ganz nahe sein. Sie küssen. Umarmen. Ganz legal. Er mußte sogar, auf Anweisung des Regisseurs.

Ein vertrautes Kratzen auf dem Weg hinter ihm hielt ihn noch zurück.

„Na, wußte ich doch, daß du noch kommst, Jeannie." Er bückte sich und streichelte ein kleines Eichhörnchen, das er im letzten Herbst mit mühevoller Hingabe und viel Ausdauer gezähmt hatte. Schön griff in seine graue Wollhose, die ihn im Schritt während der Vorstellungen pausenlos kratzte, holte eine Erdnuß hervor und bückte sich zu Jeannie hinab. „Wenn du wüßtest", sprach er zu dem kleinen Tierchen, während dieses schnell und wendig die Nuß knackte, „ich bin am Arsch. Ehrlich. Käthe will das Geld, Ruben einen Vater, wozu ich ganz bestimmt nicht tauge. Kalliope will mich für alles. Barbara will mich heiraten, ihr Vater mich erschlagen, mit Recht. Genau wie der Fuchs. Und ich will eigentlich nur die kleine Türkin."

Er seufzte, kramte weitere Nüsse aus seiner Hose, gab sie Jeannie und schloß für einen Moment die Augen. Betül Ceylan, dieses überirdische Wesen, war derzeit seine heimliche Flamme. Nicht Kalliope. Nicht Barbara. Und schon gar nicht Käthe Kuss, die er vorhin geküßt hatte, um sie zum Schweigen zu bringen, weil er das Wort Geld nicht mehr hören konnte. Er seufzte noch einmal voller Mitleid mit sich selbst. „Weißt du was, Jeannie, nimm mich mit in deine Eichhörnchenhöhle. Wie heißt das richtig? In deinen Kobel? Du bist meine einzige, wirklich wahre Freundin."

Ein leises Knirschen ließ ihn aufhorchen, und Jeannie verschwand augenblicklich auf dem nächstgelegenen Baum. Schöns Blick ging Richtung Mühlenstraße. Plötzlich, wie aus dem Nichts, tauchte Claas Fuchs, der Kostümbildner, aus der Dunkelheit vor ihm auf. Fuchs, mit einer qualmenden Pfeife im rechten Mundwinkel, einer grünen Baskenmütze auf dem kahlen Kopf und in einen Ledermantel gehüllt, der Schön an die Gestapo-Mäntel in alten Filmen erinnerte, stellte sich breitbeinig vor ihm auf, zog ihn an den Schultern hoch und sah ihm dann in die Augen. Fuchs sprach kühl und leise: „Laß die Finger von ihr. Hörst du! Sie gehört zu mir."

Schön wußte, wovon Fuchs sprach. Dieses verdammte Weib! „Es war nichts, Claas. Sie lügt“, antwortet Schön beherzt, doch er zitterte dabei noch etwas mehr.

In der linken Hand des Kostümbildners blitzte glänzendes Metall auf. Schön wurde heiß und kalt. Fuchs erwiderte gefährlich ruhig: „Ach ja? Bist du dir da sicher?“

Schön starrte ängstlich auf Fuchs’ Hand. „Ich schwöre.“

„Du schwörst? Was ist das schon wert?“

Schöns Beine juckten zwischen den Schenkeln, und er verfluchte innerlich den Älteren, weil dieser eine besondere Vorliebe für ausgesprochen unangenehm zu tragende Wollstoffe hatte, wagte es jedoch nicht, sich zu kratzen. Leise erwiderte er statt dessen: „Claas, ehrlich, beim Leben meiner Schwester.“

Fuchs sog scharf die Luft ein. „Das ist ein Wort, Amandus.“

Mit unendlich langsamen Bewegungen klappte Fuchs seinen silbernen Pfeifenstopfer auf, stocherte zweimal in seiner Olivenholzpfeife und ließ ihn dann mit einem leisen Plopp wieder in seiner Manteltasche verschwinden.

Erleichtert ließ Schön die Luft, die seine Lungen fast zum Platzen gebrachte hatte, entweichen. Er hatte wirklich gedacht, der Fuchs hätte ein Messer in der Hand gehabt. Dieser fuhr fort: „Wenn du doch lügst, Schön, dann werde ich mir Claudia vornehmen und ihr erzählen, daß du nicht nur ein lieber Bruder bist.“

Schons Schwester Claudia, die unten im Theaterkeller die Gastronomie schmiß, war der Liebling der Truppe. Nur Fuchs mochte sie nicht. Sie hatte ihn mal schnöde abblitzen lassen. Jeder sonst mochte ihre unkomplizierte Art, ihre langen blonden Haare und ihre kleine Zahnlücke zwischen den oberen vordersten Schneidezähnen. Sie war die Seele der mimischen Unterwelt, dachte Schön oft. Und seine Seele. Jeder wußte, daß Claudia sein ein und alles war. Sie durfte absolut nichts von dem geliehenen Geld erfahren. Sie wußte ja nicht mal von Ruben. Und Vater erst recht nicht. Er hatte das Geheimnis so lange bewahren können. Und nun hatte der Bengel einfach vor der Tür gestanden. Schön schüttelte deprimiert den Kopf, so daß seine Locken sanft ins Schwingen kamen, und antwortete: „Du hast mein Wort, Claas, ehrlich.“

Claas Fuchs nickte, wandte sich zum Gehen und verschwand im Finstern. Schön wurde wütend. Er würde Kalliope übers Knie legen, wenn sie noch mal verbreitete, daß sie wieder was mit ihm hätte. Aber hin und wieder hatte er im Laufe der Jahre ihrem Drängen nachgegeben, das wußte wohl auch Fuchs. Doch das war es wert, jedes einzelne Mal, denn dafür hatte Kalliope ihm ihr Wort gegeben, mit niemandem über das Kind und vor allem mit niemandem über dessen Vater zu sprechen.

Das alles war so lange her, bald zwanzig Jahre, rechnete Schön zurück. Es war ein einziger wahnsinniger Rausch gewesen damals. Er hatte Kalliope auf der Bühne stehen sehen, er, der grüne Junge vom Theaterclub, und war hin und weg, obwohl sie zehn Jahre älter war als er. Sie liebten sich. Fast ein Jahr lang. Bis sie ihm sagte, sie sei schwanger. Schlagartig war Schön von ihr geheilt. Sie hingegen konnte nie mehr von ihm lassen, obwohl sie seit Jahren mit diesem Spinner Fuchs liiert war.

Einen Moment noch lauschte er in den Park und wandte sich dann zum Schloß. Amandus Schön spielte den Perchik in Anatevka. Er mochte das Stück. Mit achtunddreißig einen Studenten zu spielen, schmeichelte ihm. Er sah sich noch mal nach Jeannie um, als er plötzlich etwas gegen seine rechte Brust prallen spürte, als hätte Jeannie ihn von ihrem Ast aus mit einer besonders harten Erdnuß bombardiert. Er zuckte zusammen und fühlte gleichzeitig ein leichtes Brennen. Verwundert sah er nach oben. Doch Jeannie war vollauf damit beschäftigt, die Nüsse, die er ihr eben noch gegeben hatte, aufzuknacken.

„Du kleines Biest, das tut man nicht“, rief er leise zum Baum hoch und stieg dann verwirrt den kleinen Weg am Wall hinab. Ihm wurde schwindelig. Schön spürte, wie seine Beine plötzlich nachgaben. Er sank auf den kalten Vorplatz nieder, direkt an der Wand hinter der Kellertür, an der Stelle, die mit einem kleinen Edelstahlschild als Parkplatz der Verwaltung gekennzeichnet war.

Was war bloß passiert? Sein Atem ging schwerer, er bekam kaum Luft. Im Liegen versuchte Schön seine Brust abzutasten und spürte etwas Feuchtes an seinen Fingern. Er hob die Hand zu seiner Nase und roch daran. „Blut“, raunte er Richtung Baum, „Jeannie! Ist das der Dank für die vielen Nüsse?“

Gleichzeitig wurde ihm bewußt, daß eine harmlose Erdnuß wohl kaum eine derart blutige Verletzung verursachen würde. Daß er angeschossen worden war, war das letzte, was Amandus Jonathan Schön dachte, bevor er ohnmächtig wurde und mit fragendem Blick erst seine vom Wandlicht beschienenen, blutig glänzenden Finger und schließlich den rotbraunen buschigen Schwanz von Jeannie, die ihm gelangweilt ihren pelzigen Rücken zugewandt hatte, betrachtete.

2.

Kalliope Jung sah ungehalten zur Wand auf. „Die Pause ist in fünf Minuten zu Ende. Zur Bühne werden gebeten: Beleuchter, Ton, Technik, Requisite ..."

Die Stimme des Inspizienten Marian Grosse hallte bis in die letzten Winkel des alten Barocktheaters. Kalliope mochte die Durchsage so wenig wie den Typen selbst, einen älteren, mittelgroßen Mann, der ewig mit randloser Brille und rabenschwarz gefärbtem, glatt gegeltem Haar durch die Gegend rannte und wie Mephisto höchstpersönlich mit freudig diabolischer Stimme das Ende der Spielpause verkündete. Sie fand ihn zu schrill, zu laut und zu undurchschaubar. Selbst nach über fünfundzwanzig Jahren, die sie nun schon im Haus spielte, hatte sie sich nie an seine Durchsage gewöhnen können und gehofft, daß Marian irgendwann mal durch eine weichere, melodischere Stimme abgelöst würde. Das war bislang leider nicht der Fall gewesen.

„... Herr Miller, Frau Jung, danach Herr Schön, Frau Ceylan ..."

„Ich komme ja gleich", brummte Kalliope. Sie war so selten allein in der Garderobe und wollte diesen kostbaren Moment noch ein klein wenig länger auskosten. Außerdem war sie noch etwas außer Atem von dem Hochzeitstanz, den sie, jüdische Ausgelassenheit demonstrierend, bevor der Vorhang zur Pause gefallen war, aufgeführt hatten. Und dann war Kalliope, von allen eigentlich nur Kal genannt, noch draußen gewesen und hatte Thai-Chi-Übungen gemacht, nur ganz kurz, zum Entspannen. Sie hatte genüßlich die schwere, süßliche Luft eingeatmet, um sich dabei von den Diskussionen zu erholen, die sie vorhin mit Schön und noch vor der Vorstellung mit Käthe Kuss hatte. Kalliope war so wütend auf alle. Die Intendantin war so hoffnungslos rückständig. Sie hatte sich die letzten Monate weder im Haus noch beim Publikum Freunde gemacht, als sie sich bei der Erstellung des letzten Spielplans weigern wollte, den konservativen Muff aus dem Programm zu nehmen, wie Kalliope das ausgedrückt hatte, und statt dessen schon wieder Anatevka spielen ließ. Für diese und einige andere Bemerkungen mußte Kalliope nun büßen. Käthe Kuss war deswegen sogar noch in die Maske gekommen und hatte Kalliope wegen einer Lappalie zusammengefaltet, einfach nur, weil sie diese nicht mochte und sie Schön Schützenhilfe geleistet hatte. Das konnte man zumindest denken. Doch Amandus hatte sie gründlich zur Weißglut getrieben. Sollte er sehen, wie er klarkommt. Der Ärger tat ihm mal ganz gut. Vielleicht würde er dann endlich mal erwachsen.

Nun saß sie in der winzigen Garderobe vor ihrem weißen Tisch und betrachtete sich kritisch im Spiegel, der dreigeteilt und so eingestellt war, daß sie sich von allen Seiten anschauen konnte. Was sie sah, machte sie nicht gerade glücklich. Ihre Stirn empfand sie als zu hoch, ihr mokkabraun gefärbtes Haar zu dick, ihre Augen zu grau. Das einzige, was Kalliope an ihrem Gesicht mochte, waren ihre feine, gerade Nase und ihr makelloser Teint. Auf ihre Haut konnte sie wirklich stolz sein. Gedankenverloren strich sie sich nun mit dem Zeigefinger über ihre rechte Wange, die dick mit Rouge bepinselt war. Die Haut fühlte sich trotz Schminke weich und glatt an, was nicht gerade selbstverständlich in ihrem Metier war. Die vielen Farben und Tinkturen in der Maske trockneten irgendwann auch die robusteste Haut aus, und die langen Proben, und die anschließenden Abende bei Zigaretten und Rotwein im Theaterkeller waren auch nicht besonders schönheitsfördernd. Obwohl ihre Haut rein war, war sie welk. Oft schon hatte sich Kalliope die letzten Jahre dabei ertappt, wie sie neidisch auf die glatte, ja in ihren Augen perfekte Haut ihrer jungen Kolleginnen starrte. Kalliope nannte sich zwar Jung, war es de facto aber nicht mehr. Sie hatte im Februar ihren achtundvierzigsten Geburtstag gefeiert. Dieser Umstand machte ihr neuerdings häufig Angst. In ihrem Beruf war man schnell aussortiert, allein wegen der Jahre, die man wie ein großes Kreuz mit sich trug.

Noch einmal kam die durchdringende Durchsage von Marian Grosse, die sie daran erinnerte, daß sie schleunigst zur Bühne zurückmußte. Sie zog sich die Lippen mit einem hellroten Stift nach und stand auf. Kalliope summte heiter vor sich hin, ihr Lieblingslied aus dem Musical: „Jente, oh Jente ach, fang einen Mann, find einen Mann ... sag ihm, ich sehn mich nach ihm ja so sehr ... ach Jente, ein Mann muß her."

Sie selbst spielte die Golde. Es war ihre Lieblingsrolle, Muff hin oder her. Sie gab ihr das Gefühl, zumindest in dieser Rolle eine wundervolle Frau zu sein.

Vor Jahren hatte sie auch mal die Jente, die Hochzeitsvermittlerin, gespielt, und vor vielen Jahren die Hodel, die sich in den Studenten Perchik verliebte. Früher bin ich auf der Bühne noch ohne Probleme als Tochter durchgegangen, dachte Kalliope Jung nun wehmütig und strich sich ihre hellgraue Schürze glatt, die einen dunkelgrauen, fast knöchellangen Wollrock bedeckte. Sie prüfte den Sitz ihrer weißen Hemdbluse, die ein wenig über ihrem üppigen Brüsten spannte. Jetzt spielte eine ganz junge, bildschöne Türkin namens Betül Ceylan die Hodel. Ein Novum im Haus. Sie hatten noch nie eine Türkin im Ensemble. Und Schön mimte den Perchik. Eigentlich war er zu alt für die Rolle. Mit achtunddreißig einen Studenten zu spielen, grenzte für Kalliopes Empfinden an Geschmacklosigkeit. Aber er hatte sich bei der Kuss durchgesetzt. Kalliope wußte auch, weshalb: Er hatte bei der was gut. Schön hatte derzeit nur Augen für die kleine Betül, und als Perchik konnte er in ihrer Nähe sein, so oft er nur wollte. Das wußten alle, auch Barbara Miller, die als jüngste Tochter Chava auf der Bühne stand und seine derzeitige Gespielin war. Und ihr Vater Noah Miller, der den Milchmann Tevje spielte, wußte es auch.

Kalliope warf noch einen letzten Blick in den Spiegel. Das schwarze Kopftuch saß etwas schief. Sie rückte es gerade. Dann trat sie zur Tür, machte das Licht in der Garderobe aus und ging durch den kleinen Flur Richtung Seitenbühne, wo sich alle Spieler sammelten. Aus zwei weiteren Türen kamen ihre Kolleginnen, um sich für den zweiten Teil der Aufführung bereitzuhalten. Es war ein Stück für viele Akteure, und entsprechend laut ging es nun auf dem kleinen, fensterlosen Flur zu.

Betül Ceylan, das jüngste Ensemblemitglied, hüpfte wie ein junges Reh vor Kalliope herum und lächelte sie selig an. „Na Kal, ist alles wieder gut?"

„Käthe Kuss ist eine alte Hexe.“

Betül schnitt eine Grimasse und nickte zustimmend.

Kalliope überlegte, daß die Intendantin im grunde noch nicht wirklich alt war, sie war erst dreiundfünfzig. Aber auch nicht mehr jung. Doch wenn die so sophisticated daherkam mit ihren einseinundsechzig, kriegte Kalliope immer Gänsehaut vor Neid. Käthe Kuss hatte Klasse – Kalliope nicht. Die Kuss trug ihre eisgrauen Haare einen halben Zentimeter lang, weswegen sie dreimal im Monat zum Friseur rannte. Geld hatte sie genug, viel mehr als die Schauspieler. Außerdem bevorzugte die Intendantin schwarze Kleidung in allen Variationen. Ihr besonderes Merkmal war allerdings die tief burgunderrote, rechteckige Lesebrille, deren Rotton exakt auf Lippenstift und Nagellack – Kalliope tippte auf Chanel rouge noir – abgestimmt war und meist auf ihren stoppelkurzen Haaren saß wie ein Krönchen. Von den Spielern wurde die Intendantin nur Bacularia, die Besenreiterin, genannt.

Betül antwortete milde: „Alte Hexe! Das stimmt, aber ich habe trotzdem die schönste Rolle bekommen.“

„Das hast du.“

Für Betül mußte der Schnitt zwischen der Theaterwelt und der Welt zu Hause ein schwieriger Akt sein, dachte Kalliope, als sie das schöne, exotisch anmutende Mädchen, das erst dreiundzwanzig Jahre alt war, betrachtete. Genau wie sie selbst damals, als sie ans Theater kam. Ein Anflug von Wehmut raunte leise durch Kalliopes Herz.

Betül sei in einer assimilierten Familie aufgewachsen und ihre Eltern sowie die fünf älteren Brüder würden sie alle unterstützen, berichtete die junge Kollegin kürzlich nach der Generalprobe von Anatevka. Nur der Älteste wäre in letzter Zeit etwas wunderlich geworden, seit er mit einer sehr strenggläubigen Muslimin verheiratet sei.

„Ich finde, es lief doch alles gut, oder?“ fuhr die Türkin nun munter plappernd fort, und Kalliope schmunzelte, weil Betül so aufgeregt war wie ein übermütiges Reh. So ungefähr lautete übersetzt auch Betüls Nachname: Bambi.

Kalliope nickte und dachte: Ceylan, das Rehchen, wie passend. Laut gab sie zurück: „Sehr gut. Und du gibst eine tolle Hodel, Betül.“

Die Kleine sah so entzückend aus. Ihr langes, dunkles Haar, wie bei Kalliope selbst von einem schwarzen Kopftuch bedeckt, kringelte sich wie feine Wolle rings um ihr Gesicht, und ihr zarter Körper steckte in einem hellgrauen Kleid, das ihre schmale Silhouette eher noch betonte und ihr das Aussehen einer Fee verlieh, obwohl sie doch nur ein armes jüdisches Mädchen darstellen sollte. Man konnte Betül in einen Kartoffelsack stecken, sie würde immer noch feengleich wirken, mutmaßte Kalliope und spürte sofort wieder Neid in sich aufsteigen. Sie dachte an ihre Rolle damals als Hodel. Da war Amandus gerade als festes Mitglied aufgenommen worden, ihre Haare noch echt dunkelbraun, ihre Maße tadellos wie bei Betül und ihre Brüste fest gewesen.

An der Seitenbühne angekommen, fragte Betül: „Sag mal, hast du Amandus gesehen?“

Doch Kalliope war gedanklich noch in die Vergangenheit abgetaucht.

„Kal? Träumst du?“

Betül blieb stehen. Kalliope faßte sich bei ihr unter und hakte nach: „Was hast du gefragt? Ach ja, Amandus. Ich nehme an, er steht noch hinten und raucht. Wie immer.“

„Dieser Mistkerl. Ich habe ihm schon hundertmal gesagt, daß ich das nicht möchte und ich mich dann weigern würde, ihn auf der Bühne zu küssen. Nach der Pause stinkt er immer fürchterlich aus dem Mund.“

Mistkerl. Ja, das war der richtige Ausdruck für Amandus Schön, dachte Kalliope. Der Geliebte Schön! Wie konnte man einen Jungen, der Schön mit Nachnamen hieß, nur Amandus taufen? Vielleicht ließ es sich damit erklären, daß sein Vater Lateinlehrer am Ernestinum, dem altsprachlichen Gymnasium, war, bis er im letzten Jahr in Pension ging. Amandus Schön war tatsächlich sein richtiger Name, kein Künstlername wie ihrer. Kalliope hieß in Wirklichkeit Beate. Aber das wußte hier im Haus sonst kaum noch einer, nur der Intendantin hatte sie es vor kurzem mal erzählt. Käthe Kuss war auch so ein unechter echter Name, dachte sie. Als würde die Kunstwelt diese ungewöhnlichen Namen vereinnahmen wie ein schwarzer Stern, der das Licht schluckt. Amandus kannte ihren echten Namen ebenfalls. Sie hatten sich einmal eine halbe Nacht darüber amüsiert, daß sie in Wirklichkeit Beate hieß. Die Glückliche und der zu liebende Schöne.

Amandus war ihr Objekt der Begierde. Ihr Geliebter, als sie noch zwanzig Jahre jünger gewesen war. Er war damals als Statist ins Haus gekommen. Sie hatten für eine Aufführung von Lessings Minna von Barnhelm Verstärkung von den Schülern aus dem Jugendclub bekommen. Es war für Kalliope damals Liebe auf den ersten Blick gewesen. Sie hatte Amandus bei den ersten Proben gesehen und stand augenblicklich meterhoch in Flammen. Ihm war es genauso ergangen. Er hatte sie schon wenige Tage später in ihrem Loft, wie sie ihre Wohnung am Großen Plan gerne bezeichnete, besucht und war hemmungslos über sie hergefallen. Obwohl er kaum achtzehn war, war er doch damals schon ein Celler Gigolo.

Mistkerl! Recht hatte die Kleine. Kalliope stampfte unwillkürlich auf, und Betül sah sie fragend an. Aber anstatt weiter über Schöns schlechte Seele nachzudenken, sagte sie: „Ich war eben ganz woanders. Er müßte eigentlich längst da sein, er kommt nie unpünktlich."

„Vielleicht ist er noch von Claudia aufgehalten worden", erwiderte Betül unruhig und machte sich von Kalliopes Arm los.

Mittlerweile hatten auch die Umstehenden, Schauspieler, Inspizient und Dramaturg, Schöns Abwesenheit zur Kenntnis genommen. „Verdammt, wir müssen anfangen", maulte Marian Grosse ungeduldig.

Kalliope Jung ging an den schwarzen Wänden entlang Richtung Bühne und hielt ihr Ohr an den schweren Vorhang. Sie hörte gedämpft die Geräusche aus dem Publikum, verhaltenes Hüsteln oder Räuspern sowie erwartungsvolles Flüstern.

„Leute, wir müssen etwas tun." Grosse scheuchte alle Richtung Seitenbühne zurück. „Ich mache eine kurze Ansage. Und ihr sucht ihn. Los!"

Der Inspizient trat geschmeidig wie ein junger Panther vor den roten Vorhang und bat das geneigte Publikum um Aufmerksamkeit: „Entschuldigen Sie bitte die kleine Verzögerung. Unser Perchik, fürchte ich, war heute schneller als wir anderen. Er ist wohl schon nach Sibirien abgereist, bevor er sich von seiner Hodel verabschieden konnte. Aber wir werden ihn ganz schnell einholen, hoffe ich."

Vereinzelte Lacher aus dem Parkett und den Logen entlarvte die Vertrautheit einiger Leute mit dem Inhalt des Musicals.

„Ich geh nach oben und sehe in der Herrengarderobe nach“, rief der Dramaturg und rannte Richtung Ausgang.

„Ich gehe hinten am Kellerausgang schauen“, keuchte Betül aufgeregt, bevor irgend jemand ihrem Eifer widersprechen konnte. Sie mußte ja ebenfalls sofort wieder auftreten. Es folgte ein großes Durcheinander, und Unruhe machte sich im gesamten Haus breit. Wo steckte dieser Perchik alias Amandus Schön nur?

Kalliope sah Betül nachdenklich hinterher, wie sie Richtung Treppenhaus verschwand. Während sie ratlos um sich sah, weil sie nicht wußte, wohin sie rennen sollte, murmelte sie: „Die süße, unschuldige Betül wirst du nicht bekommen, mein Geliebter.“

„Was hast du gesagt?“

Kalliope erschrak. Hatte sie etwa laut gesprochen? Langsam drehte sie sich zu Boris Joos um, der in einem sackähnlichen, grauen Oberteil und Pumphosen direkt hinter ihr ging. Er spielte den Schneider Mottel. Mit süßem Lächeln erwiderte sie: „Möchtest du nicht auch lieber nach Amandus suchen? Und noch was: Vergiß, was eine Lady von sich gibt.“

„Also erstens: Sorry, du bist keine Lady. Zweitens weiß ich, daß du Amandus am liebsten dreimal täglich den Hals umdrehen würdest. Und drittens ...“ Er lächelte sie frech an.

„Halt deine vorlaute Klappe, Kleiner, das ist alles pure Unterstellung“, zischte Kalliope Jung, plötzlich wütend über den Grünschnabel, und ging dann mit energischen Schritten zurück durch die schwarz getünchten Gänge Richtung Inspizientenpult, um diesem kleinen Stinktier zu entkommen. Zu dem Zeitpunkt, als sich eigentlich der Vorhang für den zweiten Teil der Vorstellung heben sollte, schlüpfte Barbara Miller alias Chava durch die Gänge zu Kalliope und flüsterte ihr ins Ohr: „Wo kann Amandus sich denn bloß hin verkrümelt haben?“

„Vielleicht mußte er noch aufs Klo“, erwiderte Kalliope unruhig.

„Kann sein, er sprach vorhin von Durchfall oder so was.“

„Er wird schon kommen“, versuchte Kalliope Barbara zu beruhigen, „an etwas anderes will ich gar nicht denken.“ Kalliope legte ihren rechten Zeigefinger über die rot nachgezogenen Lippen der jungen Kollegin.

„Er ist sonst immer überpünktlich. Er muß kommen", fügte Barbara verzagt an und schlüpfte, ohne das zustimmende Nicken der Kollegin zu bemerken, leise an dem Feuerwehrmann vorbei, der sich gerade eine Handvoll Gummibärchen in den Mund stopfte, zurück Richtung Gang. Grübelnd sah Kalliope zur Bühne. Gleich würde sie mit Noah Miller singen. „Ist es Liebe?" wird der Milchmann Tevje sie als Golde gleich fragen, und ob sie ihn liebe, obwohl sie vor fünfundzwanzig Jahren aus Gründen der Tradition geheiratet und sich vorher nicht gekannt hatten.

Sie drehte sich suchend um. Wo steckte Noah überhaupt? Der war auch noch nicht wieder erschienen. Sie ging zurück zur Seitenbühne. Im selben Moment kam Noah Miller atemlos durch die Tür. Er muß abnehmen, dachte Kalliope lächelnd, aber wenigstens ist er zur Stelle!

3.

Ihr war immer noch heiß vor Wut. Sie hätte am liebsten die nachgemachte blauweiße Mingvase, die neben ihr auf einem kleinen weißen Regal stand, zum Fenster hinausgepfeffert. Käthe Kuss starrte in die Dunkelheit, die sich vor ihrem Fenster erstreckte. Sie zählte, um sich zu beruhigen, die Bäume auf den Rasenflächen, die sich wie Skelette in den schwarzen Himmel reckten. Gleichzeitig fluchte sie wie ein zahnloser Zigeuner, der beim Stehlen von Zahnpasta erwischt wurde. „Diese Ratte!" fauchte sie an die Scheibe, die ungerührt ihre Worte verschluckte, „diese räudige Ratte. Was der sich einbildet!"

Sie sah einen Schatten im Park und drückte ihre Nase an das kühle Glas, konnte aber nichts erkennen. Sie vermutete, daß ein Spaziergänger mit seinem Hund unterwegs war. Allmählich wurde sie etwas ruhiger, doch die Hitze, die sie neuerdings auch ohne Wut in sich aufsteigen spürte, machte ihr zu schaffen. Sie fühlte sich, wie so oft in den letzten Wochen, nutzlos, als wäre ihr biologisches Verfallsdatum abgelaufen. Dabei hätte sie so gerne eine Familie gehabt.

Doch Käthe Kuss hatte keine Kinder. Es war ihr nicht vergönnt. Mit 19, ja, da war sie einmal schwanger gewesen. Doch zu dem Zeitpunkt hatte sie kein Kind gewollt. Für diesen einen, unchristlichen Wunsch hatte Gott sie zur Genüge gestraft.

Sie nahm die kleine Vase vom Regal, wog sie eine kleine Weile in ihren schmalen Händen hin und her und stellte sie schließlich wieder an ihren Platz zurück. Die Vase war ein Geschenk ihres Mannes gewesen, den sie abgöttisch geliebt und der sie mit zweiunddreißig Jahren zur Witwe gemacht hatte. Übermorgen war sein einundzwanzigster Todestag, rechnete Käthe nach, und sie sehnte sich noch immer nach ihm. Der große Kaspar Grimm war er genannt worden, bevor er sich an einem Sonntagmorgen im Neustädter Holz an einem Baum erhängt hatte, weil er schwerst depressiv war und ohne ihr Wissen einfach die Medikamente abgesetzt hatte. Käthe, siebenundzwanzig Jahre jünger als Grimm, arbeitete damals in Frankfurt an der Oper. Sie sahen sich so oft es nur ging. Doch an jenem Sonntag war sie in Frankfurt geblieben, weil ihr Vater sie gebeten hatte, mal wieder das Wochenende daheim zu verbringen. Sie haßte sich seitdem jeden Tag dafür, daß sie nachgegeben hatte und Kaspar ihr nicht einmal Lebewohl sagen konnte, bevor er zu sterben beschloß.

Wieder sah sie einen Schatten im Schloßpark, und wieder versuchte sie, diesen zu orten. Doch ihre Augen fanden niemanden, der auf den Wegen entlangging.

Bei dem Gedanken an Kaspar war die Wut auf Kalliope, weil diese Schön ständig in Schutz nahm, verflogen, stellte Käthe unbewegt fest, und statt dessen der bleiernen Trauer gewichen, die sie seit jenem Sonntag im Mai 1985 wie ein unsichtbarer Schatten Tag für Tag begleitete. Und wenn sie sie einmal vergaß, weil andere Gefühle mehr Raum forderten, kehrte die Trauer dennoch unweigerlich in ihr Herz zurück und manifestierte sich in ihr wie die Figuren an der Spieluhr früher am Eckhaus an der Schuhstraße, die sich nur zum Schlag der vollen Stunden zeigten, um sich dann wieder in das Mauerwerk zurückzuziehen.

An Käthes Wangen rannen nun Tränen hinab, die wie stumme Zeugen jenes Tages ungehört auf die feine Perlenkette auf ihrem schwarzen Seidenrolli tropften. Was hatte sie sich nur dabei gedacht, ausgerechnet an diesem Theater zu arbeiten und sich in Celle niederzulassen, wo an jeder Ecke Erinnerungen auf sie lauerten, wie zum Beispiel die Spieluhr, die Kaspar ihr an ihrem ersten gemeinsamen Wochenende in Celle mit kindlicher Freude gezeigt hatte.

„Schau mal, Kati, die Figuren. Soweit ich weiß, ist das ganz links der Schriftsteller Hermann Löns, dann kommt Hölty, in der Mitte die Dänenkönigin Caroline Mathilde, als Nächster der Stadtgründer Otto der Strenge, und die Figur ganz rechts müßte Ernst der Bekenner sein."

Und dann hatten sie andächtig der Melodie gelauscht. Es war das Lied Geh aus, mein Herz und suche Freud, geschrieben von Paul Gerhardt und vertont von einem Leipziger Pianisten. Käthe wußte das noch aus dem Musikstudium, das sie mal begonnen hatte, bevor sie auf Theaterwissenschaften umgeschwenkt war. Als die Uhr vor drei oder vier Jahren abgebaut wurde, war Käthe aufrichtig traurig gewesen. Sie hätte sie gerne gekauft, aber wovon? Sie hatte einen alten Vater zu versorgen. Statt dessen lag die Uhr nun irgendwo eingelagert und wartete auf Geld und eine Hand, die sie wieder zum Leben erwecken würde.

Genau wie sie selbst, dachte Käthe Magdalena Kuss nun. „Ach, Kaspar", flüsterte sie an das beschlagene Fensterglas und sehnte sich nach Kaspars Ratschlägen, die sie immer noch so sehr vermißte. „Was soll ich nur machen? In der nächsten Saison ist Kalliope Jung endgültig fällig, meinst du nicht auch?"

Kalliope war ihr von Anfang an ein Dorn im Auge gewesen. Das Geschmuse mit Schön, ihre freche Zunge, die sie nie in Zaum halten konnte, ihr Riecher für Dinge, die sie nichts angingen. Außerdem konnte kein Mann in Kalliopes Nähe sicher sein. Selbst Kaspar hatte sie mal angebaggert, was Käthe ihr nie verzeihen würde. Und dann noch die Sache mit den Geldern für den Verein. Und sie nahm Schön auch noch in Schutz! Eine Lappalie hatte Kalliope das vorhin genannt. Von wegen. Fremde Gelder auszugeben war in Käthes Augen unerhört, und als sie ihn vorhin darauf wieder angesprochen hatte, war ihr Kalliope, die direkt neben ihm gestanden hatte, fast ins Gesicht gesprungen.

Sie, Käthe, mußte aber die Gelder bald auszahlen. Denn nicht mal der Umstand, daß sie zur letzten Spielsaison zusammen mit dem Oberstadtdirektor Konrad Bauer einen Spendenfond für ältere und bedürftige Spieler eingerichtet hatte und dieses in der Celleschen Zeitung mit einem halbseitigen Artikel journalistisch gewürdigt wurde, konnte derzeit die Meinung des Volkes begünstigen. Sie mußte handeln, damit sie noch mehr gute Presse bekam. Das Theater brauchte eine gute Publicity. Schön mußte ihr das Geld bis übermorgen mittag geben. Das hatte sie ihm vorhin klar und deutlich zu verstehen geben.

„Willst du mir drohen?“ hatte er sie gefragt.

„Nein, aber ich werde die Polizei verständigen. Das kommt vielleicht auf das Gleiche raus.“

Dann hatte er sie einfach an sich gezogen und geküßt, was sie mit halbem Herzen, da sie schon seit so vielen Jahren ungeküßt durchs Lebens gegangen war, zugelassen hatte, bis diese liebestolle Kalliope draußen aufkreuzte, um Thai-Chi-Übungen zu machen! Käthe hatte sich aus seinen Armen gewunden und war nach einigen bösen Worten, die sie mit Kalliope und Amandus gewechselt hatte, in ihr Büro gegangen.

Plötzlich nahm sie wieder Schatten im Park wahr. Doch diesmal konnte sie auch Silhouetten sehen, die ziemlich schnell Richtung Innenstadt hasteten. Es waren zwei große, schmale Gestalten, die in den Lichtkegeln der Straßenlaternen auftauchten wie Glühwürmchen und dann in der Dunkelheit verschwanden. Die waren bestimmt auf dem Weg nach Hause und mußten zusehen, daß sie pünktlich waren. Sonst gab's vielleicht Hiebe. Käthe lächelte mitleidig bei dem Gedanken.

Und dann sah sie ganz deutlich den Kostümbildner, Kalliopes Dauerliebhaber, den Weg hinab Richtung Union schlendern. Sie erkannte ihn an seiner qualmenden Pfeife, dem alten Mantel und der Baskenmütze, die er sommers wie winters auf seinen kahlgeschorenen Schädel setzte. Wie ein Helm, fand Käthe und suchte in ihrer Jeans nach einem Taschentuch. Was machte der Fuchs bloß um die Zeit im Park?

Nachdenklich putzte sich Käthe die Nase und beschloß, nach unten zu gehen und sich auch die zweite Hälfte des Stückes in ihrer Intendantenloge anzuschauen. Sie warf noch einen Blick auf Kaspars riesiges Konterfei, das ihr über der Tür zulächelte und ihren Ein- und Ausgang in diesem Büro bewachte. Sie ging zwei Stockwerke nach unten. Unterwegs sah sie, wie die kleine Betül, ihr Glücksgriff der Saison, suchend durch die Gänge wanderte.

„Was ist? Los, du mußt gleich auf dic Bühne“, scheuchte sie Betül ungnädig, deren rechte Hand sich um den roten Handlauf des Treppengeländers krampfte. Die Türkin starrte sie stumm an. „Betül?“

„Ja, ich komme sofort“, erwiderte die Kleine schließlich brav und verschwand Richtung Keller. Käthe ging kopfschüttelnd weiter. Das Stück hatte noch nicht wieder angefangen. Sie sah eilig auf ihre Schweizer Armbanduhr, ein Geschenk Kaspars zu ihrem dreißigsten Geburtstag. Ach, war das lange her.

Leise schob sie den dunkelroten Samtvorhang vor der ersten Loge links zurück. Beinah stieß sie mit dem Regisseur Bastian Menke, diesem Hamburger Neuling, zusammen, den sie unbedingt für Anatevka haben wollte, weil er eine so furiose Presse hatte. Auch wenn er ein eingebildeter Gockel war, noch schlimmer als Amandus in seinen angeblich besten Zeiten. Aber er war so gut! Süß lächelnd sagte sie: „Hoppla.“ Menke starrte sie wortlos an, während sie noch ergänzte: „Ich schau mir gute Arbeit einfach gerne an.“

Der Gastregisseur zuckte unbeteiligt mit den Achseln und nuschelte: „Wenn es denn endlich weiter geht.“

„Was ist los? Warum die Verzögerung?“

„Amandus ist verschollen.“

„Was?“

„Der Inspizient machte eben schon eine Ansage. Ich will nach dem Rechten sehen.“

Mit diesen Worten verließ er die Loge und Käthe Kuss, die ungehalten murmelte: „Wieso hat mich niemand angerufen, um mich darüber zu informieren?“

Jetzt müßte man schon längst den schönen, kräftigen Bariton von Noah Miller hören, der sie manchmal ein klein wenig an Kaspar erinnerte. Der hatte auch eine tiefe, melodische Stimme gehabt und genau so einen dicken Bauch wie Noah, lächelte Käthe Kuss still in sich hinein. Und tapfer, wie an fast jedem Tag der letzten einundzwanzig Jahre versuchte sie, Kaspar Grimm endlich zu vergessen und sich auf ihre Aufgaben zu konzentrieren.

Sie sah noch einmal auf die Uhr. Das Stück hatte bereits fast zehn Minuten Verspätung.

Unsicher verließ sie die Loge und eilte Richtung Seitenbühne.

4.

Ausgerechnet der Intendantin mußte sie in die Arme rennen. Betül war fast das Herz stehengeblieben, und vor Schreck hatte sie auch noch vergessen, ihr zu sagen, daß Schön verschwunden war. Los, du mußt auf die Bühne, imitierte sie nun die Intendantin mit perfekter Stimme, nachdem sie sich eine Sekunde lang erholt hatte, und suchte dann weiter nach Amandus.

Die junge Türkin fuhr sich mit der linken Hand über das schwarze Leinenkopftuch, das sie der Rolle wegen tragen mußte, obwohl sie durch ihr dickes, schwarzes Haar ohnehin am gesamten Kopf leicht zum Schwitzen neigte. Auf ihrer Nase, die, um klassisch genannt werden zu können, etwas zu lang geraten war, hatten sich kleine, zarte Schweißperlen gebildet. Betül Ceylan ging rasch durch die Flure Richtung Schloßpark und hielt dabei mit der Rechten ihre hellgrauen Röcke hoch, damit sie auf dem glatten, grauen Linoleumboden nicht ins Stolpern kam. Irgendwo mußt du doch stecken, du elender Mistkerl! Sie blieb schließlich vor der Loge des Pförtners stehen und sagte ein wenig atemlos: „Haben Sie Amandus gesehen, Herr Demuth?"

„Ich hab ihn zumindest nicht reinkommen sehen. Aber jetzt, wo Sie's sagen, der ist doch viel zu spät dran."

„Danke. Deswegen suchen wir ihn ja auch schon."

Mit Schwung stieß sie die große Holztür auf, die ins Freie führte. Sie stieg die wenigen Meter hoch bis zum Weg, auf dem Amandus gern stand, und ließ ihre Augen über den Park wandern, der für Betül so aussah wie der Park, den sie sich als Kind immer für das Schloß von Dornröschen vorgestellt hatte. Ihr Lieblingsmärchen.

Betül war modern erzogen worden. Dazu gehörten die Märchen der Gebrüder Grimm genau so wie das Christkind und der Osterhase. Ihre Eltern, die beide alten alevitischen Familien aus der Provinz Adana entstammten, waren schon in Deutschland geboren worden. Ihr Großvater mütterlicherseits hatte sich als junger Angestellter in Berlin niedergelassen. Er fand Deutschland einfach aufregender als die Türkei, seit er 1951 am Kudamm eine junge Landsmännin kennengelernt hatte. Er heiratete sie vom Fleck weg. Ihre einzige Tochter, die ein Jahr später geboren wurde, war Betüls Mutter Cicek. Sie wurde eine von ihren Schülern heißverehrte Lehrerin am Berliner Konservatorium für türkische Musik, die Baglama oder auch Saz genannt, die türkische Laute und das traditionelle Begleitinstrument der Barden. Betüls Vater, der ebenfalls in Berlin aufgewachsen war, betrieb ein türkisches Nobelrestaurant. Er entstammte ursprünglich einer Bauernfamilie aus der Nähe von Yüreğir, lebte in Charlottenburg, wo auch Betül großgeworden war. Sie hatten ein schönes Haus und Bedienstete. Und Betül erlebte ihre Kindheit, zwischen den Brüdern, den Eltern und Großeltern, unbeschwert und glücklich. Doch trotz allem war ihr Leben nicht einfach. Denn Alevitin zu sein hieß Ausgrenzung.

Sie mußte oft darüber schweigen und sollte sich nicht dazu äußern, welcher Religion ihre Familie angehörte. Denn Aleviten gingen mit religiösen Vorschriften liberal um. Für viele von ihnen waren die Fünf Säulen des Islams von geringem Stellenwert, viele beteten nicht einmal. Aleviten lehnen die Scharia ab. Sie glauben einfach, daß jedem Menschen die Wahrheit innewohnt. Im Zentrum ihres Glaubens steht der eigenverantwortliche Mensch, und das Wichtigste ist ihnen das Verhältnis zum Mitmenschen, was sie in den Augen der Strenggläubigen zu Ungläubigen macht.

Eine plötzliche Sehnsucht nach ihrer Familie erfaßte Betül wie eine starke Windböe, obwohl gerade ihre beiden ältesten Brüder bei ihr in Celle zu Besuch waren. Aber große Brüder waren etwas anderes als Eltern. Und außerdem hatte sie fünf davon! Sie seufzte, von Heimweh gepackt.

Doch dann besann sie sich ihres Auftrages und schrie in die Dunkelheit: „Amandus Schön! Los, zeig dich, wir müssen rein.“ Betül sah noch einmal angestrengt in den Park, der ihr auf einmal düster erschien, aber sie konnte Amandus nirgends sehen. „Wo steckst du?“ Sie fand es nun nicht mehr witzig, daß sie den Job, nach Schön zu suchen, übernommen hatte. Plötzlich hörte sie ein Rascheln über sich. „Jeannie? Bist du es?“

Jeder vom Ensemble kannte Jeannie, das Eichhörnchen. Wie oft hatten sie alle zugesehen, mit welcher Engelsgeduld Schön das kleine Tier immer wieder mit Nüssen, getrockneten Pilzen und Sonnenblumenkernen gefüttert hatte und es ihm irgendwann aus der Hand fraß. Das war Betüls erster Herbst in Celle gewesen, es war ein Dreivierteljahr her. Er hatte das junge, verängstigte Tier im Park aufgelesen, es hochgepäppelt und dann wieder in die Freiheit entlassen. Und seitdem kam es Abend für Abend vor die Tür des Kellers, um sich Nüsse abzuholen.

Betül entdeckte Jeannie auf ihrem Baum. „Weißt du, wo er steckt?“

Jeannie sah sie mit dunklen Knopfaugen an und verschwand dann zwischen den Ästen, die endlich ihr üppiges, ja saftiges Grün verströmten.

„Dann eben nicht.“ Betül drehte sich um, wild entschlossen, wieder hineinzugehen. Da sah sie jemanden zusammengekrümmt an der Schloßwand liegen. Vorsichtig ging sie näher ran. Betül wich zurück, als sie feststellte, daß die dunklen Flecken auf dem weißen Hemd der Person offensichtlich von Blut stammten.

„Amandus?“ flüsterte sie. „Amandus? Was ist passiert?“ Doch Schön antwortete nicht. Einen Augenblick stand sie stumm vor Schreck vor ihrem Kollegen, bevor es allmählich wieder in ihr zu arbeiten begann. Sie suchte seinen Puls, den sie unter ihren Fingern ganz leicht pochen fühlte, sanft wie eine Feder im Wind. Dann hielt sie ihr linkes Ohr an seinen Mund. Der Atem war kaum wahrzunehmen.

Betül sprang auf. „Du brauchst einen Arzt, warte, ich komme gleich zurück.“ Mit gerafften Röcken rannte sie kopflos, ohne den erstaunten Pförtner zu beachten, zurück durch die Gänge des Theaters und schrie: „Ein Arzt, ein Arzt, er braucht einen Arzt.“

Claudia Schön, Amandus’ Schwester, hörte sie offensichtlich als erste, denn sie kam aus dem Keller hochgeschossen. „Was ist?“

Betül schüttelte nur mit ihrem Kopf und keuchte: „Hast du ein Handy da? Ruf den Notarzt, schnell.“

Sie beobachtete verzweifelt, wie Claudia mit fahrigen Bewegungen ein Handy aus der Gesäßtasche ihrer engen Bluejeans zog und mit dem linken Zeigefinger eins eins zwei eintippte. Claudia reichte Betül, nachdem sie das Freizeichen hörte, wortlos den Hörer.

„Ja? Hallo? Ist dort der Notarzt? Wir brauchen einen Arzt im Schloßtheater. Ein Mann liegt bewußtlos am Boden. Sein Hemd ist voller Blut. Ganz viel Blut! Und der Puls ist schwach. Fahren Sie rechts um das Schloß herum. Schnell. Danke.“ Sie legte auf und gab Claudia das Handy zurück.

„Was ist denn los?“ Claudia sah sie ängstlich an. Ihre vollen Lippen bebten ein wenig, als wüßte sie bereits, was sie gleich hören würde.

Betül antwortete sehr leise: „Dein Bruder. Er liegt im Park. Ich weiß nicht, was mit ihm ist. Aber du hast es ja eben gehört. Vielleicht ist er gestürzt. Komm mit.“ Aber so recht wollte sie das selbst nicht glauben. Der Pförtner war aus seiner Kabine getreten und folgte ihnen zur Tür. „Bitte rufen Sie oben an, Herr Demuth. Wegen der Vorstellung.“

Er nickte, und die beiden Frauen gingen mit raschen Schritten zu Schön zurück. Claudia hielt sich an Betüls Arm fest, als diese die Tür nach draußen aufstieß, und fragte unsicher: „Meinst du, er ... er ist?“

Betül sah sie unsicher an. „Vorhin konnte ich seinen Puls noch fühlen.“

Als Claudia nach draußen trat und ihren Bruder auf dem Hof liegen sah, schlug sie die rechte Hand vor den Mund und begann zu weinen. Sie setzte sich neben ihn auf den nackten, kalten Boden und versuchte, seinen Kopf auf ihren Schoß zu ziehen. Er stöhnte leicht auf.

„Sag was, Amandus, bitte“, wisperte sie, und ihre Tränen tropften auf sein blutiges Hemd. „Laß mich nicht allein zurück.“

Betül sah bekümmert auf ihren Kollegen und seine Schwester. Dieses Bild würde sie ihren Lebtag nie wieder vergessen. Sie hockte sich neben Claudia und legte ihr einen Arm um die Schulter.

In dem Moment schlug Schön die Augen auf, und Betül merkte, daß er sie beide erkannte. Er sah mit trübem Blick von Betül zu Claudia und flüsterte keuchend, zu seiner Schwester gewandt: „Sag Papa, ich ... ich hätte ihm mehr zugetraut.“ Sein Blick erlosch. Schöns Kopf fiel zur Seite.

Claudia schrie leise auf.

Der Krankenwagen kam mit Martinshorn und Blaulicht um die Ecke des Schlosses gefahren, und ein junger Mann mit hellem Haar und einer orangeroten Weste mit dem weißen Aufdruck Notarzt sprang heraus.

Betül stand auf und wischte sich ihr graues, wollenes Kleid glatt. Sie weinte, als sie zu ihm sagte: „Es ist wohl zu spät. Er ist, denke ich, gerade gestorben.“ Sie führte den Arzt, der sich mit Dr. Vetters vorstellte, rasch zu Schön. Während der Notarzt erfolglos versuchte, Schön zu reanimieren, versuchte Betül an irgend etwas anderes zu denken. Ihr fiel ein Text ein, den ihr Vater ihr mal vorgelesen hatte, mit dem Hinweis auf ihre Zugehörigkeit.

Es war im Sommer gewesen, Betül war gerade fünfzehn geworden, als er ihr, während sie neben ihm im Garten auf der Schaukel gesessen und Blaubeerquark gelöffelt hatte, erklärte: „Merk dir das, Betül, die Aleviten bekennen sich zu Humanität und Demokratie. Diesen Werten fühlen wir uns verpflichtet. Wir bejahen die Meinungs- und Religionsfreiheit und gestehen jedem die freie Selbstbestimmung und damit das Recht auf einen eigenen Glauben zu. Nach unserer Auffassung darf man sogar Atheist sein.“

„Was ist ein Atheist?“ hatte Betül ihren Vater daraufhin gefragt, weil sie ohnehin nicht viel von dem verstanden hatte, was Serkan Ceylan ihr erklärte hatte. Sie hatte nur Christian im Kopf gehabt, für den sie damals schwärmte.

Aber anstatt ihr den Atheismus zu erklären, erinnerte sich Betül, hatte ihr Vater leise erwidert: „Sie nennen uns Ergebende, unser Feind ist der Haß. Wir hassen niemanden. Alle sehen wir gleich und eins. Das hat ein Dichter namens Yunus Emre geschrieben.“ Der Vater hatte müde und verbraucht ausgesehen an jenem Sommernachmittag.

Die Nachricht von Schöns Ableben ging durchs Haus wie ein eisiger, scharfer Wind, die weitere Vorstellung mußte wohl oder übel abgesagt und die Besucher mit dem Ausdruck aufrichtigen Bedauerns nach Hause geschickt werden.

Mittlerweile waren auch Kalliope und einige der anderen Schauspielerkollegen hinter dem Keller eingetroffen. Sie sahen sich bestürzt an, als sie Schön tot in Claudias Armen liegen sahen. Erneut flossen Betüls Tränen und tropften auf ihren Rock. Wenn auch diesmal vielleicht mehr wegen des Gefühls der Hilflosigkeit, das sie ergriff. Die Kreatur zu ihren Füßen war nicht Schön als Othello, besudelt mit Theaterblut. Auch nicht als Laertes oder Romeo. Es war der Mensch Amandus Schön, befleckt mit seinem eigenen Blut.

5.

Eigentlich hatte Mark-Heinrich Fischer den Abend anders ausklingen lassen wollen. Er hatte geplant, seine Frau Ingrid vom Kino abzuholen und danach noch einen leichten Schoppen Roten im Postmeister zu trinken, bevor sie sich dann gemächlich zu Fuß in Richtung Fritzenwiese, wo sie seit einigen Jahren wohnten, trollen würden. Statt dessen hatte er eben, als er gerade im Aufbruch begriffen war, diesen zeitlich reichlich unpassenden Anruf bekommen und stand nun etwas verschwitzt in der Eingangshalle des Schlosses.

Fischer fuhr sich, während er die weiß getünchte Eingangshalle auf sich wirken ließ, durch seine grauen Locken, die wie immer etwas zu lang waren, und sah sich nach den Kollegen um. Doch er sah nur die Schloßaufseher in ihrer dunkelblauen Uniform, von seinen Kollegen keinen einzigen. Mißmutig öffnete er den Reißverschluß seiner neuen dunkelblauen Jacke, holte sein Handy aus der linken Innentasche und tippte die Nummer vom Revier ein. Im gleichen Moment ging die glänzende, weiße Fahrstuhltür auf, und ein uniformierter Polizist trat heraus.

„Wow, Chef, das ging ja schnell", sagte Bernd Vollmer, ein mittelgroßes, mittelblondes Muskelpaket mit mittelbraunen Augen und einem mittelgroßen Ring im rechten Ohrläppchen.

„In der Tat. Wo entlang?" knurrte Fischer, der Warten nicht ausstehen konnte und seinen Unmut deutlich kundtat.

Bernd Vollmer zeigte Richtung Innenhof und meinte entschuldigend: „Wenn Sie auch schneller sind als der Blitz, da kann keiner mithalten."

Fischer sah zu Vollmer, in dessen markanten Zügen er Respekt aufflackern sah. So ist es gut, dachte Fischer und schmunzelte in sich hinein, während er milde erwiderte: „Schon gut."

„Ich denke, da entlang ist es am kürzesten."

Mark-Heinrich Fischer folgte dem jungen Kollegen durch eine Glastür in den Innenhof. Er mochte den dreiundzwanzigjährigen Polizisten, er hatte etwas von einem übermütigen Hund an sich. Fischer genoß dessen unbekümmerte und heitere Art. Der Kollege war immer gut drauf. Etwas, was Fischer an allen Menschen sehr schätzte. Aber so sehr er an anderen diesen Charakterzug als angenehm empfand, mochte Fischer es dennoch gerne, gelegentlich den überheblichen, übellaunigen Chef heraushängen zu lassen. Seine kleine, wohldurchdachte Schwachstelle. Aber schließlich hatte er sich seine Position hart erarbeitet.

Fischer war seit neun Jahren Kriminalhauptkommissar im zentralen Kriminaldienst der Polizeiinspektion Celle und für das Fachkommissariat I zuständig. Das hieß für alle Tötungs-, Brand- und Sexualdelikte, kurzum für alles, was mit der gestörten Unversehrtheit des körperlichen Lebens zu tun hatte. Unter ihm arbeiteten zwölf Leute, mit denen er seine Erfahrung und sein Wissen gerne teilte. Besonders mit Lili Lehmann, einer zarten Vietnamesin, sowie den beiden Cellern Peer Goldberg und Michael Klein, die für ihn im Laufe der Jahre fast so etwas wie Kinder geworden waren.

Fischer grinste bei diesem Gedanken. Er war ihr polizeilicher Papa. Sie lernten von ihm, dem Älteren, das Handwerk auf höchstem Niveau, er von ihnen, sich seinen frischen Geist zu bewahren. Das erschien ihm wichtig.

Doch Fischer hatte im Laufe seiner vielen Berufsjahre noch etwas anderes Wichtiges gelernt: Abstand und Arroganz waren gute Berater in seinem Job. Wer ihn jedoch gut genug kannte, wußte, daß ganz andere, weiche und verständnisvolle Züge in seinem Innern verborgen waren, aber es bekam nicht jeder die Chance dazu, diese zu entdekken. Der junge Vollmer, der vom Revier zum Erstbesuch am Tatort bestellt worden war und sich gerade die ersten Lorbeeren verdiente, war vielleicht ein potentieller Anwärter. Mal sehen, überlegte Fischer und ging den schmalen, hellerleuchteten Flur, in den Vollmer ihn geführt hatte, entlang. Sie passierten die gläserne Pförtnerloge, in der drei Monitore dafür sorgten, daß jeder Eingang kontrolliert werden konnte. Einer jedoch war schwarz.

„Das ist Herr Demuth, einer der Pförtner.“ Vollmer wies auf einen älteren Herrn mit weißem Schnurrbart und Glatze, der hinter der Scheibe saß. Dieser sah zerknirscht auf.

„Aber er sagt, er habe nichts gesehen, weil der eine Monitor gerade defekt ist."

„Ich kann es einfach nicht glauben. Ich hätte ja auf den anderen beiden vielleicht was sehen können, aber zwei Minuten war ich an der Pinnwand und habe die überholten Papiere abgehängt. Ach was, höchstens eine. Waren ja nur zwei oder drei Zettel." Er zeigte auf die gelbe Wand hinter Fischer. Fischer drehte sich um und studierte die weißen Blätter, die allesamt die schwungvolle Unterschrift der Intendantin zierten. Probenzeitenänderung Malersaal. Schminkplan Anatevka: 18 Uhr Kalliope Jung, 18.20 Uhr Barbara Miller, 18.40 Uhr Betül Ceylan ... Sein Blick ging die Liste weiter hinab. Der letzte Name auf der Liste war um 19.40 Uhr Amandus Schön. Demuth fuhr fort: „Und der Monitor, der den Kellereingang überwacht, ist seit heute mittag defekt."

Fischer nickte dem Pförtner brummend zu und ging weiter. Vollmer und er waren am Ausgang des Theaterkellers angekommen. Er holte tief Luft und trat ins Freie.

Der Kommissar begrüßte Benedikt Kamphausen, den zweiten Youngster, der bereits am Tatort Wache hielt. Die Jungs waren fleißig gewesen. Sie hatten den Ort mit gelbem Trassierband abgesichert und die umstehenden Leute in einer Ecke versammelt.

Fischer scannte die Gesichter der Menschen, die leise miteinander sprachen, wie Photos in sein Hirn und sah dann hilfesuchend auf. Lili, die sonst immer hinter ihm hertippelte und alles aufschrieb, was er oder sie für wichtig erachteten, fehlte ihm. Aber er wollte sie vorhin nicht bitten, mitzukommen, da sie vor einer Stunde noch zusammengesessen hatten, um ihren Geburtstag – der eigentlich nicht ihr Geburtstag war, weil sie ihn als Flüchtlingskind aus Vietnam gar nicht kannte – nachzufeiern. Also mußte eben der Neue, Bernd Vollmer, ran.

Fischer wandte sich an den Polizisten, der nun neben ihm stand und dem Kollegen dabei half, ein Stück von dem Trassierband, welches sich gelöst hatte, wieder zu befestigen: „Können Sie für mich schreiben?"

Der Polizist bekam rote Wangen. „Ich? Ich ... ja, klar. Super, gerne."

Bernd Vollmer war selig ob dieses Auftrages. Fischer lobte sich im stillen: eine gute Tat am Tag. Das kannte er noch von den Pfadfindern. Er war vom ersten Tag an, als er als neunjähriger Knirps eingetreten war, gerne dabei gewesen und hatte alles, was er an pfadfinderischer Literatur in die Finger bekommen konnte, gelesen. Über die Bewegung, Baden-Powell, seine Scouts ...

Er lächelte, während Vollmer hektisch seine blauen Brusttaschen abklopfte und schließlich mit einem Seufzer der Erleichterung ein kleines, grün kariertes Büchlein und einen roten Kuli herauszog. „Kann losgehen", grinste er Fischer breit an.

Fischer sah zu dem Mann, der an der Schloßmauer lag. „Tot?"

„Mausetot."

„Notieren Sie die Namen der Anwesenden. Funktionen vor Ort, Adressen und Verhältnis zum Opfer. Klar?"

„Okay", stammelte Vollmer und nahm sogleich eine junge, ausnehmend attraktive, dunkelhaarige Frau mit zarten Zügen ins Visier. Türkin oder Kurdin, vermutete Fischer. Er konnte die feinen ethnischen Unterschiede immer noch nicht erkennen.

Er ging einen Schritt nach vorne und besah sich den Toten etwas näher. Es war ein gutaussehender Mann, er schätzte ihn auf Anfang dreißig. Das Gesicht kam ihm bekannt vor. Fischer sah Blut auf der Brust, am Kopf und unter dem Rücken des Toten. Lange lag der noch nicht hier.

„Hallo Mark."

Fischer zuckte zusammen und drehte sich langsam um. „Ach, du, Beate."

„Ich heiße doch schon lange nicht mehr Beate, weißt du nicht mehr? Kalliope ist jetzt mein Name. Oder Kal."

Sie streckte ihm die Hand hin, die er unsicher ergriff. Fischer überlegte. Als sie noch Beate hieß, war sie die beste Freundin von Diana, seiner Ex-Frau, gewesen. Bis diese nach der Geburt ihres gemeinsamen Sohnes Oliver das Weite gesucht und ihn mit dem kleinen kranken Jungen zurückgelassen hatte.

Beklemmung stieg in seinem Innern auf. Er hatte lange nicht mehr an Diana Henninghausen gedacht, für die er damals sogar sein Erbe aufs Spiel gesetzt hatte. Seine Eltern hatten ihm mit dem Schlimmsten, was ihnen eingefallen war, gedroht, falls er sie heiraten würde.

Eine Schauspielerin, Mark! Doch er hatte sich durchgesetzt, das Erbe behalten und einen wunderbaren Sohn gezeugt, der, hätte er bei seiner Geburt nicht die Nabelschnur um den Hals gehabt, heute ein Prachtbursche wäre. Aber Oliver saß behindert im Rollstuhl. Für Fischer war es schwer gewesen, als Diana ohne ein Wort des Bedauerns ging. Doch seine Eltern hatten ihm geholfen, ohne Anklage, ohne ihm Schuldgefühle zu vermitteln. Dafür war er ihnen heute noch dankbar. Oliver war ihr Schatz geworden, ihr wunderschöner, dunkelhaariger Enkel, in dessen Zügen er nie nach Diana gesucht hatte.

Doch jetzt, in dem Augenblick, sah er sie wieder deutlich vor sich, und im gleichen Moment sah er auch Olivers feines Gesicht, das ohne Frage Dianas hohe Wangenknochen, ihre hellgrünen Augen und ihren schön geschwungenen Mund zeigte, den er einst so sehr geliebt hatte und von dem er damals nie hatte genug kriegen können.

Mark-Heinrich Fischer erschrak über sich selbst. Er hatte alles verdrängt. Er hatte Diana nicht mehr sehen wollen. Und schon gar nicht in Oliver. Plötzlich fiel ihm wieder ein, was Nina, seine Mutter, vor einigen Monaten mal gesagt hatte, nachdem sie Oliver am Sonntagnachmittag von Lobetal, wo er seit einigen Jahren lebte, zum Kaffee abgeholt hatten: „Dein Sohn ist hübsch. So hübsch wie seine Mutter. Von dir hat er nur die dunklen, vollen Haare und die derben Hände. Wie gut, das deine Ingrid die immer so gut kosmetisch behandelt.“ Nina hatte ihn dabei schelmisch angesehen und ihm dann Kaffee eingeschenkt. So war seine Mutter. Eine grundehrliche Seele, die er als Sohn und Mensch aufrichtig verehrte. Diana war dagegen in seinen Augen eine armselige Frau.

Fischer wandte sich Kalliope zu, die ihn fragend anschaute. „Entschuldige, ich hatte das mit deinem Künstlernamen vergessen.“

„Schon gut.“ Vertraut legte sie ihre linke Hand auf seine rechte Schulter.

Auch Beate alias Kalliope war damals, so erinnerte sich Fischer nun, eine schöne junge Frau gewesen. Diese Kalliope von heute, die er seit Dianas Auszug allenfalls mal auf der Bühne gesehen hatte, hatte inzwischen einiges von ihrer Schönheit einbüßen müssen, stellte er nun, da er sie von nahem betrachtete, mit Bedauern fest. Außerdem sah er, daß ihre Augen vom Weinen verquollen waren, was ihr zusätzlich einen leicht verfallenen Ausdruck verlieh. Er sah irritiert zu dem Toten. „Wie heißt er?“

„Das ist Amandus. Mark, ich kann es nicht begreifen.“

Fischer hörte stille, traurige Verzweiflung in ihrer Stimme. „Dein Amandus? Amandus Schön?“

Kalliope nickte.

„Er sieht immer noch ein bißchen aus wie James Dean in Denn sie wissen nicht was sie tun. Nur die Haare passen nicht ganz.“

„Was mir den Umgang mit ihm nicht gerader leichter macht, Mark. Ich mochte schon immer besonders die Jungs, die verletzlich aussehen.“

„Ich weiß.“

Er hatte den Dean-Typen zuletzt in einem Zwei-Personen-Stück auf der Bühne gesehen, zusammen mit dem alten Miller, wie hatte es bloß geheißen? Fischer überlegte. Es wollte ihm nicht einfallen. Na ja, er würde schon noch drauf kommen.

„Woher weißt du überhaupt, daß er mein Amandus war, Mark?“ Kalliope war blaß geworden.

„Von Diana. Natürlich unter dem Siegel der Verschwiegenheit. Keine Sorge. Ist ja auch schon ewig her.“

„Weißt du auch von Ruben?“

Fischer nickte.

Kalliope ließ den Arm, der auf Fischers Schulter gelegen hatte, langsam sinken. „Ruben wird jetzt bald neunzehn. Er lebt in Berlin.“

Fischer nickte mitfühlend. „Wußte Amandus, daß er der Vater war?“ Kalliope schwieg, den Blick starr auf die grauen Pflastersteine unter ihren Füßen geheftet. Fischer kannte die Geschichte, aber er wollte sie von ihr hören. Vielleicht hatte sie noch einen weiteren Grund, Amandus Schön zu beseitigen. „Kal? Wußte er es?“

Sie zuckte zusammen. „Ja, Amandus hatte mich damals dazu gezwungen, den Jungen zur Adoption freizugeben. Andernfalls hätte er mich verlassen.“

„Was er trotzdem tat.“

„Nur ein halbes Jahr später, ja.“

„Kannst du dir vorstellen, wer ihn getötet haben könnte?“

Sie sah lächelnd auf, und Fischer sah plötzlich ihre Züge weicher werden und ein wenig von der Frau, die er kannte, als sie zwanzig und bei ihnen ein- und ausgegangen war. Damals rauchte sie mit Diana manchmal Hasch, das sie ihm als indischen Tabak auftischten, erinnerte er sich, und Fischer hatte zu jener Zeit Mühe, diese Tatsache mit seinem polizeilichen Gewissen in Einklang zu bringen. „Ich denke, es gibt hier im Haus niemanden, der nicht ein sattes Motiv zur Begründung eines Mordes an ihm vorweisen könnte. Er war ein Womanizer, ließ nichts anbrennen. Barbara Miller ist sein derzeitiges Verhältnis. Manch andere versuchen sich gegenseitig auszustechen mit ihren Amandus-Bett-Erlebnissen. Er hat wohl einige hier schon mal gehabt. Und dadurch hat er sich wenig Freunde und viele Feinde gemacht“, meinte sie mit ihrer melodischen Stimme und schüttelte den Kopf.

„Bedauerlicher Tropf.“

Kalliope schob mit ihrer linken Stiefelspitze einige kleine Steinchen hin und her, während Fischer sich alles, was sie zu berichten hatte, zu merken versuchte. „Ja, aber selbst schuld. Frag mal hier die Frauen. Sie würden ihn allesamt am liebsten töten.“

„Das ist ja nun nicht mehr nötig.“

„Ja, in der Tat.“

Fischer empfand ihre Anwesenheit auf einmal als unangenehm und sah sich um. Da kam Bernd Vollmer, der eben noch mit der dunkelhaarigen jungen Frau gesprochen hatte, genau zur richtigen Zeit auf sie zu: „Chef, die Dame da hinten hat ihn gefunden.“

„Hat die Dame auch einen Namen?“ zischte Fischer leise, als Vollmer schließlich neben ihm stand. Vollmer wurde etwas bleich, das konnte Fischer selbst im Dunkeln erkennen.

„Das ist Betül Ceylan, unsere neueste Errungenschaft“, klärte Kalliope ihn auf und lächelte dabei den jungen Beamten milde an. „Sie ist Türkin und erst seit dieser Spielzeit dabei. Sehr begabt.“ Fischer wandte sich erleichtert zum Gehen, als sie seufzend anfügte: „Und sehr jung.“

Er sah sie ruhig an und erwiderte: „Das ist der Lauf der Dinge.“ Dann gab er ihr seine Karte und sagte: „Falls du mich sprechen möchtest, ruf mich unter dieser Nummer an, ja?“

„Warte noch einen Augenblick, Mark“, antwortete die Schauspielerin und sah dabei entschuldigend zu Vollmer. „Eines solltest du vielleicht wissen.“

„Und das wäre?“

„Ruben war hier.“

Er schaute sie verblüfft an. „Warum?“

„Ich nehme an, er suchte seinen Vater.“

„Und, hat er ihn gefunden?“

„Ich hatte ihm zumindest gesagt, wo er ihn finden kann.“

„Verstehe. Danke, Kalliope.“

Fischer nickte Bernd Vollmer zu und signalisierte, daß er gleich zu ihm kommen würde. Zuvor wollte er noch Dr. Cosima Fabricius, die Rechtsmedizinerin, von dem Fall informieren. Doch Bernd Vollmer winkte ihn auf einmal zur anderen Seite. „Was denn jetzt?“ Er sah unwirsch von Vollmer zu einer jungen Blonden, die am ganzen Leib zitterte. Um ihre Schultern hatte sie eine schmutzig graue Wolldecke liegen, die sie irgendwie verloren erscheinen ließ.

„Das ist Claudia Schön. Die Schwester des Toten. Sie leitet die Gastronomie im Keller“, nuschelte Vollmer und sah ehrfürchtig zu Fischer.

„Danke.“

Fischer zog die junge Frau, die er auf Ende zwanzig schätzte, ein Stück zur Seite. „Es tut mir leid, Frau Schön. Müssen wir eine Ehefrau benachrichtigen? Oder Eltern?“

Die Blonde schnaubte verächtlich. „Mein Vater wird es längst wissen.“

„Wie kommen Sie darauf?“

„Seitdem unsere Mutter gestorben ist, sagt er mindestens fünfmal am Tag: ich bring dich um, Amandus.“

Fischer hörte stumm zu, und das Zittern der Blonden ließ, während diese vom Tod der Mutter erzählte, ein wenig nach. Als Claudia Schön geendet hatte, fragte er sanft: „Gibt es sonst noch Leute, die ihm den Tod wünschten?“

Die junge Frau verneinte, doch nach kurzem Nachdenken fuhr sie fort: „Fast alle hier hassen ihn. Und ganz besonders dieser Kostümbildner, Claas Fuchs. Aber der ist sicherlich harmlos.“

Fischer nickte. „Sonst jemand?“

„Ich“, tönte es hinter Fischer plötzlich laut.

Er drehte sich um. Vor ihm stand ein junger, baumlanger, schmaler Kerl, der sein Kinn mit wichtigtuerischer Miene in die Höhe gereckt hatte – etwas zu hoch für Fischer Geschmack. Außerdem trug er einen schiefen Pagenkopf und erinnerte ihn an diesen blonden Malfoy aus den Harry-Potter-Filmen, von denen Fischer mindestens drei Teile mit seinen beiden Töchtern Leah und Laura im Kino gesehen hatte und die er allesamt ziemlich bescheuert fand. Nach jeder Vorstellung verkündete Leah, die Dreizehnjährige, sie würde ihre Kinder mal Harry und Hermine nennen wollen, was Fischer kalte Schauer des Entsetzens über den Rücken jagte. Aber immer noch besser als Galupy oder Pimboli, die besten Freunde von der Diddlmaus, die Leah bis vor einem halbem Jahr noch verehrt hatte. Fischer sah den Malfoy-Verschnitt grimmig an, während dieser sich vorstellte.

„Verzeihung, ich bin Boris Joos. Der Mottel im Stück."

„So so. Und wieso hassen Sie den Toten?"

Joos sah sich um, als dürfe auf gar keinen Fall etwas von dem, was er zu sagen gedachte, irgendeine andere Seele zu Gehör bekommen, und flüsterte: „Weil er das größte Arsch hier ist."

„Aha", erwiderte Fischer trocken, „aber es heißt der Arsch, oder?"

Boris Joos verzog das Gesicht wie ein dreijähriger Trotzkopf, und Fischer wandte sich belustigt ab. Der Jüngling dachte wohl, er wäre der wichtigste Mensch unter der Sonne. Der Schauspieler rannte ihm hinterher. „Okay, also der Arsch. Meinetwegen. Aber vielleicht sollten Sie wissen, daß ich seinen Sohn kenne. Betrachten Sie mich einfach als so etwas wie einen Freund der Familie."

Fischer hielt verblüfft inne und sah den jungen Mann an. „Wessen Sohn?"

„Amandus' Sohn."

„Sie kennen Ruben?" Der Mann nickte. „Kein Grund zu töten, oder? Wir sprechen uns noch", fuhr Fischer kühl fort und ließ Joos stehen. Ein Trittbrettfahrer, da war sich Fischer ganz sicher. Hatte irgendwas aufgeschnappt und markierte jetzt den dicken Otto. Dich werde ich mir zu gegebener Zeit vorknöpfen, Malfoy. Fischer machte sich auf die Suche nach der jungen Türkin und tippe nebenbei die Handynummer der Rechtsmedizinerin in sein Uralt-Nokia. Gleichzeitig betete er inbrünstig, der Akku möge nicht schon wieder seine Eigenwilligkeit demonstrieren und nach dem ersten Tuten den Geist aufgeben. Er hatte Glück. Nach dem Telephonat bat er Benedikt Kamphausen, Dr. Fabricius in Empfang zu nehmen und ging dann zu

Betül Ceylan, die, an Kalliope Jung gelehnt, weinend in einer Ecke stand und ihn an ein verlassenes Tierchen in einem dunklen Wald erinnerte.

6.

Das Handy klingelte in Dr. Cosima Fabricius' Jackentasche. Seitdem sie zu Hause einen Laptop hatte, kam sie an manchen Abenden kaum vom Schreibtisch weg. Gestern erst hatte sie sich Klingeltöne für ihr neues Handy heruntergeladen, und jetzt schrie es ihr vernehmlich Bitte gib mir nur ein Wort von Wir sind Helden entgegen. Dr. Fabricius kramte hektisch in der rechten Innentasche ihrer Lederjacke, während Lili, die kleine Ermittlerin mit dem hüftlangen, schwarzen, glatten Haar, um das Cosima sie grenzenlos beneidete, verwundert aufsah.

„Doc Cosi geht mit der Zeit", hörte sie Lili Lehmann sagen, als sie schon auf den Knopf drückte. Dr. Fabricius lächelte sie schief an und fuhr sich dabei durch ihren rotbraunen, störrischen Haarschopf. Sie mußte unbedingt wieder mal zum Friseur. Zwei, drei Zentimeter mußten ab, damit der eigentlich kinnlange Bob wieder in Form kam. „Hallo, Mark."

„Hallo, Dottoressa."

Mark-Heinrich Fischer war der einzige Mensch auf der Welt, der sie so ansprach, und das auch nur aufgrund ihres italienischen Vornamens. Er wußte, daß sie nach der Tochter des Komponisten Franz Liszt benannt war. Er hoffte daher immer noch, daß sie doch irgendwo noch ein Musikgen besitzen mußte, selbst wenn sie ihm schon tausendmal versichert hatte, daß ein Gummischlauch ihre Musikalität um Längen übertreffen würde. Aber Fischer, neuerdings wieder unter die Klavierschüler gegangen, um seine alten Künste, wie er sagte, etwas aufzupolieren, konnte einfach nicht glauben, daß es Menschen gab, die ein tiefes C nicht von einem hohen A unterscheiden konnten.

„Hab ich mir schon gedacht, daß du noch anrufst, Mark. Also, was gibt's?"

Es verstummten sämtliche Gespräche um Cosima herum, während sie Fischer zuhörte. Allen war klar, was Fischers Anruf zu bedeuten hatte. Eine angespannte Stille legte sich über Lilis Garten, der nur von den Kerzen in den Glaslichtern auf dem Biertisch und dem fast heruntergebrannten Feuer des Grills schwach beleuchtet war.

Cosima fror, und das seit einer Stunde, weshalb sie schon viel früher hatte aufbrechen wollen. Jedoch hatte sie sich mit Peer Goldbergs Frau Anne, einer zierlichen Brünetten, die mit ihrem dritten Kind im fünften Monat schwanger war, festgequatscht.

Fischer berichtete: „Ein Toter im Schloßpark. Augenscheinlich tödliche Verletzung der rechten Brust."

„War er sofort tot?"

„Nein, er lebte noch kurz, aber als der Rettungswagen eintraf, konnte der Notarzt, unser guter Bekannter Dr. Vetters, nur noch den Tod feststellen."

Lili, die, in einen schwarzen Parka eingewickelt, direkt neben Cosima saß und Fischer offensichtlich ebenfalls hören konnte, stöhnte leise auf. Sie dachte an den letzten Fall – Dr. Vetters Freundin Tanja Becker war im Krankenhaus tot in einer Eistruhe aufgefunden worden – der gerade mal fünf Wochen zurücklag und ihr zahllose schlaflose Nächte bereitet hatte.

„Okay Mark, ich komme", seufzte nun Dr. Fabricius, „ich nehme an, das ist der Grund deines Anrufes, ja?"

„Ja Liebes, genau das ist er. Und sag den anderen, daß sie morgen früh um neun bitte alle da sein mögen. Besprechung mit Cordel Voss. Und sie sollen nicht mehr so viel trinken."

Sie konnte Fischer bei dieser Bemerkung lächeln sehen, konnte die feinen Linien sehen, die seine stahlblauen Augen wie ein feines Blumengebinde umgaben. „Sehr wohl." Cosima legte auf, sah in die Runde und berichtete den anderen von dem Gespräch. Sie wußte, was alle dachten. Möge Cordula Voss, die Chefin des Zentralkommissariates, ihnen gnädig gestimmt sein und sie alle in eine Soko stecken. Sie ermittelten alle so gern mit Mark-Heinrich Fischer. Eine eingeschworene Truppe, die sich mochte und schätzte, denn Fischer gab ihnen stets das Gefühl, wie ein Felsen zu ihnen zu stehen.

Die Ärztin stand auf und zupfte sich ihre hellgrüne Strickjacke und die sandfarbene Leinenhose glatt. „Na, denn. Der Berg ruft."

„Der Berg?"

Peer Goldberg, der große, blonde Hüne, stand trotz abendlicher Kühle im hellblauen Hemd mit aufgekrempelten Ärmeln und Jeans am Grill, sah sie fragend an und zog dabei sein schwarzes Wollmützchen, das er von Oktober bis Mai immer trug, über seinen glatten Haaren zurecht. Fischer sagte mal, er erinnere ihn an einen jungen Bären, und Cosima fand, damit lag er nicht so weit daneben. Er hatte etwas Tolpatschiges an sich. Und er war ein sehr liebevoller Vater, wie sie beim Osterfest wieder feststellen konnte.

„Na ja, manchmal ist Arbeit wie ein Berg“, erwiderte Cosima lächelnd, „findest du nicht?“ Er nickte zustimmend.

Cosima liebte ihren Beruf über alles, sie war nichts lieber als Rechtsmedizinerin am Institut in Hannover. Aber manchmal, so wie jetzt zum Beispiel, konnte sie sich doch etwas weniger Stressiges vorstellen. Es war nicht gerade angenehm, nachts in einem Park einen Toten untersuchen zu müssen. Außerdem war sie müde und hatte leichte Kopfschmerzen. Obwohl sie den gesamten Abend über keinen Tropfen Alkohol getrunken hatte.

Sie umarmte alle und ging dann in Richtung ihres Autos. Das Gespräch mit Anne Goldberg ging ihr wieder durch den Kopf. Sie hatte Anne gefragt, wie diese es nur schaffte, ihren Beruf als Floristin im Gänseblümchen mit den Kindern Marvin und Katja, die beide noch nicht in der Schule waren, unter einen Hut zu bekommen. Und dann war noch ein Baby unterwegs! Anne hatte sie weise angelächelt und dabei über ihren kaum gewölbten Bauch gestreichelt, der, recht kleidsam, unter einem roséfarbenen Wickeljäckchen verborgen war. Man müsse ein solides Netzwerk haben, dann ginge es, hatte Anne Goldberg gesagt, man dürfe sich nicht scheuen, jeden anzuhauen und zu fragen. „Ein Netzwerk“, überlegte Cosima laut, stieg in ihr dunkelgrünes Mini-Cabrio und lenkte es von der Speicherstraße in die Trift. „Die hat gut reden.“

Wen hatte sie denn? Okay, Mark und Ingrid Fischer würden sie unterstützen. Das hatte er vorhin gesagt. Und sonst wußte es noch keiner. Sie selbst wußte es ja erst seit wenigen Tagen. „Ich denke, etwa neunte Woche“, hatte Professor Wolf, der neue Chef von der Frauenklinik im Allgemeinen Krankenhaus, ihr freudig erklärt, als er vor einigen Tagen mit dem weißen Ultraschallkopf über ihren flachen Bauch gefahren war. Und dann sagte er plötzlich: „Frau Kollegin, ich gratuliere. Was für ein schönes Weihnachtsgeschenk: Sie bekommen Zwillinge."

Zwillinge! Wie sollte sie das nur alles hinkriegen? Ein Netzwerk schaffen?

Ihr Vater Martin, ein Kapitän zur See, lebte seit vielen Jahren mit seiner zweiten Frau Eva in Litauen. Zu weit weg. Ihr Bruder Stephan, ein erfolgreicher Anwalt, wohnte mit Steven, seinem Lebens- und Arbeitsgefährten, zusammen – die gaben beide nicht gerade gute Babysitter ab, zumindest nicht freiwillig. Da war sich Cosima ziemlich sicher. Ihre Mutter Marita war im Begriff, zu ihrer Schwester nach San Francisco überzusiedeln. Marita Cordes, wie sie sich seit der Trennung von Cosimas Vater vor vielen Jahren wieder nannte, war eine über Deutschlands Grenzen hinweg bekannte Bildhauerin und Malerin und früher nicht gerade von besonderer Gluckenhaftigkeit beseelt. Warum sollte sie also wegen Enkelkindern ihre Pläne ändern? Außerdem wollte ihre schöne, alterslos scheinende Mutter eigentlich möglichst überhaupt nicht Großmutter werden. „Welch ein Status", hatte sie mal geäußert, „schrecklich, man fühlt sich dann ja wie hundert, und wenn es schon sein muß, Cosi, dann bitte frühestens mit fünfundsechzig, hörst du?" Marita Cordes würde im Dezember erst achtundfünfzig werden. Da konnte sich Cosima eher auf eine Strafpredigt als auf Unterstützung einstellen.

Der Gedanke an die nächsten Monate und Jahre fuhr ihr in den letzten Tagen immer wieder wie ein Höllenschwert mitten durchs Herz. Denn da war noch das klitzekleine Problem, daß sie den nichtsahnenden Vater ihrer beiden ungeborenen Kinder erst kürzlich in die Wüste geschickt hatte, und sie würde diese Entscheidung keinesfalls rückgängig machen. Sie hatte die Hochzeit, die für den Herbst geplant war, schnöde gecancelt.

Cosima mußte unbedingt Samantha anrufen. Doch was würde ihre beste Freundin sagen, wenn sie erfuhr, daß sie uneheliche Zwillinge zur Welt bringen würde? Bei aller Toleranz, die die Jordanierin lebte, war sie doch trotzdem eine religiöse Frau. Außer bei einem guten Rotwein. Da vergaß Sam einfach, daß sie eigentlich nach der Sharia leben wollte.

Wieder klingelte das Handy. Cosima sah auf das Display, nahm ab und sagte verwundert: „Komisch, an dich habe ich gerade gedacht."

„Ach ja? Das ist gut. Ich wollte dir nur sagen, daß ich am Wochenende endlich mal Zeit hätte für einen Kaffee. Es ist eine Ewigkeit her, daß wir uns gesehen haben."

Es tat so gut, Sams Stimme zu hören. Doch plötzlich stiegen Cosima Tränen in die Augen. Diese verdammten Hormone! Ständig war sie wegen nichts und wieder nichts am heulen. „Ja, das stimmt, das letzte Mal, ach, keine Ahnung, wann das war. Egal! Ginge es Sonntag, so gegen vier, halb fünf? Morgens bin ich noch bei Fischers zum Frühstück eingeladen", schniefte sie in den Hörer und hoffte, daß Sam nicht sofort ihre Superantennen ausfuhr. Zu spät.

„Hey, Cosi, was ist los?"

„Ich ... ich ... ach, Sam, es ist alles so schrecklich." Cosima bog in die Kanzleistraße ein.

„Still Mitzi, ich weiß Bescheid. Dein Thomas hat letzten Samstag angerufen."

Mitzi! Wie lange hatte sie das nicht mehr gehört. Seit Jahren nicht. Sam hatte sie früher immer so genannt, seit ihren Wiener Studienzeiten, genauer seit einem Abend Ende Oktober, als sie ihr erzählt hatte, daß ihre Mutter heute immer noch behauptete, Cosima hätte als Baby geschnurrt. Und als ihre Freundin dann nach Hannover gezogen war, um an der Hochschule als Dozentin zu arbeiten, und sie selbst ihre Stelle im Rechtsmedizinischen Institut angetreten hatte, fiel ihr Spitzname nicht mehr. Als hätten sie ihn in Wien zurückgelassen, wie man einen alten Schuh zurückläßt, der nicht mehr paßt.

„Sag's noch mal, Sam."

„Er hat ..."

„Nicht das. Das Mitzi. Bitte."

„Ist alles okay?" Und etwas gedehnt fügte Sam hinzu: „Mitzi?"

Cosima atmete tief durch. „Ja, danke. Er hat also angerufen?"

„Mmh."

„Und? Was hat er gesagt?"

„Na ja, daß du die Hochzeit gekippt hast."

„Und sonst?"

„Daß er mit Fee zusammen ist."

Cosima schluckte. „Daß er was? Was sagst du da?"

„Du hast schon verstanden. Daß er mit Fee zusammen ist."

„Fee Schulenburg? Meine Kollegin aus dem Institut?"

„Eure Kollegin, Cosi. Und seine Geliebte. Seit etwa einem Vierteljahr. Das weißt du doch. Er sagte, du wüßtest es."

„Sam, ich kann's nicht glauben. Kein Wunder, daß er seit dem letzten Gespräch nicht mehr anrief. Er ist froh darüber, daß ich gekniffen habe." Betäubung stieg in ihr hoch. Bei ihrem letzten Treffen hatte Thomas Cewe sie ein letztes Mal geliebt. Plötzlich erschien ihr jene Nacht wie ein Abschied. Ihre Kehle war wie zugeschnürt.

„Du wußtest es nicht? Cosi?"

Cosima schwieg, während sie die Brücke vor dem Schloß passierte und dann rechts um die barocke Residenz herumfuhr.

„Cosi?"

Sie räusperte sich. „Nein. Er hat gelogen."

Cosima stellte den Mini vor einer Tür mit einem Hinweisschild Bühneneingang und einem Pfeil, der nach rechts zeigte, ab. Dann nahm sie allen Mut zusammen und sagte leise: „Ich erwarte Zwillinge, Sam. Zu Weihnachten."

Jetzt schwieg Sam.

„Sag was, Samantha Khalid, bitte."

Cosima saß in ihrem dunklen Auto, kaum fähig auszusteigen, denn ihre Beine wollten ihr nicht recht gehorchen. Tränen rannen an ihren Wangen hinab und tropften auf den Kragen ihrer alten Lederjacke, ein Geschenk von Fischers Vater.

„Von ihm? Ich meine, von ..."

„Von Dr. Thomas Cewe, ja."

„Und nun?"

„Weißt du, was ich kürzlich gelesen habe, Sam?"

„Noch nicht. Aber sag es mir."

Cosima hörte, wie sich Sam eine Zigarette ansteckte und den Rauch in den Hörer blies. Das war auch etwas ziemlich unmuslimisches an ihrer Freundin, dachte sie.

„Es stand in einem Artikel in einer Psychozeitschrift, Emotion oder so. Also: Es gibt zwei Situationen im Leben einer Frau, in denen sie alles tun wird, um ihr Ziel zu erreichen."

„Und die wären?"

„Wenn sie ein Kind haben will. Oder wenn sie keines haben will."

„Was willst du mir damit sagen?"

„Ich wußte nicht wirklich, daß ich es wollte."

„Verstehe."

Cosima kramte in ihrer Handtasche nach einem Taschentuch und überlegte, was sie ihrer Freundin sonst noch sagen wollte, aber es kam ihr vor, als hätte ihr Hirn gerade eine Auszeit genommen.

Nach einer Weile sagte Sam leise: „Wir stehen das gemeinsam durch."

„Wir?"

„Genau. Wir werden das Kind, ach Quatsch, die Kinder, schon schaukeln, so heißt das doch, oder? Bis Sonntag, Süße. Und ich möchte übrigens diese – wie nennst du die immer? Eierschnecken? – essen. Du weißt schon, von dem Bäcker oben am Berg."

Cosima sah Samantha Khalid im Geiste schon an ihrem ovalen alten Küchentisch sitzen, ihre üppigen Pfunde unter einem bunten, wallenden Gewand verborgen, die schwarzen, schulterlangen Locken mit einem rotgemusterten Seidentuch zurückgebunden, die tiefbraunen, mit schwarzem Kajal umrandeten Augen auf den Hefezopf gerichtet.

„Am Harburger Berg", flüsterte Cosima erleichtert. Doch Sam hatte schon aufgelegt. Wie konnte sie nur einen Moment glauben, daß ihre Freundin sie verurteilen würde. Und diesen Cewe würde sie sich später vornehmen.

Sie putzte sich energisch die Nase, stieg dann aus ihrem Wagen und holte sich aus dem Kofferraum ein Paar gelbe Untersuchungshandschuhe und eine Taschenlampe. Fischer wartete bestimmt schon.

Sie sah an sich herab. Konnte man schon etwas sehen? Diese Frage stellte sie sich seit neuestem hundertmal am Tag. Außerdem verspürte sie auf einmal einen unbändigen Hunger auf einen Lammdöner von Hatti aus der Zöllnerstraße, obwohl sie vorhin doch erst bei Lili Lehmann zwei Steaks und eine riesige Portion Krautsalat verputzt hatte.

Cosima hatte mal gehört, daß Frauen während der Schwangerschaft die eigenartigsten Gelüste entwickelten, saure Gurken auf Nutellabrot oder Rouladen mit Gummibärchen. Von ihrer Nachbarin Thea wußte sie, daß deren Mann nachts immer zum Sissigrill fahren mußte, weil Thea ohne halbe Hähnchen, aber nur die von dort, die ersten Wochen sonst nicht überstanden hätte.

Bislang waren ihre Gelüste zu handeln. Nur eine exotische Kombination hatte sie sich gestern abend gegönnt: Chilischoten mit Apfelmus. Ansonsten hatte sie wohl ein wenig mit der morgendlichen Übelkeit zu kämpfen, besonders im Sektionssaal. Aber sonst? Noch viel schlimmer: Sie hatte in den wenigen Tagen, seit sie von der Schwangerschaft wußte, etwas an sich entdeckt, was sie bislang an allen anderen Frauen nur müde belächelt hatte: sie entwickelte gerade einen ausgeprägten Schuhtick.

Mit einem zufriedenen Lächeln betrachtete Cosima einen Moment ihre zierlichen Füße, Größe achtunddreißig, die in ihrer neuesten Erwerbung steckten, einem Paar sündhaft teurer Ballerinas von Paulina, die nach Stephans Dafürhalten die Farbe eines sterbenden Frosches hatten. Cosima seufzte und ging auf den jungen Polizisten zu, der offensichtlich auf sie gewartet hatte und sie sofort hinter das Schloß dirigierte, wo Kriminalhauptkommissar Fischer sie bereits erwartete.

„Da bist du ja, Dottoressa, gut. Komm hier entlang."

Er zog sie gleich weiter, und Cosima folgte ihm an der Schloßmauer entlang. Kaum ein Meter hinter dem Eingang zum Theaterkeller lag ein Mann auf dem Boden.

Christiane Levy, auch relativ neu in der Celler Truppe, hatte bis vor anderthalb Stunden ebenfalls noch bei Lili gesessen. Nun war sie bereits dabei, Photos des Toten aufzunehmen.

„So schnell sieht man sich wieder", rief sie heiter in Cosimas Richtung, und ein Blitz erhellte kurz den Ort des Geschehens.

Die Ärztin lächelte. Die Kieler Sprotte, wie sie die blonde burschikose Christiane im stillen nannte, wurde ihr immer sympathischer. Sie wirkte so frisch und rein wie der Wind an der Ostsee, dachte Cosima, selbst nachts an einem schmuddeligen Tatort. Dann fragte sie zu Fischer gewandt: „Was weißt du bislang über den Mann?"

„Er heißt Amandus Schön. Ende dreißig. Ein Mitglied des Ensembles."

Cosima nickte und kniete sich, obwohl plötzlich leichte Übelkeit in ihr aufstieg, vorsichtig neben den Toten. Sie streifte die Handschuhe über und schaltete die kleine Taschenlampe ein. „Amandus? Ungewöhnlicher Name." Dann fuhr sie fort, während sie den Kopf des Toten ableuchtete: „Die Wunden stammen wohl vom Sturz. Die sehen nicht todesursächlich aus.“ Sie zeigte auf einige Abschürfungen an Schöns rechter Kopfseite. Dann wanderte ihr Blick über die Brust des Toten und wies auf einen dunklen Fleck am Hemd. „Ein schmaler Abstreifring, der vom Projektil übertragen wird. Das sind die Rückstände von Metall oder Waffenöl. Ein Hauch von Schmauch nur. Und hier, ganz außen, ist ein ganz schmaler Schürfsaum.“ Dr. Fabricius zeigte auf einen dünnen grauen Ring um das Loch. Sie zog vorsichtig das blutgetränkte Hemd leicht zur Seite. Auf der rechten Seite der Brust konnte man eine Einschußwunde erkennen. „Sieht nach einem Fernschuß aus. Siehst du hier, Mark?“

Fischer beugte sich interessiert zu Cosima hinab, die ihn nur allzu gerne an ihrem medizinischen Wissen teilhaben ließ. Schließlich wollte er, das wußte sie schon lange, zunächst selbst Mediziner werden. Leider kam ihm das Physikum zweimal recht ungelegen. Zweimal durchgefallen. Danach ging er zur Polizei.

„Hier ist ein Substanzdefekt der Haut. Sehr kleine Einrittswunde. Wohl ein kleineres Projektil. Hat er eine Austrittswunde? Daher vielleicht das Blut unter dem Rücken. Mal sehen.“ Cosima sah zu Fischer, drehte dann den Toten etwas auf die Seite und zog Schöns ehemals weißes Hemd nach oben. Sie leuchtete mit der Taschenlampe über den Rücken. „Keine Austrittswunde. Dann ist das Blut, das sich unter ihm von der Einschußstelle gesammelt hat.“ Vorsichtig legte sie die Leiche zurück und stand auf. „Ich werde ihn morgen gegen Mittag aufmachen, geht das zeitlich bei dir?“

Fischer nickte. „Ich werde gleich noch Alexander Seyl informieren.“

„Ich dachte, der Staatsanwalt hat Urlaub.“

„Ab morgen erst.“

Einen Augenblick sah sie sich das Gesicht des toten Mannes an. Schöne, ja edle Züge, dachte sie und sagte: „Ein attraktiver Mann.“

„Stimmt.“ Fischer nickte ihr maliziös lächelnd zu und fuhr dann leise fort: „Im übrigen scheinen das alle Frauen hier zu denken. Ich weiß schon von mindestens dreien aus dem Ensemble, die ihn nicht von der Bettkante gestoßen haben und ihn allesamt hassen wie die Pest.“

7.

Manchmal, wenn der Himmel so schwarz war wie in dieser Nacht und die Luft milde und süß wie der Geruch eines neugeborenen Kindes, überfiel Otto Schneeweiß eine stürmische, schmerzende Sehnsucht nach all den Umständen und Menschen, die früher sein Leben ausmachten. Früher, das war nun fast neunzehn Jahre her, wenn man nach der Bibel ging „... ein Leben währet achtzig Jahr ...“ fast ein Viertel Menschenleben, doch für ihn schien es ein ganzes Jahrhundert, eine Dekade von Jahrhunderten oder manchmal auch eine Anzahl von Jahren, die man ohne die Nullen zu zählen nicht mehr aus dem Stegreif zu benennen vermochte. Früher, das war, als Alwine und er noch zusammen in der Ohagenstraße gewohnt hatten. Damals hatte er ein Leben, das berechenbar und absolut zuverlässig war. Damals wußte er, es gab freitags Pfannkuchen zu essen und sonntags Schweinebraten mit Jägersauce, Kartoffeln und Gemüse. Damals wußte er, daß sie am dreiundzwanzigsten Dezember den Weihnachtsbaum schmückte und dabei Doktor Schiwago schaute, während er seine Rollen studierte. Damals wußte er, daß sie an alle Geburts- und Todestage dachte, und er wußte, wenn er des Nachts nach Hause kam, was ihn erwartete. Hatte Alwine, seine geliebte Frau, morgens, bevor sie zu ihrer Schicht ins Josefstift aufbrach, im Schlafzimmer die Heizung auf vier gedreht, so wußte er, daß sie sich nach ihm sehnte und seine Rückkehr vom Theater kaum erwarten konnte.

Damals, so glaubte er noch, suchte man sich sein Leben aus und gestaltete es, wie man eine Wohnung einrichtete oder den Garten bestellte. Man beschloß, einen bestimmten Beruf zu ergreifen, eine Familie zu gründen oder ganz andere Wege einzuschlagen, wie ins Kloster zu gehen, Bergsteiger zu werden, kriminell oder heilig zu leben.

Aber eines Tages wurde Otto Schneeweiß eines besseren belehrt. Er mußte lernen, daß nicht der Mensch sich sein Leben, sondern das Leben sich den Menschen aussuchte. Es suchte die Menschen danach aus, wie sie in jedes individuelle Leben hineinpaßten. Und erst in dem Moment, in dem man von eigenen Wünschen und Vorstellungen Abschied nehmen konnte und sich mit dem, was man lebte, arrangiert hatte, gab es die Möglichkeit, einen neuen Aspekt des Lebens zuzulassen. Das wußte Otto Schneeweiß aus eigener Erfahrung. Dann schlichen sich Dinge hinein, von denen man bestenfalls zu träumen wagte. Oder, die schlimmere Variante, es passierten Dinge, die uns das Leben auferlegte, weil es wußte, wir konnten sie tragen. Und dann mußte man von vorn damit anfangen, verstehen zu lernen.

Otto und Alwine Schneeweiß hatten einst ein Kind, was gleich nach der Geburt starb. Nie hatten sie Geld. Aber sie hatten einander. Alwine kümmerte sich um ihr gemeinsames Leben, und er, Otto, kümmerte sich um Alwine. Alles hatte seine Ordnung, und es gefiel beiden so, wie es war. Sie wärmten und liebten sich gegenseitig, bis ein Arzt auf Ottos Stimmbändern bösartige Knötchen und ein anderer Arzt in Alwines Brust einen ebenfalls bösartigen Knoten entdeckt hatte. Nicht einmal Alwines Chef, der sie höchstpersönlich operiert hatte, konnte seine beste Krankenschwester retten. Innerhalb eines halben Jahres hatte Otto seine Stimme weitestgehend, und seine Frau gänzlich verloren. Ein weiteres halbes Jahr später waren sein Engagement am Theater als Schauspieler, seine Wohnung, seine Reputation und seine Lebensfreude weg. Von Otto Schneeweiß war nicht viel mehr übriggeblieben, als sein zäher, lebenswilliger und schmächtiger Körper und drei Tüten von Aldi, mit seinen wenigen Habseligkeiten gefüllt.

Otto stieg nachdenklich auf sein altes Fahrrad, was nicht wirklich sein Rad war, weil er es vor Jahren an der Stadtkirche unabgeschlossen gefunden hatte. Es war ein Herrenrad von einem holländischen Hersteller, dunkelgrün, mit einem schwarzen Sattel und einem Ei im Vorderreifen. Außerdem fehlte das Licht hinten und vorn. Aber Otto war sicher, daß kein Mensch dieses Rad je ernsthaft vermißt hatte, nachdem er es, ohne sich weitere Gedanken zu machen, mit zu sei nem Tagesplatz im Schloßpark genommen hatte.

Nun war er auf Jolanthe, wie er das Fahrrad getauft hatte, unterwegs zu seiner Erdhöhle im Wald hinter Altencelle. In dieser Erdhöhle, die etwa zwei Meter tief, hoch und breit war, hatte er sich im Laufe der Zeit ein neues Zuhause eingerichtet. Sperrmüll gab es genug in Celle, und so hatte er immerhin eine blaugrau gestreifte Matratze, einen wackligen Holztisch und einen Stuhl mit Lehne, was er alles als sein legales Eigentum betrachten konnte.

Es war doch kühler geworden, als er angenommen hatte, und er fror in seiner dünnen, schwarzen Regenjacke, die er im vorigen Jahr beim Kleiderverkauf vom DRK bekommen hatte. Seine Jeans, ein Fundstück aus dem Altkleiderbehälter an der Burgstraße, war am linken Knie durchgewetzt und löcherig, und es zog ein wenig durch, bis zu seinen Hoden, die sich nun empfindlich zusammenzogen. Immerhin trug er einen Hut auf seinen grauen, strähnigen Haaren, die er vor einigen Tagen mit einer rostigen Schere wieder auf Ohrläppchenlänge gestutzt hatte. Sein stoppeliger weißer Bart juckte, und Otto hatte Angst, daß er sich irgendein Ungeziefer eingefangen hatte.

Jolanthe quietschte, als er durch den Französischen Garten fuhr und dabei die jungen Pärchen aufschreckte, die knutschend auf den Bänken saßen. Otto erfaßte wieder die Sehnsucht nach dem Kind, nach der Wärme von Alwines Körper, der so schnell aufgegeben hatte. Und nach dem Theater.

Er hatte sich damals, nachdem all die schlimmen Dinge passierte waren, die sein unbeschwertes Leben aus den Angeln gehoben hatten, in einem Teil des Schloßparks, der so stark überwuchert war, daß ihn kein Mensch ohne Anstrengung entdecken konnte, eine kleine Hütte gebaut. In die konnte er sich zurückziehen, wenn es ihm zu laut oder zu hektisch wurde in seinem Garten, wie er den Park im stillen gerne nannte. Denn meist stand er in der Nähe der Schloßmauern unterhalb des Konversationszimmers, um den Proben für die Aufführungen im Malersaal zu lauschen oder die Besucher, die durch das große Tor in den Innenhof marschierten, zu beobachten.

Der Hausmeister wußte von alledem, und so manches Mal hatte er Otto auf Veranstaltungen hingewiesen, die in dem alten Gemäuer abgehalten wurden, und ihm gezeigt, wo er die übriggebliebenen Essensreste für ihn hinstellen würde: an die Westseite, nicht weit von seinem Unterstand.

Otto Schneeweiß wurde allmählich warm. Bei dem überdimensionalen Blumentopf im Franzgarten, wie der im siebzehnten Jahrhundert entstandene Garten auch respektlos bezeichnet wurde, blieb er stehen, stieg ab und drehte sich eine dünne, unregelmäßig geformte Zigarette, deren Rauch er dann gierig einzog. Er sah zum Mond hoch, der voll und weißlich gelb wie eine reife Quitte über dem Park hing und alle Bäume, Sträucher und Wege in ein geheimnisvolles Licht tauchte. Aber davor hatte Otto keine Angst. Was sollte ihm denn noch passieren, außer daß er endlich wieder Alwine und das Kindchen treffen würde, er endlich sein irdisches Dasein hinter sich lassen konnte, das – er war jetzt dreiundsiebzig – nun seines Erachtens lange genug gedauert hatte. Als gläubiger Protestant verbot er sich, auch nur an Selbstmord zu denken, aber so was wie vorhin im Schloßpark käme ihm doch sehr gelegen.

„Na, Otto, auf'm Weg nach Haus?"

Er sah sich um. Obwohl er nicht mehr so gut sehen konnte wie früher, erkannte er Andi, einen anderen Celler Obdachlosen, der hinter seinem Rücken erschien. Eigentlich wollte er mit denen allen nichts zu tun haben, aber Andi war in Ordnung. „Ja, spät heute", krächzte Schneeweiß mühsam.

Er sah Andi an. Der war bestimmt auf dem Weg zum Kalandhof, wie immer um diese Zeit. Andi, ein dreißigjähriger, bärtiger Typ mit heftiger Akne im Gesicht, trug eine rote, abgewetzte Jacke und eine graue Jogginghose. Seine grauen Füße steckten in ausgelatschten Sandalen. Andi fror, und Otto sah, daß er ein wenig zitterte.

Otto antwortete, und seine Stimme hörte sich an, wie sich aufgerauhtes Sandpapier anfühlt: „Heute war vielleicht was los im Park. Einer wurde erschossen. Und ich hab gesehen, was passiert ist."

Andi bekam große Augen. „Du hast es gesehen? Wie der umfiel oder was?"

„Und ob."

„Was hast du denn gesehen?" Andis Neugier war unbegrenzt, und mit einem gierigen Blick auf Ottos Zigarette sagte er: „Na Mann, sag schon."

Otto kramte das Päckchen Tabak aus seiner Jackentasche und reichte es ihm, denn Andi ging es noch mieser als ihm. Der hatte noch nicht mal ein Erdloch, geschweige denn Möbel. „Dieser Schön aus dem Theater. Den hat es erwischt. Stand ganz oben auf dem Weg. Und dann: peng. Weggepustet." Schneeweiß hob seine Zigarette wie eine imaginäre Pistole an seine Lippen und pustete den vermeintlichen Schmauch von ihr weg.

„Hast du gesehen, wer es war?"

Andi zündete sich die selbstgedrehte Zigarette an und gab mit dankbarem Blick den Tabak zurück. Otto Schneeweiß nickte.

„Und?" Andi kratzte sich im Schritt.

„Jemand hat auf ihn geschossen."

„Ja ja, hast du doch schon gesagt. Und sonst?“

„Nichts sonst.“ Schneeweiß zerdrückte mit dem linken Fuß seinen Zigarettenstummel. Er sah Andi stumm an.

„Wer war’s?“

„Sag ich nicht.“

„Ein Mann? Oder eine Frau? Aus welcher Richtung?“

„Sag ich nicht.“

„Aber du mußt das der Polizei erzählen, Otto.“

„Die war schon da. Und ich muß gar nichts, Andi.“

Schneeweiß stieg auf Jolanthe, und während er schon anfuhr, sagte er belegt: „Ich hab gesehen, wie der Schütze hinterm Schloß verschwand.“

„Das solltest du melden“, rief Andi hinter ihm her, als er schon fast an der Wehlstraße angekommen war.

Nichts würde er melden. Schneeweiß atmete die dunkle, feuchte Luft ein. Aus Jolanthes Hinterrad stoben quietschende Geräusche, als sie sich auf den Weg nach Altencelle machten. Jeden Abend, wenn er durch die Brabandtstraße fuhr, dachte er an der gleichen Stelle immer daran, was er verloren hatte. In der Straße wohnte damals sein bester Freund Kaspar, der sich umgebracht hatte. Jeden Abend blieb er für einen Moment vor dessen ehemaligem Haus stehen und flüsterte: „Du blöder Idiot, warum hast du mich so hängenlassen?“

Wäre Kaspar noch da gewesen, als Alwine starb und seine Stimme fast wegging, würde er jetzt nicht in einem Erdloch hausen. Da war er sich ganz sicher. Aber Kaspar hatte den Abgang gemacht. Wie Alwine. Wie das Kind. Wie seine Stimme.

Er fuhr weiter die Braunschweiger Straße entlang. Von dort aus bog er in den Großen Redder und dann in die Hans-Heinrich-Warnke-Straße ein. Jetzt hatte er es gleich geschafft.

8.

Lili Lehmann träumte. Sie sah sich selbst wie eine Schlange häuten, und nachdem sie sich mühsam aus ihrer alten, grünlich-silbern schillernden Haut herausgewunden hatte, kam Hella, ihre Mutter und versuchte, sie in die alte Haut zurückzustecken. Lili begann sich zu wehren. Hella hatte es beinahe geschafft, aber dann bekam Lili Hilfe von einer asiatischen Frau, die sie kannte und von der sie doch nicht wußte, wer sie war. Sie streckte ihr die rechte Hand entgegen, und Lili ergriff sie. Diese versuchte, sie zu sich hinzuziehen. Die Fremde zog und zog, aber Lili bewegte sich keinen Millimeter. Sie schwitzte und bekam kaum Luft. Schließlich ließ Hella sie los, die Frau ebenfalls. Dann verschwanden sie untergehakt und ließen Lili, deren Haut im Traum aussah wie eine zu lang geratene Strumpfhose, auf einer sonnigen Lichtung zurück, ohne sich noch einmal umzuschauen.

Lili wachte auf.

Was hatte dieser Traum nur zu bedeuten? Und wer war die Asiatin? Lili lag einen Weile wach, hörte den zwitschernden Vögeln zu und überlegte. Ganz verschwommen nahm sie das Bild ihrer leiblichen Mutter wahr, die seit so vielen Jahren schon tot war. Die Frau in ihrem Traum hatte Ähnlichkeit mit ihr und war dennoch nicht Mei-Ling. Oder doch? Sie hatte in den letzten Jahren immer und immer wieder versucht, Mei-Lings Bild in ihrem Herzen und ihrem Gedächtnis zu bewahren, aber mit jedem Jahr, das sie älter wurde, wurde es blasser und kleiner. Es gab keine Filmaufnahmen, keine Kassetten mit eingefangenen Stimmen, nicht ein einziges Photo von ihren Eltern, weder eines von Mei-Ling, noch von Xiao, ihrem Vater. Jede Linie ihrer Gesichter mußte sie selbst vor ihrem inneren Auge zeichnen, den Klang ihrer Stimmen wie eine gedankliche Spieluhr aufziehen, damit sie sie niemals vergessen würde.

Sie sah zu Malte, ihrem Freund, der, tief und ruhig atmend, mit der hellgrau karierten Bettdecke bis zur Nasenspitze zugedeckt, neben ihr lag. Sie betrachtete seine blonden, welligen Haare, die tagsüber zu einem Zopf zusammengebunden waren, seine unzähligen feinen Lachfältchen, die sie immer ein wenig an zerknüdeltes Butterbrotpapier erinnerten. Eine tiefe Liegefalte zog sich von seiner rechten Wange bis zum Ohrläppchen, das eine auffällige Ähnlichkeit mit dem Ohr von Lilis Kater Freitag aufwies. Die Narbe stammte von einem Unfall, hatte Malte ihr eines Sonntagmorgens mal im Bett erzählt.

Er war bei einem Sommerlager der jungen freiwilligen Feuerwehr in Stedden von einem Apfelbaum des Bauern gefallen, der ihnen den Lagerplatz zur Verfügung gestellt hatte, weil er einen Zaunkönig in dem Geäst entdeckt hatte. Dabei hatte er sich im Fall mit seinem

Fahrtenmesser das Ohr halb aufgeschlitzt. Das war die biblische Strafe, dachte Lili lächelnd, für all seine irdischen Sünden, welche es auch immer gewesen sein mögen.

Lili mußte wieder an ihren Traum denken. Sie wollte mit Malte darüber sprechen, denn er hatte immer gute Traumdeutungen auf Lager. Sie küßte Malte sanft auf die Stirn, ohne daß dieser sich rührte. Malte Lilienthal hatte einen gesegneten Schlaf, er konnte zu jeder Tages- oder Nachtzeit im Stehen, Sitzen oder Liegen schlafen, bei Licht, im Flugzeug, neben einem Preßlufthammer oder einer Kettensäge. Es gab keinen Ort auf der Welt, an dem er nicht, sobald er die Augen schloß, sofort in einen tiefen Schlaf glitt. Lili hingegen schlief fast nie eine Nacht durch, und wenn sie nicht in einem dunklen, stillen Raum flach in einem Bett liegen konnte, erst recht nicht. Und meist, wie heute, war sie ohnehin morgens um halb fünf wach und konnte nicht mehr einschlafen.

Sie küßte ihn noch mal und noch mal. Ganz allmählich spürte sie Leben in seine Arme und Beine strömen, er räkelte sich etwas, und nach einem weiteren Kuß brummte Malte Lilienthal mit seiner unvergleichlich sonoren Stimme: „Wenn wir erst mal verheiratet sind, ist Schluß mit philosophischen Gesprächen morgens um fünf."

Lili lächelte ob seiner Worte versonnen in die Morgendämmerung, die gerade den Himmel rot zu färben begann, und schmiegte sich in Maltes linken Arm. „Aber ich hatte einen komischen Traum." Sie berichtete Malte von der Schlangenhaut und den Frauen.

„Ist doch ganz easy", nuschelte er in ihre glatten Haare, und drückte sie dabei mit seinem rechten Arm ganz fest an sich, „die Schlange ist dein bisheriges Leben. Hella hat Angst, daß du dich nach Vietnam absetzen könntest. Die Asiatin ist bestimmt deine leibliche Mutter, die dich zu deinen Wurzeln zurückholen möchte."

„Und warum gehen sie schließlich untergehakt zusammen weg?"

„Auch einfach. Sie sind kluge Frauen, sie wollen, daß du deinen Weg selbst bestimmst."

Lili gab sich mit dieser Erklärung zufrieden. Sie schien ihr einleuchtend. Hella hatte nie einen Hehl daraus gemacht, daß sie um ihr einziges Kind, das sie vor vielen Jahren adoptiert hatten, bangte. Seit diesem mysteriösen Anruf vor einigen Wochen aus der Deutschen Botschaft in Hanoi war ihre Angst noch größer geworden. Und Lili wußte auch, daß sie dennoch nach Vietnam fliegen mußte, um bei der Botschaft vorzusprechen. Es bestand immerhin eine winzige Chance, daß ihr Vater Xiao noch am Leben war, daß er das bestialische Gefängnis überlebt hatte und nun nach ihr suchte, so wie sie seit vielen Jahren nach ihm. Ihre leibliche Mutter, Mei-Ling, war auf der Flucht gestorben. Deshalb war sie in Deutschland. Ein vietnamesisches Flüchtlingskind mit Namen Li Chang, so hieß sie damals, war vor zwanzig Jahren von Hella und Guntram Lehmann, einem Hausmeisterehepaar in Lobetal, wie ein eigenes Kind angenommen worden. Heute, mit fünfundzwanzig, war sie eine asiatische Deutsche. Oder eine deutsche Asiatin?

Von ihren Gedanken eingehüllt, schlief sie tatsächlich noch einmal ein. Sie merkte nicht, wie ihr Kater Freitag hereingeschlichen kam und sich auf ihrem Bauch breitmachte. Erst als der Wecker klingelte, wachte sie wieder auf. Sie erinnerte sich wieder an Maltes Worte, deren Bedeutung nun mit voller Wucht in ihr Bewußtsein vordrang. Sie stellte den Wecker aus, legte sich in die Kissen zurück und kraulte unschlüssig Freitags schwarzes Fell. Schließlich sagte sie zu Malte: „Wann ist, wenn wir verheiratet sind?“ Sie sah vorsichtig zu ihrem Freund, der sich neben ihr räkelte.

„Wann immer du möchtest“, gab er verschlafen zurück.

Lili schlug die Augen auf. „Morgen vielleicht?“

„Okay. Morgen.“

Malte zog seinen muskulösen Arm unter Lili hervor, die ihn anstarrte, als hätte sie eine Erscheinung. Er schubste Freitag sanft von ihrer Brust, beugte sich über sie und begann, ihr die schmalen, schwarzen Satinträger des Nachthemdchens von den Schultern zu streifen. Er küßte sie, knabberte an ihren Schultern, ihrem feinen Hals, pustete liebevoll über ihre kleinen Brüste, seine Lippen strichen an ihren Rippen hinab bis zum Bauchnabel, um schließlich genüßlich die Stellen weit unterhalb ihres Bauchnabels zu erkunden. Lili stöhnte auf und konnte es vor Entzücken kaum noch aushalten. Sie streckte sich Malte in erwartungsvoller Erregung entgegen.

Er schob sich auf ihren mädchenhaften, zarten Leib. Sie spürte wohlig seinen Körper auf ihrem ruhen, er war ihr nie zu schwer, obwohl er sie ohne weiteres von Kopf bis Fuß bedecken konnte. Sie spürte seine Männlichkeit an sie drängen. Langsam öffnete sie ihre Beine, und Malte nahm sie leicht und sanft wie eine Blüte.

Bei Malte Lilienthal war nun ihr Zuhause, genau wie früher bei Hella und Guntram. Es war alles gut.

„Okay, also morgen“, murmelte sie. Malte bewegte sich mit rhythmischen Bewegungen sanft auf und ab und flüsterte dabei in ihr Ohr: „Willst du, du weißt schon, ist das ein guter Antrag so?“

Lili schloß die Augen und genoß seine Bewegungen und seine warmen Hände, die ihren Kopf umschlossen hielten. Leise lächelnd erwiderte sie: „Es gibt da ein kleines Problem.“

„Welches?“

Lili öffnete ihre schwarzen, mandelförmigen Augen, denn sie meinte, einen leichten Anflug von Panik in Maltes Stimme zu hören. „Ich bin konservativ erzogen“, hauchte sie in sein Ohr, „du mußt auf die Knie gehen und mir Blumen schenken und einen richtigen Ring kaufen und so, ja?“

„Und dann?“

„Dann mußt du meine rechte Hand in deine Hand nehmen und mich fragen, ob ich deine Frau werden möchte.“

„Dann klappt das aber nicht morgen mit dem Heiraten“, flüsterte Malte heiser und keuchte dabei leise in ihr Ohr.

„Warum nicht?“

„Weil ich erst alles einkaufen muß.“

Lili lächelte still. Sie spürte Maltes Küsse wie warmer Regen auf sich niederprasseln, seinen wunderbaren durchtrainierten Körper, seine Lust, die sich in ihr verströmte. Ihre Lust, die an ihren Lenden hochzüngelte bis in ihr gieriges Herz. „Dann übermorgen.“

„Okay.“

Nun saß sie in ihrem schwarzen Ford Ka, den ihr Kollege Peer Goldberg gern als Ford Schlappe bezeichnete, weil er schon so steinalt war, und wartete geduldig darauf, daß die Ampel an der Ecke bei der Celleschen Zeitung endlich auf grün sprang. Sie ließ die Minuten des zärtlichen Aufwachens wie einen Film in ihrem Kopf noch einmal ablaufen. Sie spulte ihre Erinnerungen nach vorn, wieder ein wenig zurück, so als müßte sie jede Szene noch einmal vor Augen haben, um sie zu verinnerlichen. Sie wußte, was Malte heute nach dem Unterricht machen würde. Endlich! Fünf Jahre wartete sie schon darauf! Wußte sie doch nach dem ersten Tag und der ersten Nacht schon, daß sie mit diesem Mann glücklich sein würde.

Er würde zur Goldschmiede Bade gehen, dort einen kleinen Ring besorgen und dann zu Anne Goldberg fahren, um sich von ihr wegen eines kleinen Sträußchens beraten zu lassen. Ihre Lieblingsblumen waren Freesien, weil sie wunderbar dufteten. Und Margariten. Und Maiglöckchen. Hauptsache keine Nelken.

Lili hingegen würde heute abend für Malte das ultimative Essen, wie er sich gerne scherzhaft über ihre mangelhaften Kochkünste ausließ, zubereiten, Chili-Huhn mit Thai-Basilikum und Cashewnüssen, und überlegte, was sie dafür noch einkaufen mußte. Sie kannte das Rezept auswendig, da es eh so ziemlich das einzige Gericht war, was sie in der Küche zustandebrachte und das sie für Malte bestimmt schon tausendmal gekocht hatte. Siebenhundertfünfzig Gramm Hähnchenbrustfilet, schrieb sie auf ihre gedankliche Liste, zwei Stengel Zitronengras, drei Chilischoten, frischen Ingwer, hundert Gramm Cashewnüsse ...

Sie fuhr rechts ab, die Hannoversche Straße entlang, bog dann in die Jägerstraße ein und fuhr auf den Polizeiparkplatz. Gleich würde die Morgenbesprechung beginnen. Lili stieg aus und lief direkt in Michael Kleins Arme, der in beigefarbener Jeans, weißem Hemd und braunem Pulli ebenfalls gerade aus einem Auto stieg. Er kam offensichtlich gerade vom Friseur, denn seine gestern noch scheckigen, blondbraunen Borstenhaare Marke Topfkratzer, glänzten heute morgen in einem satten Lila- Ton. Sie lächelte still, sagte dazu nichts, denn sie sah an seinem unglücklichen Gesichtsausdruck, daß da wohl etwas schiefgegangen war.

„Na, das wird wieder mal ein heißes Wochenende“, begrüßte er sie grinsend und legte ihr freundschaftlich den Arm um die Schulter.

„Und du, bist du über Nacht endlich mal gewachsen?“

„Ich wachse nicht mehr. Wieso?“ Lili sah zu ihrem Kollegen auf, der sie um bestimmt anderthalb Köpfe überragte.

„Weil du so ein kleines Mädchen bist, Lotusblüte. Viel zu klein für unseren Job. Das gefällt mir nicht.“

Sie lächelte. „Grenzwertig, ich weiß, das sagten die damals beim Auswahlgespräch auch. Aber das meine ich nicht. Wieso wird das ein heißes Wochenende?“

„Na, ich denke, es gibt viel aufregende Arbeit, oder?“

Lili nickte.

„Und, das weißt du noch gar nicht, Peer hat sich gestern auf dem Nachhauseweg den Knöchel verstaucht. Der fällt bestimmt erst mal für mindestens zwei Wochen aus.“

„Na, ganz toll“, erwiderte sie trocken.

Sie gingen durch die Eingangstür und die Schleuse zum Fahrstuhl und fuhren in den vierten Stock hinauf. Dort lag Fischers Büro und direkt nebenan die gute Stube, die kleine Etagenküche, in der von morgens bis abends die Kaffeemaschine ratterte. Am Ende des Ganges lag der Besprechungsraum. Erwartungsvoll traten sie ein.

Mark-Heinrich Fischer saß an einem einfachen, grauen Tisch – genau wie der Schrank in seinem Büro noch von Möbel-Unger, Herstellungsjahr schätzungsweise 1971 – und sah mürrisch auf.

„Das ist kein guter Tag. Guten Morgen.“

Michael Klein und Lili Lehmann grüßten, grinsten sich an und setzten sich zwischen Christiane Levy, der Photographin, und Benedikt Kamphausen, einen der ganz neuen, der, genau wie Bernd Vollmer, seit Mai dabei war.

„Na, Frischlinge, wie läuft's?“ Klein klopfte erst Vollmer und dann Kamphausen freundschaftlich auf die Schulter. Die beiden Youngsters sahen sich an und grinsten verlegen.

Vollmer erwiderte: „Mal sehen, ne“, und sein Blick ging zu Fischer, der irgend etwas schrieb.

Lili zwinkerte Vollmer zu und flüsterte: „Der tut nur so, keine Sorge.“

Fischer hatte schon alles vorbereitet. Auf den Flipcharts standen diverse Namen mit schwarzem dicken Filzer eingekringelt. Er antwortete grimmig: „Ich tu nicht nur so. Ganz und gar nicht. Peer fällt heute zumindest aus. Das allein ist schon ein Grund. Außerdem“, er sah über seine neueste Errungenschaft, eine silberfarbene Lesebrille, zu Lili, „außerdem habe ich heute kein Frühstück bekommen.“

„Warum nicht?“ Lili hatte ernsthaft Mitleid.

„Weil ich pubertierende Töchter habe.“

„Das sagt alles“, warf nun Kamphausen ein, der sie ein wenig an einen Maulwurf erinnerte. Kamphausen war klein, blond, trug eine

Nickelbrille, ein kleines Ziegenbärtchen und näselte leicht, als er jetzt anfügte: „Meine Schwester ist fünfzehn."

Fischer zog mit einem amüsierten Lächeln seine Brille von der Nase und sagte: „Mein Beileid."

„Danke, ebenso."

Der Bann war gebrochen. Es konnte losgehen. Fischer stand auf, legte die Brille auf den Tisch, krempelte die Ärmel seines weißen Hemdes bis zum Ellenbogen auf, nahm einen dicken roten Filzstift in die Hand und begann: „Okay. Ad eins: Frau Voss hat das Team, das ich vorgeschlagen habe, aufgestellt: Lili, Mick, Peer ..."

„Ist krank."

„Das weiß ich", knurrte Fischer, „Bernd und Benedikt kommen für ihn rein." Er hielt einen Moment inne und genoß sichtlich deren Freude, als er bemerkte, daß sie sich wie zwei Pennäler gegenseitig mit den Schultern anschubsten. Er fuhr fort, während er die Teameinteilung mit dem roten Stift auf dem Flipchart festhielt: „Ad zwei: Bernd war gestern nacht so freundlich, die Notizen zu machen. Wir sind diese heute morgen schon durch gegangen, und es verhält sich wie folgt: der tote Schauspieler wurde wahrscheinlich erschossen."

Lili zog ihre schwarze Strickjacke fester um ihre Brust und versuchte konzentriert zuzuhören, was Fischer zu dem Fall zu berichten hatte. Sie mußte sich wirklich bemühen, nicht immer wieder abzuschweifen und sich ihren Erinnerungen an den Morgen hinzugeben. Malte Lilienthal, achtundzwanzig Jahre alt, Referendar für Mathe und Sport an der Altstädter Schule, würde sie heute abend fragen ...

„Lili?"

„Was?" Sie schreckte hoch.

„Du nimmst dir diese Claudia Schön vor. Klein, Sie das Ensemble, besonders diesen Grünschnabel Boris Joos."

„Wer ist Claudia Schön?" Lili schubste Michael Klein, von Fischer meist Mick genannt, verlegen an und mußte sich beim Anblick seiner lila Haare wieder ein Lachen verkneifen.

„Die Schwester des Toten", flüsterte Klein.

„Außerdem nehmen Sie die Youngsters mit und grasen das gesamte Terrain im Theater ab."

„Sehr wohl, Chef." Michael Klein salutierte, und Fischer zog seine rechte Augenbraue nach oben.

„Ich werde mich gesondert mit der jungen Türkin befassen", schloß er schließlich seine Anweisungen und sah in die Runde, „und der Intendantin, dieser Käthe Kuss."

„Sie soll sehr griffig sein."

„Danke, Lili." Fischer sah sie an, als hätte er in eine Zitrone gebissen. „Deshalb darfst du mit, sie zu knacken. Und in die Rechtsmedizin nach Hannover. Aber erst, wenn das Käthchen mit uns geredet hat."

Lilis Herz hüpfte vor Freude. Wie oft hatte sie Fischer schon gesagt, daß sie endlich mal mitfahren wollte, um bei einer Obduktion zuzusehen. Es hat bislang nie gepaßt. Heute war eindeutig ihr Glückstag! Es war der sechzehnte Mai. Sie mußte den Tag unbedingt zu den anderen guten in ihr kleines Gedankenkästchen sortieren – so, wie sie manche Tage zu den schlechten legte.

9.

Schwierig ist das Leben von selbst, schön kann man es sich machen. Betül Ceylan starrte auf das Poster über ihrem Bett, das sie in der zehnten Klasse im Kunstunterricht zum Thema Das Schicksal – Pflicht oder Kür? gezeichnet hatte. Sie hatte für das Thema das Gedicht von Yunus Emre gewählt, das ihr Vater ihr damals im Sommer vorgetragen hatte, und daraus eine kunterbunte Landschaft aus Hügeln und Bergen gezeichnet. Sie hatte versucht, einen Vergleich zwischen dem Gedicht und diesem Spruch zu schaffen, der mit der Zeit ihr Leitsatz wurde.

Augenblicklich übermannte Betül wieder eine bleierne, traurige Müdigkeit. So ging das seit gestern abend, als sie völlig fertig von den Ereignissen im Theater und den vielen Fragen der Polizei ins Bett gesunken war. Die Vorstellung war abgebrochen worden, das Publikum betreten nach Hause geschlichen, und die Gesichtsfarbe der Intendantin war, nachdem sie die Nachricht erhalten hatte, der einer frisch geschälten Kiwi ziemlich nahe gekommen. Kalliope hatte den ganzen Abend geheult, und der Inspizient lief kopflos durch die Gegend und murmelte pausenlos, merde, merde, merde. Offensichtlich hatte der eine ausgeprägte frankophile Neigung. Und Boris, dieser

Idiot, hatte den gesamten Abend ein freches Grinsen auf den Lippen, als wäre es ihm gerade recht, daß Amandus Schön ... sie konnte es kaum gedanklich aussprechen ... tot war.

Jedesmal, wenn sie in der Nacht aufgewacht war, hatte sie das Poster angestarrt, das zu allem Überfluß von den Straßenlampen der Welfenallee sanft angeleuchtet worden war, und Tränen waren an ihren Wangen hinuntergelaufen.

Betül richtete sich auf und sah auf ihren kleinen Wecker, den sie in sicherer Entfernung ins Regal gestellt hatte. So mußte sie, um ihn morgens auszustellen, immer aufstehen. Gleich halb neun. Um zehn begannen die Proben für den Malersaal, danach kam die Anprobe bei der Gewandmeisterin. Die Figurine für ihre nächste Rolle, sie zeigte ein einfaches schwarzes, kurzärmeliges Kleid mit Puffärmeln, hatte ihr gut gefallen, und sie war gespannt darauf, was die Schneiderinnen aus dem Entwurf des Kostümbildners gezaubert hatten. Zumindest gestern noch.

Betül hatte lange geschlafen. Zu lange. Aber wozu sollte sie heute aufstehen? Sie ließ sich ins Kissen zurückfallen.

Das Leben hatte doch einfach keinen Sinn mehr. Der Eishauch des Todes hatte sie gestreift wie ein kalter Kuß, und Betül Ceylan erschien ihr Dasein nur noch als widrige Farce. All ihre unbelastete Heiterkeit war aus ihr gewichen. Warum nur mußte er sterben? Nicht, daß sie ihn allzu sehr gemocht hätte, nein, das nicht, aber die Berührung mit der Endlichkeit ihres menschlichen Daseins stürzte sie in eine Depression. Plötzlich erschien ihr ihr Beruf so sinnlos, die Rolle, das Kleid, alles, woauf sie gestern abend noch so stolz gewesen war, so leer.

Amandus war tot. Wann war sie dran? Konnte es passieren, daß sie morgen auf der Bühne tot vom Stuhl fiel oder nach der Aufführung vom Fahrrad? Konnte es passieren, daß sie in ihrem Bett vom Schlaf in eine Ohnmacht und dann in den Tod gleiten könnte? Betül hatte Angst vor dem Tod. Und seit gestern abend auch Angst vor dem Leben.

Langsam schlug sie die Decke zurück und setzte sich auf ihrem roten Futon auf. Aus der winzigen WG-Küche drangen Stimmen. Ach ja, ihre Brüder waren ja da und schliefen im Zimmer ihrer Mitbewohnerin Tahire Kilic, unschlagbar in Sachen Innenarchitektur, zu sehen an der in streng rosa-orange-rot eingerichteten kleinen Wohnung. Diese war Jungjournalistin und absolvierte gerade ein vierwöchiges Praktikum bei der Celleschen Zeitung.

Betül vernahm die Anwesenheit ihrer Brüder wie durch einen Schleier, ihre Stimmen klangen gedämpft, so wie wenn man in der Badewanne den Kopf unter Wasser hält. Leise putzte sich Betül die Nase und hielt dann die Luft an, um zu hören, was die beiden so wichtiges zu diskutieren hatten.

„Ach, hör auf damit, Ömer, ich will davon nichts mehr hören."

Lautlos und träge stand sie von dem Futon auf, steckte sich vor dem kleinen Spiegel neben dem Regal ihr schwarzes, schulterlanges Haar hoch und schlüpfte in einen flauschigen, hellblauen Bademantel. Sie horchte angestrengt in die Küche.

„Was ist bloß mit dir los, Tarik? Ich versteh dich einfach nicht mehr."

„Meinst du, ich dich?"

Betül hörte, wie der Kühlschrank auf- und wieder zugemacht wurde und konnte den Geruch von Knoblauch und Zwiebeln fast schnuppern.

„Seit du mit dieser Frau zusammen bist, wirfst du alles, was wir gelernt haben, über Bord wie überflüssige Sandsäcke."

Betül trat leise in die Küche. „Guten Morgen, Familie." Sie sagte das jeden Morgen, seitdem sie mit fünfzehn Grace Kelly in dem Film Die oberen Zehntausend gesehen hatte. Seitdem wollte sie auch nicht mehr klein und schwarzhaarig, sondern groß und blond sein. Mit seinen Genen muß man klarkommen, hatte ihre Mutter sie erfolglos versucht zu trösten. Doch wenigstens die Sprechweise konnte sie übernehmen, hatte Betül dann überlegt, wenn schon nicht Haarfarbe und Statur. Wozu konnte sie so gut Stimmen nachmachen?

„Da siehst du es schon. Sie kann nicht mal, wie jede andere türkische Frau, günaydın sagen."

„Was ist denn mit dir los, Tarik? Seit wann störst du dich an einem freundlichen ‚Guten Morgen'?" Betül sah fragend zu Tarik, ihrem ältesten Bruder, der mit bösem Blick ihrer Frage standhielt. Er sah gealtert aus, fand sie.

„Es stört mich eben."

„Es ist mir ziemlich egal, ob dich das stört, wenn ich ehrlich bin. Gib mir mal die Milch rüber.“ Sie hielt Tarik ihre offene Hand hin. „Ich hab heute morgen, wie du dir vorstellen kannst, ganz andere Probleme.“

Tarik übersah ihre ausgestreckte Hand und sagte satt dessen: „Nimm dir deine Milch gefälligst selbst.“

Ömer, der jüngere und größere der beiden Männer, sog leise die Luft ein und sagte dann: „So langsam, aber sicher, spinnst du wirklich, Tarik.“

„Ich frage mich, wer hier spinnt. Ich oder ihr alle.“

Mit diesem Satz drehte sich Tarik um und verschwand durch die grellorange gestrichene Wohnungstür, die mit einem lauten Knall ins Schloß fiel. Betül setzte sich schweigend an dem kleinen, roten Küchentisch Ömer gegenüber und schenkte sich aus einem Tetrapack Milch in ein Glas ein, das er ihr wortlos gereicht hatte. Schließlich sagte sie müde: „Hat der schlecht geschlafen, oder was?“

„Ach, ich versteh's einfach nicht.“ Ömer schüttelte resigniert seinen Kopf, den eine schöne schwarze Lockenpracht zierte. Er nahm ihre Hand in seine schmale, feine Künstlerhand. Wie Mamas Hände, dachte sie einen Moment, ihre hingegen waren die Bauernhände aus der Familie ihres Vaters. „Egal, wie geht's dir, Kleine?“

„Ich wünschte, Mama wäre jetzt da. Ich will nicht mehr leben. Es erscheint mir plötzlich alles so sinnlos. Gestern abend ... es ist alles so surreal.“

„Schttt. Das will ich nicht hören.“ Ömer stand vom Tisch auf und stellte sich hinter Betül. Er begann sanft ihren Nacken zu massieren. „Du wirst bald Tante, vergiß das nicht. Aleyna ist im achten Monat.“

„Das arme Kind. Wenn's ein Mädchen wird, kommt es bestimmt mit Kopftuch zur Welt.“

Ömer lachte. Ob es sein Lachen oder seine Berührungen waren, etwas löste in ihr ein wenig die Resignation, die sich breitgemacht hatte. „Ist doch wahr, oder“, fuhr sie fort, „die macht aus unserem Tarik noch einen Propheten.“

„Wenn er wenigstens etwas maßvoller wäre“, erwiderte ihr Bruder bekümmert, „gestern abend kam er stockbesoffen zurück.“

Betül hatte schon geschlafen, als sie von ihrer Tour durch die Gemeinde zurückkehrten.

„Der hat sich nur noch auf seinen Schlafsack fallenlassen."
„Wart ihr denn nicht zusammen unterwegs?"
Ömer schüttelte den Kopf. „Ich bin vor ihm heimgegangen. Wir waren in der Stadt zum Essen."
„Wo?"
„Im Ararat, so hieß es, glaub ich. Gutes Essen. Schön scharf. Er wollte dann noch durch den Schloßpark spazieren."
Betül wurde heiß und kalt. Sie starrte auf Ömers feine goldene Kette, die er um den Hals trug. Gold, die Farbe der alevitischen Männer. Silber trugen nur die Suniten.
„Sich die angestrahlte Architektur von außen ansehen. Einer deiner Kollegen hatte ihm erzählt, daß die Theaterbühne im Burgturm eingebaut sei, welcher sozusagen der statische Stempel des Theaters sei. Der Typ meinte wohl auch, es gäbe sogar einen Gang im Gewölbe mit Geheimtreppe und ..." Sie riß sich vom Anblick des Schmukkes los.
„Durch den Schloßpark sagst du? Wann war das?"
„Gegen neun vielleicht? Keine Ahnung."
Betül war erleichtert. „Na ja, da kann er ja nichts gesehen haben. Da stand Amandus noch putzmunter auf der Bühne. Der spielte übrigens den Perchik. Den jüdischen Studenten."
Plötzlich hielt Ömer inne und hörte auf, ihren Nacken zu massieren.
„Was ist?" Sie sah zu ihm hoch. Er starrte Betül an, als hätte er eben ein Gespenst gesehen.
„Was ist denn?"
„Nichts. Bin gleich wieder da."
Ömer verschwand im Bad. Als er zurückkam, hielt er ein Buch in der Hand mit dem Titel Die Sünden von Juden und Judentum.
„Das wollte ich dir gestern schon zeigen. Seine neueste Lektüre auf dem Klo. Hat er hinter deinen Handtüchern versteckt."
Betül sah sich das Cover an, das eine dunkle, regennasse Straße zeigte, davor die Silhouette eines Juden mit Bart und Schläfenlocken, als Hintergrund ein gelber Davidstern. „Wo er diesen Blödsinn nur her hat. Von Aleyna?" Betül sah ihren Bruder fragend an.
„Schon möglich. Vor einiger Zeit sagte er auch, er wolle mit diesem ganzen verlogenen Alevitenkram nichts mehr zu tun haben."

„Und mir hat er gestern gesagt, er fände es unmöglich, daß ich ein jüdisches Mädchen spiele. Und er wäre nur mit dir hierher gekommen, um sich von meiner Schande zu überzeugen. Ich dachte, er macht Spaß, aber ich bin mir nicht mehr so sicher, Ömer. Ich hoffe bloß, er interessiert sich nicht für den Geheimgang, um mich verschwinden zu lassen." Sie lächelte ihren Bruder schief an. Nachdenklich nahm sie sich einen grünen Apfel aus dem kleinen Obstkorb, der auf der Fensterbank stand, und biß ein Stück ab. „Amandus hat immerzu Äpfel gegessen. Während der Proben. In den Pausen. Nur nicht auf der Bühne", erinnerte sich Betül nun. „Warum mußte er nur sterben, Ömer? Ich kann es immer noch nicht fassen."

Statt einer Antwort entgegnete Ömer leise: „Es könnte auch zehn oder halb elf gewesen sein, als Tarik wieder da war, Betül, ich weiß es nicht mehr genau."

In dem Moment hörten sie, wie die Haustür sich öffnete. Tarik kam zurück und setzte sich wortlos auf den dritten freien Stuhl, der brombeerfarben war. Betül betrachtete besorgt ihren ältesten Bruder. Er war so mager geworden, all die mühsam erarbeiteten Muskeln, die sich früher unter seinem Hemd abgezeichnet hatten, waren verschwunden. Er hatte immer noch ein rundliches Gesicht, aber dennoch fand Betül, sah er verhärmt aus. Seine braunen Augen empfand sie als bedrohlich.

Schwierig ist das Leben von selbst, schön kann man es sich machen, schoß es ihr wieder durch den Sinn. Und dann dachte sie an Schön, seine Lebensfreude, seine leichte Art, mit den Dingen umzugehen, und an seine Unbekümmertheit. Sie spürte ihre hilflose Trauer wie Feuer unter der Haut brennen. Betül sah mit feuchten Augen von Bruder zu Bruder und schließlich zu dem Buch, das Ömer auf den Tisch gelegt hatte. Dann flüsterte sie ganz leise: „Adimiz miskindir bizim. Dü△manimiz kindir bizim. Biz kimseye, kin tutmayiz. Kamu alem birdir bizim." Sie nennen uns Ergebende, Unser Feind ist der Haß ... Tarik starrte sie an. Doch sie schaute ruhig und fest in seine Augen, als sie ihn fragte: „Hattest du es schon vergessen?"

Tarik schüttelte den Kopf und zog langsam seine randlose Brille von der Nase. Seine hellbraunen Haare zeigten erste graue Strähnen, stellte Betül erstaunt fest, während er sein Gesicht auf seine Arme legte und in die rote Tischplatte hineinflüsterte: „Aber Aleyna will nichts von alledem hören. Und sie ist nun mal meine Frau.“

10.

Mit enervierender Langsamkeit fuhr das gelbe Pferdefuhrwerk der Firma Schubotz die Schuhstraße entlang. Selbst schuld, dachte Mark Fischer verärgert, daß sie jetzt nur im Schrittempo zuckeln konnten. Sie hatten sich eben noch im Saftladen in der Schuhstraße einen Orangen-Ananas-Möhren-Shake geholt, als Entschädigung für das entgangene Frühstück sozusagen, bevor sie im Theater vorbeisehen und anschließend nach Hannover ins Rechtsmedizinische Institut fahren würden. Der Obduktionstermin für Amandus Schön war von Cosima für zwölf Uhr dreißig anberaumt worden.

Fischer blinzelte in die Sonne und nippte stumm an seinem Shake. Das ewige Leid mit dem Gewicht! Kaum sah er auch nur ein Steak an, setzten sich die Pfunde um seine Hüften fest wie kleine böse Parasiten. Aber anstatt daß diese ihn als Wirt nahmen und seine Fettzellen verspeisten, wuchsen sie munter weiter. Na ja, er mußte sich eingestehen, daß die Grillstückchen vorgestern abend bei Lili auch nicht gerade leichte Kost gewesen waren. Aber sie hatten so ausgezeichnet geschmeckt!

Fischer sah zu Lili, die wieder neben ihm im Auto saß. Er mochte die junge Vietnamesin, seit sie ihn auf der Fuhrberger Straße angesprochen und um einen Job gefragt hatte. Er freute sich heute noch darüber, daß er sie gleich nach ihrer Ausbildungszeit ins Team geholt hatte. Lili Lehmann war eine sehr gute Ermittlerin und obendrein der Liebling aller seiner Jungs. Lotusblüte nannten sie sie liebevoll und beschützten sie, wenn es irgendwie ging, wie ein kleine Schwester. Vielleicht, dachte Fischer nun, weil sie oft etwas verhungert wirkte – genau wie ihr Kater Freitag, der vorgestern abend mit konstanter Bosheit und zäher Geschmeidigkeit den Grill umgarnt hatte. Lili umgab eine melancholische Aura und wirkte dadurch irgendwie besonders verletzlich. Obendrein trug sie nur schwarz, wie heute auch. Unter ihrer schwarzen Strickjacke sah er ein schwarzes T-Shirt, sie trug eine schwarze Jeans und schwarze, flache Schuhe. Ob das etwas mit ihrer asiatischen Herkunft zu tun hatte? Sie hatte öfters mal darüber gesprochen, daß sie sich entwurzelt fühlte, und Fischer empfand die latente Traurigkeit, die sie stets umgab, wie den letzten warmen Luftzug, bevor der Herbst begann. Fischer überlegte, ob er sie auf diesen mysteriösen Anruf aus Hanoi ansprechen sollte, ließ es dann aber doch bleiben. Sie hatte einen extremen Dickkopf, das konnte er im Laufe der Jahre feststellen. Was sie nicht sagen wollte, verschwieg sie. Also fragte er statt dessen: „Wie geht's Malte? Er war gestern abend gar nicht da."

„Oh, gut." Er sah, daß Lili errötete. „Er mußte auf den Elternabend seiner 8 A, und anschließend war er mit zwei Kollegen im Thaers."

„Schöne Kneipe", erwiderte Fischer, „haben auch einen schönen Nebenraum. Ideal für Familienfeiern. Wir wollen Leahs Firmung im Herbst dort feiern."

Fischer war katholisch getraut, und seine Töchter waren katholisch getauft. Was Liebe doch alles vermag, überlegte er, und erinnerte sich an den Haushalt seiner Eltern, in dem Kirche und Glauben eine sehr untergeordnete Rolle spielt. Doch seine Ingrid war nun mal eine gläubige Frau, und es war ein schlichtes Kalkül damals. Wenn er sie haben wollte, mußte er darauf eingehen. Sie wollte, wie sie sich ausdrückte, nachdem Laura geboren war, keine Taufscheinkatholiken großziehen. Mittlerweile war er selbst Teil der Gemeinde in St. Ludwig geworden und hatte sich über die Jahre ernsthaft mit Glaubensfragen beschäftigt. Er war zu dem Ergebnis gekommen, daß es gut war, wenn Kinder diesbezüglich eine solide und echte Grundlage vermittelt bekamen und unterstützte die Mutter seiner Töchter so gut es nur ging. „Ingrid hat den Raum schon angemeldet. Liegt ja sozusagen direkt neben der Kirche."

„Ja, das könnte man sich überlegen. Da ist es schön."

„Was überlegen?" Fischers Blick ruhte in ihren dunklen Mandelaugen.

„Mal sehen."

Fischer wußte, daß Lili nur noch auf Malte Lilienthals Antrag wartete und sich nichts sehnlicher wünschte, als ihren blondgelockten Lehrer zu heiraten. Ein völliger Fehlgriff, farbtechnisch betrachtet. Lilis Lieblingsfarbe war doch schwarz! Doch Lilienthal war hellhäutig und hellhaarig. Nur seine Augen hatten die Farbe von dunklem Schiefer, wie Ingrid beim letzten gemeinsamen Grünkohlessen, das Fischer seit Jahr und Tag für seine Truppe und die jeweiligen Partner in der Heideschenke in Wolthausen springen ließ, mit schwärmerischem Ton festgestellt hatte. Lilienthal war okay, fand Fischer, das war das Wichtigste. Auch wenn seine Lieblingslektüre aus Comics bestand, etwa Donald Duck! Gott sei Dank wurde er nicht Deutschlehrer.

Aber heutzutage las man eben nicht mehr Goethe oder Schiller. Fischer konnte Die Bürgschaft heute noch in- und auswendig!

Zu Dionys, dem Tyrannen, schlich
Damon, den Dolch im Gewande:
Ihn schlugen die Häscher in Bande,
‚Was wolltest du mit dem Dolche? Sprich!'
Entgegnet ihm finster der Wüterich.
Die Stadt vom Tyrannen befreien ..."

Tja, alles hatte seine Zeit. Und es war nicht jedermanns Sache, Deutsch als Lieblingsfach in der Schule zu wählen. „Gibt's denn was Neues?" fragte er nun.

„Mal sehen", wiederholte Lili grinsend, „bald kann ich vielleicht mehr dazu sagen."

„Bin gespannt."

„Und ich erst." Lili fing an zu niesen.

„Ich fürchte, Leah hat mit ihrer Reithose hier drin gesessen. Wir waren am Sonntag auf einem Turnier in Hermannsburg", meinte Fischer und sah mitleidig zu seiner Kollegin. Sie suchte ein Taschentuch in ihrer schwarzen Jeans und schneuzte sich nach einem weiteren heftigen Niesanfall. Er mußte sie zu seinem Freund Knut schikken, dem Hautarzt und Allergologen. Das Mädel war ja auf restlos alles allergisch. Gräser, Pollen, Äpfel, Nüsse, Pferde. Nur Katzen nicht.

„Du mußt das behandeln lassen, Lili. Geh zu Knut Müller im Ärztehaus am Neumarkt. Den kenn ich, das ist mein Doppelkopf-Freund. Und er ist gut."

„Da haben Sie mich letztes Frühjahr schon hingeschickt, Chef", erwiderte Lili amüsiert, „und seitdem geht's ja auch schon viel besser. Das ist nur das Pferd, das mich in der Nase kitzelt. Dabei mag ich die doch total gerne."

„Und Knut hat die Allergie nicht weggekriegt?"

Fischer sah prüfend zu Lili, die den Kopf schüttelte. „Na ja, es ist zumindest schon viel besser geworden. Und er hat mir für die schlimmste Zeit ein gutes Mittel verschrieben."

„Na dann." Fischer bremste, sah zweifelnd nach vorn durch die Scheibe, trank dabei von seinem Saft und beobachtete die beiden Pferde, einen Weißen und einen Braunen. Der Planwagen hatte gestoppt. Seine Geduld war allmählich an Ende. Er wollte mit seinem weißen Mercedes-Cabrio, einem Schmuckstück von 1972, endlich weiterkommen und knurrte ungeduldig: „Was ist denn nun noch?"

„Wir haben Zeit, Chef, nur nicht die Geduld verlieren." Lili nieste noch einmal.

„Sehr unbefriedigend, sag ich doch", brummte er und meinte dabei nicht nur Lilis Allergiebehandlung. Er sah ungeduldig auf seine Armbanduhr, ein Geschenk seiner Eltern zum vierzigsten Geburtstag. Lang, lang, ist's her, dachte Fischer, nächstes Jahr würde er schon seinen Fünfzigsten feiern. Er seufzte und dachte an Kalliope und ihren unschönen Alterungsprozeß. Ob das an ihrem Beruf lag, oder an den Arbeitszeiten? sinnierte er und betrachtete sich dabei möglichst unauffällig im Rückspiegel. Sah er aus wie fast neunundvierzig? Egal, er war weder eine Frau noch Schauspieler, Gott sei Dank, sondern ein verdammt guter Kommissar, der im Revier, wenn alle glaubten, er wäre außer Haus, neuerdings den liebevollen Spitznamen Schnuffi hatte, weil er angeblich Mörder riechen konnte. Das hatte er zufällig mitgehört, als Lili den anderen von der Aktion erzählte, wie der Hund von Buchmann, dessen Frau als vermißt galt, den Bösewicht Niemeyer auf der Beerdigung eines der Opfer erschnüffelt hatte und sie beide zur Stelle gewesen waren, um den Typen dingfest zu machen. Lili hatte zu Goldberg und Klein gesagt: „Der Chef ist wie der kleine Köter auf dem Friedhof. Der gute Schnuffi." Daraufhin lachten die anderen, und Peer hatte erwidert: „Mark-Heinrich Schnuffi. Nicht schlecht." Sie hatten noch Lachtränen in den Augen gehabt, als er nach einem kurzen Moment lautlos eingetreten war. Sofort hatten sie wieder zu glucksen angefangen. Fischer hatte still mitgespielt. Humor war wichtig fürs Klima. Und er konnte durchaus auch mal über sich lachen.

Sah er wirklich schon so alt aus wie Kalliope? Er begutachtete seine Nase. Zu blaß heute. Der Tag und Abend gestern waren anstrengend gewesen und hatten entsprechende Spuren in seinem Gesicht hinterlassen. Und seine Locken – mausgrau, pflegte Ingrid gerne zu sagen, wenn sie seine Haarfarbe beschreiben sollte, und damit lag sie keineswegs daneben – hätte er heute morgen vielleicht mal kämmen sollen, anstatt sie nur mit dem Handtuch zu rubbeln. Fischer bemerkte leichte Augenringe. Dennoch blitzten ihm seine blauen Augen, die, wie er wußte, furchterregend streng aussehen konnten, wie eh und je und ohne Spuren von Müdigkeit aus dem Spiegel entgegen. Fischer sah wieder nach vorn. „Was macht der denn jetzt da?“

Lili Lehmann lächelte ihn an. „Weiß man's?“ Sie zog geräuschvoll an ihrem weißrot gestreiften Strohhalm.

Der breitbeinige Kutscher war vom Bock gestiegen und ging gemächlich um den Wagen herum. Mark versuchte, einen Blick auf die Straße weiter vorn zu ergattern. Aber das einzige, was er sehen konnte, waren eine Handvoll Gäste, die sich lächelnd zur Straße runter beugten, und der dicke Hintern vom dem Braunen. Der Kutscher kam mit einem großen Handbesen und einer überdimensionalen, kornblumenblauen Schaufel hinter dem Wagen hervor.

„Oh nein.“

„Das ist eben wahres Lokalkolorit“, sagte Lili nun erheitert, „ein Pferdewagen in der Altstadt, voll von munteren Touristen, die sich per Lautsprecheransage die Sehenswürdigkeiten erklären lassen. Wie romantisch.“ Sie zeigte nach vorn, „Und dabei hin und wieder ein kleiner Halt, um die Pferdeäpfel zu entsorgen!“

„Romantisch? Ich weiß nicht.“ Fischer grinste. „Aber ich mag die Vorstellung, daß auf diese Weise an den alten Fachwerkbauten noch ein wenig das Flair der Vergangenheit entlangweht.“

Er schaltete den Motor ab, das Radio ein und wartete, bis der Kutscher endlich die Pferdeäpfel von der Straße gelesen hatte. Sie hörten schweigend dem Nachrichtensprecher zu, der irgendwas von einem Stellenabbau in Hannover berichtete.

„Auch das noch“, sagte Lili und meinte wohl damit die Nachrichten und weniger das Pferdefuhrwerk vor dem Auto, daß immer noch den Weg blockierte. Fischer pflichtete ihr bei.

Endlich ging’s wenigstens im Schrittempo weiter, und das Pferdefuhrwerk bog glücklicherweise in Richtung Stechbahn ab. Sie fuhren die Kanzleistraße entlang und bogen an der Schloßbrücke ein. Ein uniformierter Polizist, der die Brücke bewachte, grüßte freundlich, und Fischer fuhr den kurzen Weg bis zum Portal langsam hoch. Er wollte nur noch mal sehen, ob die Intendantin für ein Gespräch zur Verfügung stand. Gestern abend hatte sie sich dazu außerstande gefühlt, und vielleicht konnte daher heute weibliche Begleitung nicht schaden. Daher war es ihm leichtgefallen, endlich mal Lilis Wunsch, bei einer Obduktion dabei sein zu dürfen, nachzugeben. Geben und Nehmen. So einfach war das.

Sie fuhren zum Schloß hoch bis zum hinteren Eingang und hielten auf dem Parkplatz der Verwaltung. Der Platz, der mit dem Schildchen Intendanz gekennzeichnet war, war belegt. Er jubelte. Sonnenlichter tanzten auf dem Wassergraben, die Enten lagen dösend am Ufer. „Schön, oder?“ sagte Fischer zufrieden und wies auf das Wasser. Lili nickte.

Käthe Kuss sei leider nicht im Haus, sagte der Pförtner lapidar, obwohl Fischer hätte wetten können, daß er vorhin, bevor sie um den Nordturm gefahren waren, einen Schatten an einem der Fenster gesehen hatte, der ihr ziemlich ähnlich war. Ärgerlich gingen sie zum Auto zurück. „Dann auf nach Hannover“, seufzte er und ließ das dunkelrote Verdeck runter, wendete den Wagen und gab Lili ein gelb kariertes Kopftuch von Ingrid aus dem Handschuhfach, damit ihre langen Haare nicht so stark im Wind flatterten.

Als sie Ehlershausen hinter sich gelassen hatten, begann Lili endlich von dem Anruf aus Hanoi zu berichten. Sie hatte sich im Sitz ganz weit zurückgelehnt und ihre große, dunkle Sonnenbrille aufgesetzt. „Chef, ich brauch bald mal Urlaub. Ich will nach Vietnam fliegen.“

„Erzähl.“

Sie berichtete, daß die deutsche Botschaft in Hanoi möglicherweise ihren Vater ausfindig gemacht hatte. „Wenn er es ist. Der Mann, den sie gefunden haben, heißt zumindest Xiao und war mal Lehrer.“

„Das ist eine schöne Nachricht, Lili.“ Fischer war voller aufrichtiger Anteilnahme.

„Aber dieser Mann ist stumm. Er redet nicht mehr. So wissen sie nichts Genaues.“

„Es ist ein Hoffnungsschimmer, Lili“, gab Fischer sanft zurück. Sie schluckte und zog sich das Kopftuch fester. Fischer fragte: „Wie kommen deine Adoptiveltern damit zurecht?“

„Ich hoffe, gut. Ich möchte, daß sie mitkommen. Wenn sie an meiner Mission teilhaben können, wird es für sie leichter sein. Ich will da ja keine Wurzeln schlagen. Auch wenn sie das denken. Ich will einfach nur wissen, woher ich komme, mehr nicht.“

„Und deinen Vater wiederfinden.“

„Nein, meinen Erzeuger. Ich habe einen Vater. Es ist über zwanzig Jahre her, Chef. Ich bin hier in Celle zu Hause.“

Aus Li Chang, einem vietnamesisches Boatpeoplemädchen, wurde mit fünf Jahren Lili Lehmann, dachte Fischer, wohin das Schicksal die Menschen doch wehen kann. Wie wäre ihr Leben wohl geworden, wäre sie in Vietnam großgeworden? Wäre sie dann auch Polizistin geworden?

„Ich weiß, was Sie jetzt denken, Chef.“

„Ach, ja?“

„Ich wäre bestimmt auch bei der Polizei gelandet. Das wollte ich schon als ganz kleines Mädchen.“

Fischer zog erfreut den letzten Schluck Saft aus seinem Becher. Es machte ihn glücklich, daß er seine Leute kannte. Ein wenig zumindest.

Sie waren am Rechtsmedizinischen Institut, einem weißen, mehrstöckigen Gebäude aus den siebziger Jahren, angekommen. Fischer fuhr auf den hinter dem Haus gelegenen Parkplatz.

„Es stimmt, was Cosima mal sagte: Es hat den Charme einer Tiefkühltruhe“, lächelte Lili beim Aussteigen und sah an dem Gebäude hoch, „wie passend, wenn man bedenkt, daß hier ganz viele Leute in Kühlkammern liegen.“

Fischer schmunzelte.

Sie traten durch die große Glastür ein und fuhren im Aufzug hinab ins Tiefgeschoß. Cosima, welche Fischer vorab über Lilis Anwesenheit bei der Obduktion informiert hatte, und Christiane Levy, die die

Photos machen sollte, warteten schon in Cosimas Büro, das neben dem Sektionssaal lag. „Schön, daß ihr da seid. Dann können wir anfangen“, begrüßte sie ihn und Lili strahlend, „kommt mit. Unitas in necessariis, libertas in dubiis, caritas in omnibus.“ Cosima ging ihnen, gekleidet in weiße Jeans und einem hellen türkisfarbenen Polo, mit leichten Schritten voraus Richtung Fahrstuhl, während Lili Fischer mit großen Augen ansah.

„Ähm, sie ist die Lateinerin, ich bin damals genau deswegen am Hermann-Billung-Gymnasium sitzengeblieben.“ Er grinste entschuldigend.

An der glänzenden Fahrstuhltür blieben sie stehen, und Cosima sagte: „Das ist der Leitspruch der Medizinischen Hochschule Hannover, Lili. Einigkeit im Grundsätzlichen, Freiheit in Zweifelsfällen. Nächstenliebe in Allem.“

„Also, gehen wir unsere Nächsten lieben. Auch wenn es eben die Toten sind“, erwiderte Fischer trocken und sah dabei schelmisch zu Lili, die ratlos und ein wenig genervt, wie ihm schien, von einem zum anderen sah.

„Ich versteh das alles nicht. Wieso reden Mediziner ständig lateinisch?“

„Damit ein Arzt im Sudan den Befund aus Grönland genauso verstehen kann wie einer aus Japan den von den Falkland Inseln oder aus Paris. Oder einer aus Groß-Hehlen den aus Konstanz“, erklärte Cosima augenzwinkernd. Sie spielte darauf an, daß Ingrid Fischer von dort stammte und aus tiefster Überzeugung tiefstes alemannisch sprach, was hier oben im Norden für viel Erheiterung sorgte, vor allem wenn sie einkaufte. Einmal wollte sie für einen Kindergeburtstag bei Blaugelb, was mal Interspar und Wal-Mart war, Röhrle kaufen, und die halbe Belegschaft hatte sich bei diesem Ansinnen ratlos angesehen.

„Des sin die Dinger zum trinke aus’me Fläschle oder aus’me Becher“, hatte sie daraufhin zu erklären versucht, „wie heißet die bloß hier? Mensch, die nimmsch in deine Gosche und saugsch dran.“

Es dauerte etwas, bis einer der Mitarbeiter auf das Wort Strohhalm gekommen war.

Sie waren am Sektionssaal angekommen.

Fischer, als Vertreter der Staatsanwaltschaft zu Anwesenheit verdonnert, war nicht gerade ein übertrieben großer Fan von Sektionen, aber die Atmosphäre im Saal nahm ihn dennoch immer wieder gefangen. Der Saal war hell und freundlich, die weißen Milchglasscheiben wirkten diskret, das spärliche Mobiliar war in einem satten Eidottergelb gehalten, und wären sie nicht im Sektionssaal der medizinischen Hochschule, in dem mehrere Tote auf kalten Edelstahltischen verteilt lagen, würde der Saal beinahe so etwas wie Behaglichkeit verbreiten. Vielleicht hat es aber mit den Leuten zu tun, die hier arbeiteten, überlegte Fischer und sah dabei zu Cosima, die sich gerade eine weiße Plastikschürze umband. Sie verbreiteten alle eine heitere und gleichzeitig würdevolle Stimmung, was Fischer gut gefiel. Er wandte sich zu Lili und zeigte dabei nacheinander auf die anderen Anwesenden: „Das ist Paul Wessels, der jüngste Assistent. Er ist in der Weiterbildung zum Facharzt für Rechtsmedizin. Und das ist der gute alte Gustav Bruns, der Präparator."

Wessels hatte wie immer ein rotes Nickituch um seine wilden braunen Lockenkopf gebunden, und Bruns, der Hüter der Toten, wie er hier genannt wurde, trug sein weißes Haar tief gescheitelt. Er erinnerte Fischer stets an Antje, das NDR-Walroß, was er sich jedoch selbst nicht so recht erklären konnte, obwohl Gustav in der Tat figürlich an Antje recht nahe rankam. Die Männer trugen beide, so wie die Ärztin auch, als Schutzkleidung grüne Kittel, die ihnen fast bis zum Knöchel reichten, weiße Gummischürzen und gelbe Einmalhandschuhe.

Fischer sagte zu Lili, die immer noch Ingrids Kopftuch umhatte und ehrfürchtig in einer Ecke stand: „Komm her, Gustav zeigt dir bestimmt erst mal die Hallen."

„Na klar."

Bruns führte Lili in den hinteren Bereich des Saales, in dem noch zwei weitere Tote aufgebahrt lagen. Fischer hörte Lili fragen, weshalb diese obduziert werden mußten, und dann das Klacken der metallenen Türen an den Kühlfächern, die Bruns auf- und zuschnappen ließ. Fischer selbst kannte die Räumlichkeiten in- und auswendig. Sogar den Schneewittchensarg, eine neuere Errungenschaft des Instituts, hatte er schon gesehen und damals bei der Bezeichnung gelächelt. Der Schneewittchensarg war nichts anderes als eine Art durchsichtiger Schutz in Sargdeckelform über einer einfachen Bahre.

Paul Wessels begann Schöns Leiche, die unbekleidet auf dem ersten Seziertisch lag, zunächst nach äußeren Verletzungen abzusuchen, um ihn dann mit einem kleinen Skalpell zu öffnen. Er führte einen langen, geraden Schnitt vom Hals bis zum Schambein aus. Dann legte er die Rippen von Muskel- und Fettgewebe frei. Lili, die jetzt wieder neben Fischer stand, sah fasziniert zu und murmelte: „In den amerikanischen Krimis schreiben die immer von einem Y-Schnitt."

„Kann man machen, aber hier schneiden wir eine Linie", sagte Wessels und setzte die Rippenschere an, während Cosima die Befunde zu diktieren begann.

„Ein männlicher Toter, achtunddreißig Jahre alt, Schußverletzung der rechten Brust."

Doch kaum lag der Brustkorb vollständig geöffnet vor ihr, ließ Cosima ihr Diktiergerät langsam sinken und sah verblüfft auf die freiliegenden Organe in der oberen Körperhöhle. „Paul", flüsterte sie ungläubig, „das gibt es doch nicht."

Paul sah auf und suchte den Blick der Kollegin. Sie wies auf den Leichnam.

„Schau genau hin."

Pauls Augen weiteten sich. Stumm standen die beiden Mediziner vor Schöns geöffneter Brust.

Fischer sah ratlos zu Bruns. Aber auch Gustav Bruns, der gerade die Schädelsäge ansetzen wollte, hielt inne und war vor Erstaunen starr geworden.

„Cosi, was ist los?" Fischer trat näher an den Tisch und zog Lili am Ärmel ihrer Strickjacke hinter sich her.

„Mark, das ist ..."

„Unglaublich", vervollständigte Wessels den Satz.

„Nicht zu fassen", erklärte Bruns.

„Was ist denn? Sagt schon." Fischer sah ungeduldig von einem Arzt zum anderen. Cosima sah ihn aus ihren graugrünen Augen ruhig an und meinte dann leise: „Ein situs inversus. Auch Heterotaxie genannt."

„Soll heißen?"

„Bedingt durch einen Gendefekt entsteht eine seltene, aber an sich nicht krankhafte Besonderheit der Anatomie, bei der sich Organe auf der jeweils anderen Seite des Körpers befinden“, klärte sie ihn auf.

„Bei dem Toten hier sind alle Organe seitenverkehrt angelegt“, ergänzte Wessels, „er ist sozusagen falsch herum gebaut.“

Lili und Fischer beugten sich interessiert über Schöns sterbliche Überreste. „Das heißt“, wandte sich Fischer dabei fragend an Cosima, „das Herz sitzt auf der rechten Seite?“

„Genau. Das würde auch erklären, weshalb er so schnell tot war.“

„Du meinst, er könnte noch leben, wenn er nicht diesen situs inversus hätte?“

Die Mediziner sahen sich an. „Könnte sein“, antwortete Cosima.

„Und könnte es sein, daß das bislang unentdeckt blieb?“

„Möglich. Wenn er immer gesund war. Oder der Kinderarzt schwerhörig.“

„Vielleicht sollte er also gar nicht sterben“, warf Lili ein, deren feine Nase Fischer plötzlich ein wenig blaß vorkam, „sondern ist einer Laune der Natur zum Opfer gefallen.“

„Es sei denn, jemand wußte von dieser Anomalie. Zum Beispiel der Vater.“ Fischer kratzte sich nachdenklich an seinem schlecht rasierten Kinn und lächelte Lili an, die einen Ausdruck im Gesicht hatte wie Freitag, wenn er sich anschickte, auf Mäusejagd zu gehen.

„Oder die Schwester, Chef.“

„Oder die Schwester“, wiederholte Fischer.

11.

Es zu wünschen war die eine Sache, dabei zu sein, eine ganz andere. Lili stieg erleichtert in Fischers weißes Mercedes-Cabrio, in den Göppel, wie Fischers Frau Ingrid sagen würde, und ließ sich in das weiche, braune Polster fallen: Lili mußte erst mal in Ruhe darüber nachdenken, was sie heute gesehen hatte. Das Innerste eines Menschen. Das Herz. Die Lungen. Gedärme. Das Intimste. Dieser Schön war ein gutaussehender Mann, vom Scheitel bis zur Sohle, fand Lili, wenngleich ihr die Vergleiche fehlten. Als sie Malte damals in der CD-Abteilung bei Karstadt kennenlernte, war sie, was Männer angeht, noch ziemlich unerfahren gewesen, um nicht zu sagen: in keinster Weise vorbelastet.

Aber alle äußerliche Schönheit war eine endliche Sache. Lili überlegte, was einen Menschen tatsächlich ausmachte. Die Hülle war nur ein Teil davon. Dazu kam doch das Fühlen und Denken. Wo denkt der Mensch? Wirklich nur im Kopf? Haben wir deshalb nur für das Denken eine eigene Körperhöhle? dachte sie. Den Moment, als Gustav Bruns Amandus Schöns Kopf aufgesägt und das Gehirn herausgenommen hatte, fand Lili am schlimmsten. Es schüttelte sie, als sie sich diesen Augenblick wieder bewußtmachte. Aber gleichzeitig war Lili im nachhinein stolz, daß sie dabei nicht umgekippt war. Sie überlegte, wie es wohl in ihr aussah, und fragte: „Wie oft kommt so etwas vor, Chef? Dieser situs inversus?"

„Ich glaube nicht oft, Cosima sagte was von eins zu zehntausend."

„Die Ärzte waren ja völlig aus dem Häuschen." Lili band sich das gelbe Kopftuch fester und setzte sich die Brille auf, während Fischer den Wagen vom Gelände der Medizinischen Hochschule Richtung Celle lenkte. „Und dieser Wuschelkopf erzählte vorhin noch, er hätte vor kurzem gelesen, daß im Jahr 2000 eine alte Dame von siebenundachtzig Jahren gestorben war ohne davon zu wissen, daß sie es hatte. Was es alles gibt."

Fischer nickte. „Und wie geht es dir nun, Lili?"

„Geht so. Ganz schön heftig beim ersten Mal."

„Jedes erste Mal, denke ich, egal was."

Schweigend fuhren sie auf die Autobahn, und Lilis Gedanken glitten von Schön weg, über die Felder und Bäume am Wegesrand, erneut zu Karstadt und den Stunden danach, die ihr Leben damals verändert hatten.

Es war am späten Nachmittag gewesen, gegen fünf am 22. Dezember in dem Jahr, als so viel Schnee lag und Celle unter einer weißen Decke verschwand. Lili war im Städtchen unterwegs gewesen, weil sie noch ein passendes Geschenk für ihre Eltern zu Weihnachten suchte. Sie war erst in der Buchhandlung gewesen, die gerade am Markt neu eröffnet hatte, und stapfte dann durch die weihnachtlich geschmückten und hellerleuchteten Gassen, schmeckte die dicken, weißen Flocken, die wie kristallene Sterne vom Himmel fielen, und ging schließlich zu Karstadt in den ersten Stock hinauf. Sie schaute die CDs durch, als ein junger, athletischer Mann mit schulterlangen, blonden Haaren sie mit hilfloser Stimme ansprach: „Ich brauche Rat, bitte. Ich suche Musik, die kein Mensch kennt. Ein Freund von mir wird dreißig und wünscht sich nur CDs, möglichst abgefahrene, von denen er keine Ahnung hat."

Lili sah sich den blondgelockten Mann an und antwortete lächelnd: „Wovon hat er denn Ahnung?"

Der Blonde schüttelte den Kopf. „Herzbuben? Roy Black? Ärzte? Weiß ich nicht."

„Okay. Auf Ihre Verantwortung", hatte sie gedehnt erwidert, und begonnen, die Cover durchzusehen, um schließlich die erste CD aus dem Fach zu ziehen.

„Death in June. Das ist ziemlich abgefahren. Gehört in die Richtung Dark Waves. Also ein bißchen dunkel, manche sagen auch sehnsüchtig." Sie suchte weiter und zog einen zweite CD aus dem Fach.

„Oh gut, Yello. Das ist Synthie-Pop. Oder hier, MCskibadee. Auch gut. Gehört zu Jungle."

Der Blonde sah sie aus großen, dunklen Augen fragend an. „Was ist das alles? Ich hab genauso wenig Ahnung wie mein Freund Justus. Ich höre lieber Klassik. Oder Jazz. Miles Davis und so."

„Ach je." Lili sah erstaunt zu dem jungen Mann auf. „Also, Synthie-Pop ist elektronische Musik. Dance Hall ist so ein Zwischending von Reggae und Hip-Hop, und Jungle ist auch elektronische Musik, zeichnet sich aus durch sehr schnelle, gebrochene Rhythmen. Man nennt das Breakbeats."

„Kann man sich das wirklich anhören?"

Sie lächelte. Dieser Typ gefiel ihr. Er wirkte offen und irgendwie – leicht, unbeschwert. Im Gegensatz zu ihr. Sie fühlte ihr Dasein oft wie eine riesige Welle, die über ihrem Inneren zusammenbricht und dieses mit sich wegreißen will.

„Wer es mag", antwortete sie.

„Mögen Sie es?" Der Typ sah sie zweifelnd an, und sie sah fasziniert zurück.

„Manchmal."

Er nahm alle drei CDs, die sie ihm empfohlen hatte.

Zum Dank für ihren Rat lud Malte Lilienthal, wie sich der junge Mann ihr schließlich vorstellte, sie auf einen Kaffee im Coffeeshop auf der Ecke Am heiligen Kreuz ein. Danach waren sie zusammen über den Weihnachtsmarkt gebummelt und später, nach zwei Gläsern Glühwein mit Schuß, in seiner Wohnung in der Speicherstraße gelandet, wo sie sich zusammen die CDs angehört und er sie noch vor Mitternacht entjungfert hatte. Da war sie gerade zwanzig geworden. Sie war spät dran – eine Tatsache, die sie in Maltes Augen offensichtlich als besonders reizvoll hatte erscheinen lassen.

„Lili?"

Sie zuckte zusammen und sah schuldbewußt zu Fischer.

„Hab grad nicht zugehört."

„Das merke ich, du bist ziemlich zerstreut heute."

„Tut mir leid, was sagten Sie eben?"

„Ich sagte, der Bauplan des Menschen ist ein zu schützendes, einzigartiges Kunstwerk."

„Wenn das alle so sehen würden, könnten wir unseren Beruf an den Nagel hängen", erwiderte Lili träge und gähnte.

„Ja, das ist wohl wahr."

Sie sah Fischer von der Seite an. Sie mochte ihren Chef, den gestrengen, wild gelockten Mark Fischer alias Schnuffi, obwohl er sie duzte und alle anderen nicht, und eigentlich vom Duzen, wie er mal erwähnte, rein gar nichts hielt. Statt dessen nannte er die meisten seiner Leute beim Vornamen und siezte sie. Warum er sie ausgerechnet duzte? Keine Ahnung, aber sie hatte sich daran gewöhnt und sich dennoch nie getraut, ihn auch zu duzen.

Sie hatten Adelheidsdorf hinter sich gelassen, als das Handy in Fischers Jackett klingelte. Er zog es aus seiner Tasche und reichte es Lili. Sie sah auf das Display. Es war Michael Klein.

„Hi, der Chef fährt gerade. Wo bist du?"

Lili klemmte es in die Vorrichtung der Freisprechanlage, damit sie beide mithören konnten.

„Ich war eben in den Werkstätten und bei den Proben in der CD-Kaserne. Hab mich da umgesehen und mich mit einer Barbara Miller, die nicht besonders gut auf Schön zu sprechen ist, unterhalten."

„Und?"

„Sie sagte, Schön sei in der Klemme gewesen und hätte Geld gebraucht."

„Wußte sie auch, wofür?"

„Sie meinte, er habe ziemlichen Dreck am Stecken."
„Was soll das heißen, Klein?" Fischers Ton wirkte ungehalten.
„Vaterschaftssachen."
„Dann ist diese Barbara Miller von Schön schwanger?"
„Nein. Aber er soll von jemandem erpreßt worden sein."
Fischer stöhnte auf. „Weiß sie zufällig, daß er einen achtzehnjährigen Sohn hat?"
„Davon hat sie nichts gesagt."
„Fragen Sie doch mal nach, bitte."
„Okay, wird gemacht, Chef."
„Und noch was, klopfen Sie mal den anderen Mädels im Theater auf die Schultern. Mal sehen, was die alles wissen. Wir treffen uns gleich im Besprechungszimmer."
Lili beendete das Gespräch, und Fischer sagte: „Na, das kann ja heiter werden."
„Da wir gerade von schwanger reden, Chef."
„Ja?" Fischer sah unruhig zu Lili.
„Ich nicht, keine Sorge. Aber was ist mit Doc Cosi?"
Sie nannte Cosima schon von Anfang an so. Lili bewunderte die vierunddreißigjährige Ärztin grenzenlos, mochte ihre heitere, unbeschwerte Art. Nur ihren Akademikerstatus, den konnte sie sich sonst wo hinschieben, dachte Lili manchmal, den ließ sie allzu gerne raushängen.
„Die ist so zickig und überheblich die letzten Wochen. Diese Nummer vorhin mit dem lateinischen Leitspruch fand ich nicht so witzig."
Fischer lächelte sie an. „Sei nachsichtig. Alles hat seine zwei Seiten. Frag sie selber. Ich sage dazu nichts."
Lili gab sich mit dieser Antwort zufrieden, und sie fuhren schweigend weiter, vorbei an Wallach, BMW und den Haacke-Häusern. Hier würden sie einkaufen, wenn sie und Malte endlich das große Geld verdienten. Die Stadtvilla, hübsche Designermöbel und einen kleinen BMW in schwarz ...
An der Jägerstraße angekommen, stiegen sie aus. Lili hielt ihr Gesicht in die Sonne, und spürte die sanfte Wärme an den Wangen. Endlich war es wieder wärmer! Sie haßte den Winter, außer den ei-

nen, in dem sie Malte kennenlernte und so viel Schnee lag. Ihre Seele war ein Sommerkind, da war sie sich ganz sicher.

Sie löste den schmalen, schwarzen Ledergürtel, den sie um ihre Strickjacke gelegt hatte, zog die Jacke etwas von den Schultern, so daß man die schwarzen, breiten Träger ihres Tops sehen konnte, und ließ die Strahlen wie das kitzelige Krabbeln eines Marienkäfers über ihre Haut wandern.

„Sollen wir auf dem Hof die Besprechung abhalten?“ fragte Fischer.

Lili war sich nicht sicher, ob die Frage ernst gemeint war. Dennoch nickte sie und antwortete mit geschlossenen Augen: „Wenn es nicht zuviel Mühe macht, ja, bitte.“

„Okay.“

Sie schlug die Augen auf und sah zu Fischer, der sie väterlich ansah. „Im Ernst? Chef?“

Er hielt ihr die gläserne Eingangstür zur Polizei auf, ganz der vollendete Gentleman, und erwiderte: „Du weißt, ich bin mit Leib und Seele Celler. Was aber nicht heißt, daß mir das Wetter nicht genauso wie dir auf den Senkel geht. Man muß die Sonne ausnutzen. Und wer schreibt uns vor, wo wir unsere Besprechung abhalten?“ Und in der Schleuse sagte er: „Außerdem habe ich Hunger, wir lassen uns was kommen. Das wird hier noch dauern.“

Plötzlich spürte auch Lili ein vertrautes Grummeln im Bauch. „Ich bin für chinesisch.“

„Ich bin dabei.“

Oben angekommen, sammelten sie Benedikt Kamphausen, Bernd Vollmer und Michael Klein ein und marschierten schnurstracks wieder hinunter auf den Hof. Auf einem Grasstreifen zur Fuhse hin stand vom letzten Sommer noch eine etwas in die Jahre gekommene Bierzeltgarnitur, von der schon die durchsichtige Lackschicht abblätterte. Sie ließen sich müde darauf nieder. Kamphausen zog seine dunkelbraune Lederjacke aus und schob die Ärmel seines grünen Sweatshirts bis zu den Ellenbogen hoch. Vollmer ließ, versunken wie ein Kind, seine Bizepsmuskeln, die kräftig unter dem olivgrünen T-Shirt hervortraten, in der Sonne spielen. Selbst Fischer hatte sich seines Jacketts entledigt und die Ärmel seines Hemdes wieder hochgekrempelt. Lili sah von einem Kollegen zum anderen und dachte: Es ist endlich warm!

Sie schrieb die Essenswünsche jedes einzelnen in ihrem Notizbuch auf – dreimal Chinapfanne für drei Euro fünfzig für die Jungs, für Fischer wie immer Nasi Goreng und für sich selbst Ente mit acht Köstlichkeiten. Dann rief sie über Handy bei dem chinesischen Schnellimbiß auf der Stechbahn an, der angeblich seit neuestem im Cellejargon nur noch Zum hungrigen Löffel hieß. Das hatte sie vor kurzem abends, als sie nach dem Kino daran vorbeigegangen waren, von ihrer besten Freundin Elisabeth gehört.

„Das wär doch was", schmunzelte Michael Klein und zeigte mit ausladender Geste auf die versammelte Runde, „als Demo für den Tag der offenen Tür im September. Dann steht anschließend in der Celleschen Zeitung: Eine gelungene Aktion, bei der die Polizei den Bürgern ihre Arbeit näherbringen konnte."

Fischer räusperte sich und sagte: „Dann man los, Mick. Wer fängt an?"

„Ich würde gern anfangen", hub Benedikt Kamphausen schüchtern an.

Fischer nickte ihm aufmunternd zu. „Gut, was haben Sie für uns, Benedikt?"

„Wir sollten ja das Terrain im Theater bearbeiten. Ich hatte mir diesen Boris vorgenommen. Der große Lange, der den Mottel spielt."

„Und?"

„Er stammt aus Berlin-Charlottenburg und war ein Schulkamerad von Betül Ceylan."

„Ist das wichtig?" Lili spürte wieder ihren Hunger und konnte sich kaum noch konzentrieren. Außerdem überlegte sie gerade, was sie nachher noch einkaufen mußte. „Kann doch auch Zufall sein."

„Als er sich bei mir vorstellte, meinte er, er kenne diesen Ruben, also Amandus' Sohn. Er sei so etwas wie ein Freund der Familie", ergänzte Fischer nachdenklich.

„Fragt sich nur, welcher Familie", meinte Lili.

„Boris Joos ist ja auch ein Bruder von dem Bankert von Schön, also der Adoptivbruder von Ruben", erwiderte Bernd Vollmer.

„Was?" fragte Fischer irritiert, „wie heißt dieser Ruben denn mit Nachnamen?"

„Auch Joos. Die Familie hat drei Kinder. Ruben, Boris und Maren. Alle drei adoptiert."

„Weiß die Türkin, was hier läuft?" fragte Klein.

„Ich habe noch nicht mit ihr gesprochen."

Fischer, der als einziger noch stand, sah in die Runde. „Da gibt es Verbindungen, kreuz und quer scheint mir. Fehlt nur noch, daß sie das Patenkind der Kuss ist oder so. Jetzt muß ich mich erst mal setzen."

Im gleichen Moment sahen sie einen rundlichen, o-beinigen Chinesen mit Schnauzbart und grüngrauem Schaumstoff-Isolierkarton suchend über den Parkplatz wandern. Fischer winkte ihn über den Hof und fuhr dann fort: „Hat heute abend jemand schon was vor? Ich glaube, wir sollten uns mal die Anatevka-Vorstellung ansehen."

Lili schrie auf. „Ich kann nicht, heute abend will Malte mich fragen."

„Was fragen?" gab Fischer zurück.

„Ob ich ihn heirate. Hoffe ich doch, daß ich das heute morgen so richtig verstanden habe."

„Okay", grinste Fischer verständnisvoll, „das ist wirklich ein Grund."

12.

Der letzte Vorhang für dieses Stück.

Diesen besonderen Abend hatten sie sich alle etwas anders vorgestellt. Ausgelassen wollten sie im Keller bis tief in die Nacht mit Gästen das Ende des Stückes feiern. Amandus und Claudia Schön hatten Flammkuchen mitbringen wollen, zu Ehren ihrer Mutter, die heute sechzig geworden wäre, wenn sie länger als nur bis dreißig hätte leben dürfen.

Und nun war er selbst irgendwo im Jenseits, wie er das Leben nach dem Tode nannte. Vielleicht traf er, was er sich immer gewünscht hatte, tatsächlich dort seine Mutter wieder. Kalliope wünschte es ihm von ganzem Herzen. Wenn der Tod einen Sinn hatte, überlegte Kalliope oft, dann den, die Lieben, die man hergeben mußte, wiederzutreffen. Kalliope schluchzte leise auf.

Wie hatten sie es nur geschafft, heute zu spielen? Ohne Amandus. Die Besenreiterin hatte darauf bestanden, nachdem gestern die zweite Hälfte der Spielzeit unterbrochen werden mußte. Die Intendantin hatte Amandus’ Tod wie eine lästige Fliege behandelt. Schnell verscheuchen. Schnell vergessen.

Käthe Kuss hatte vor der letzten Vorstellung heute lediglich eine kurze Ansprache an das Publikum gehalten, und dann waren alle Gäste aufgestanden, um in einer Schweigeminute des toten Schauspielers zu gedenken. Welch ein bewegender Moment. Die Akteure und Mitarbeiter hatten hinter dem Vorhang gestanden und allen, außer Noah, waren die Tränen an den Wangen hinabgelaufen. Der alte Mann war sicherlich nicht unglücklich über Schöns Tod. Genau wie einige andere hier auch. In Kalliope rangen unterschiedliche Gefühle miteinander. Einerseits war sie voller Trauer, andererseits hatte sie genug von ihren unerwiderten Gefühlen. Haß und Schmerz trug sie in sich – aufgestaut seit fast zwei Jahrzehnten.

Vielleicht würde ihre Liebe zu ihm endlich aufhören. Oder würde sie ihr Leben lang das Gefühl mit sich herumtragen, ihm verfallen zu sein? Würde sie die Trauer um ihn nun wie ein Witwenkleid anlegen, wie in ihren wilden Zeiten die roten Strapse der Leidenschaft? Sie haßte sich für jedes unerfüllte Jahr. Und manchmal hatte sie ihm deswegen den Tod gewünscht. Genau wie sich selbst.

Mit dem Ärmel ihrer weißen Hemdbluse wischte sich Kalliope über das Gesicht und versuchte damit, ihre Tränen unsichtbar zu machen. Sie sah zur Applausordnung, die an den Seilzügen gegenüber an der Rückseite der Kulissenwand angepinnt war und zu jedem neuen Stück neu aufgestellt wurde. Er war genauestens vorgeschrieben, wie sie zum Schluß auftreten mußten. Von welcher Seite. Wie oft. Wie sie sich zu verbeugen hatten.

Obwohl sie nun vier Wochen lang jeden Abend nach der gleichen Reihenfolge zum Applaus auftraten, war sie auf einmal unsicher und mußte überlegen, wann sie dran war. Noch mal warf sie einen Blick auf den weißen DIN-A 4 Bogen mit der kräftigen Signatur der Intendantin und reihte sich dann auf der Bühne auf.

Für die Rolle des Perchik hatte der Regieassistent Linus Stuart, ein Engländer, einspringen müssen. Mit dem Textbuch unter der Nase war er wie ein Elefant über die Bühne gepoltert und hatte obendrein auch nicht mit übertrieben großer Leidenschaft gelesen. Nun hob sich der schwere, rote Vorhang, und sie gingen in einer Reihe, Hand in Hand, einige Schritte nach vorne, um sich zu verbeugen. Immer an dieser Stelle hatte Schön ihr ins Ohr geflüstert, daß seine Hose im Schritt kratzte und daß er sie endlich ausziehen müsse. Dabei hatte er sich dann mit der Zunge über die weichen Lippen geleckt und sie mit seinen wunderbaren blauen Augen angelächelt.

Jetzt hielt Kalliope an ihrer Rechten statt Amandus Schön diesen Langweiler Stuart. Weder sah dieser gut aus mit seinen Pickeln im Gesicht noch hatte er auch nur annähernd Schöns Ausstrahlung. Stattdessen war er ausgestattet mit straßenköterblonden Haaren, einem Silberblick und intensivem Mundgeruch. Außerdem war er kleiner als sie selbst, was sie an Männern noch nie leiden konnte. Und sie war nun auch nicht gerade eine Riesin mit ihren einsachtundsechzig. An ihrer Linken hielt sie Barbara Miller, dieses durchscheinende, blaßhäutige und blaßäugige Wesen, das immer zu schweben schien. Für ihre Begriffe eine absolute Fehlbesetzung für die Chava. Barbara war für Kalliope die Titania oder die Julia! Aber niemals eine jüdische Tochter, die sich gegen ihren Vater stellte. Schon gar nicht mit diesen Haaren, die in einem satten Karmin-Ton wie ein Laserstrahl von der Bühne hinableuchteten!

Sie sah zu ihr hinüber. Und wie immer stieß ihr dabei dieser Groll auf jede Frau, die jünger und attraktiver war als sie selbst, auf wie saurer Wein. Jede, jede einzelne, die sich mit Schön eingelassen hat, war ihr zuwider. Sie hörte ihre unbeschwerten, leichten, hellen Stimmen wie ein Echo: Ach Kal, du hast doch deinen Claas, was ist schon dabei. Aber Claas, na ja, Claas war eben Claas und nicht Amandus! Jede einzelne von ihnen hätte sie gerne höchstpersönlich ins Jenseits befördert. Bis auf Betül Ceylan, ihr Rehchen. Die, hatte Kalliope beschlossen, stellte sie unter ihren ganz persönlichen Schutz. Etwas in ihrem Innern sagte ihr, daß dieses Mädchen Schutz benötigte. Ganz abgesehen davon, hatte Kalliope die Besitzrechte an Schön für sich requiriert – für alle Ewigkeit –, und Betül schien ihr im Gegensatz zu den anderen Frauen absolut unempfänglich für seine Avancen, was sie in Kalliopes Augen beinahe zu einer Heiligen machte. Ach, zum Teufel! Und selbst wenn! Ihr Herz schrie auf. Er war tot. Tot! Tot! Da konnte auch eine junge, rassige Exotin ihn nicht mehr erwecken.

Wieder mußten sie alle nach vorne gehen, zum vierten Mal bereits. Die Applausordnung kam durcheinander, vier Vorhänge waren nicht vorgesehen. Ungeordnet gingen die Akteure bis zum Bühnenrand vor und suchten gegenseitig Hände zum Festhalten.

Kalliope bekam Noah Miller zur Rechten und Barbara zur Linken zu fassen. Sie ließ ihren Blick über das Deckenrondell gleiten. Apoll, der Gott des Lichtes aus der griechischen Mythologie, sah auf sie alle hinab, zusammen mit den neun Musen. Nach einer hatte sie sich seinerzeit benannt. Der Muse der Dichtung. Es war Schöns Idee gewesen.

Sie unterdrückte einen weiteren Schluchzer, der in ihrem Inneren aufstieg, und ihr feuchter Blick wanderte über die Publikumsreihen. In der vierten Reihe im Parkett rechts entdeckte sie Mark-Heinrich Fischer mit seiner Zigeunerin, wie seine Exfrau Diana ihre Nachfolgerin gerne verächtlich betitelte. Diese beiden jungen Polizisten waren auch da, saßen hinter Fischer und seiner Frau.

Endlich war das begeisterte Klatschen verebbt, und die ersten Besucher erhoben sich von den Plätzen. Kalliope war erleichtert. Sie freute sich seit der Pause auf eine Zigarette, eine Spargelcremesuppe und ein Schmalzbrot mit Weizenbier im Theaterkeller. Es war ihr schon immer gegeben, essen zu können. In jeder Lebenslage. Und auch ein Mord bildete da keine Ausnahme, nicht einmal Schöns gewaltsamer Tod war ihrem Magen ein Hindernis. Sie hatte einfach Hunger. Rasch ging sie Richtung Garderobe. Sie mußte endlich dieses furchtbare schwarze Kopftuch loswerden, das sie wie eine Nonne aussehen ließ.

„Kalliope?"

Sie ließ vor Schreck die Türklinke der Garderobe aus der Hand gleiten, als Fischer durch die Flurtür trat. Sie schnellte herum. „Mark? Ich habe dich im Publikum gesehen." Sie reichte ihm ihre Hand, die auf einmal feucht wurde.

„Na ja, wir dachten, das ist doch mal wieder ein Anlaß, ins Theater zu gehen."

„Lange her, als du noch dazugehörtest."

„Ich war immer außen vor, Kal. Das war nie meine Welt. Die gehörte zu Diana."

„Aber die Wege ins Allerheiligste kennst du noch, was?“ Im selben Moment wurde Kalliope wieder bewußt, daß Fischer beruflich hier war. Was war sie dumm! Weshalb sonst sollte er nach so vielen Jahren hier auftauchen? Bestimmt nicht, weil er sie so unsterblich schön fand. Sie fuhr sich mit ihrer rechten Hand über das Kopftuch und zog es dann langsam von ihrem dunkelbraun getönten Haar. „Was führt dich her, Mark?“

„Rate mal“, er lächelte säuerlich, „ich muß hier einen Mord aufklären.“

Sie nickte und bat ihn in die Garderobe. Kalliope schaltete das Licht an und wies Fischer auf einen weißen Plastikstuhl, der eindeutig schon bessere Tage gesehen hatte. Fischer beäugte kritisch den Stuhl, während Kalliope sich an das Kosmetiktischchen nebenan setzte und begann, ihr Haar zu bürsten, das von dem Tuch an den Kopf geklatscht war und aussah wie eine zu eng sitzende Badekappe. Fischer ließ sich auf dem Stuhl nieder.

„Könnte es sein, daß Ruben seinen Vater möglicherweise bedroht hat?“

Kalliope schluckte. „Was du nicht sagst. Unser Junge? Das glaube ich nicht. Warum sollte er das tun?“

„Ich dachte, das könntest du mir sagen.“

Fischers Blick blieb an einem silbernen, ziemlich verstaubten Pokal hängen, den sie hier offensichtlich seit vielen Jahren stehen hatte.

„Wofür hast du den bekommen?“ Er zeigte auf das Regal neben Kalliopes Platz.

„Ach, du weißt doch, ich war früher sehr sportlich. Sportschießen, Turnen, Leichtathletik und was weiß ich nicht alles.“

„Schießen?“

Fischers helle Augen schienen ihr auf einmal hellwach auf sie gerichtet. Sie ignorierte seine Frage.

„Ich weiß schon gar nicht mehr, wofür der Pokal speziell war. Ich glaube, irgendwann mal für die Jugendmeisterschaften im Sportschießen.“

Fischer ging darauf nicht ein. Er erwiderte leise: „Diana hat auch solche Dinger bei uns im Gäste-WC gesammelt. Sie war damals die Tanzqueen von Celle. Hast du eigentlich noch Kontakt zu ihr?“

Kalliope sah Fischer an, dessen Profil sich mit ihrem Gesicht im Spiegel über dem Schminktisch zu vermischen schien. „Sie ist öfters hier."

„In Celle?"

Kalliope nickte. Sie mußte es ihm sagen. „Mark, Oliver ist auch ihr Kind. Seit er in Lobetal ist, besucht sie ihn zweimal im Jahr." Fischer wurde blaß. Kalliope drehte sich langsam zu ihm um. „Du wußtest es nicht."

„Nein."

„Ingrid hat es dir nie gesagt, daß sie Diana häufiger in die Arme gerannt ist, als sie Oliver besuchte? Und deine Mutter hat nie darüber gesprochen, daß ..."

„Hör auf damit!" Er schüttelte den Kopf und stand von dem Plastikstuhl auf.

„... sie mit Diana sporadisch in Kontakt steht?"

Fischer ging im Raum auf und ab. Kalliope erinnerte sich dunkel, daß Fischer, wenn er viel redete, immer umhergehen mußte. Er fuhr fort, während er zwischen den vier Garderobenplätzen hin- und herwanderte: „Diana hat kein Recht auf den Jungen. Sie hat ihn ... sie hat uns verlassen, als er ein Säugling war."

„Und deshalb ihre Muttergefühle verwirkt?"

„Daß ich nicht lache. Diana hat keine Gefühle. Weder mütterliche noch sonst welche." Fischer blieb vor Kalliope stehen. „Sie ist kalt wie ein Eisblock. Ich habe es spät erkannt. Aber nicht zu spät."

„Sie hat noch mal geheiratet, Mark", erklärte Kalliope sanft, „einen Japaner. Ihre elfjährige Tochter heißt Suky. Sie hat Oliver nie verlassen. Auch wenn du das vielleicht denkst."

„Wie würdest du es dann bezeichnen, daß sie einfach ging?" Kalliope schwieg. Fischer räusperte sich verlegen und sagte: „Entschuldige, ich wollte nicht mit dir über Diana sprechen." Er setzte sich und bekam sich langsam wieder in den Griff. Seine Stimme veränderte sich, wurde tiefer und klarer, als er fragte: „Was weißt du über Käthe Kuss?"

Kalliope begann damit, sich umzuziehen. Bedächtig löste sie die Knoten ihrer weißen Schürze, deren Bänder im Rücken über Kreuz gebunden waren. Dann schlüpfte sie aus dem Rock, schließlich aus der Hemdbluse. Fischer beobachtete sie. Das spürte Kalliope, und ein angenehmes Kribbeln machte sich in ihrem Körper breit. „Über Käthe? Nicht viel. Wir nennen sie hier alle Bacularia, die Besenreiterin. Immer beherrscht. Immer kühl und unnahbar.“ Kalliope streifte sich ihr hellgrün geblümtes Hemdblusenkleid über und schlüpfte in schwarze Pumps.

„Weißt du, daß Schön Geldprobleme hatte?“

„Natürlich“, erwiderte Kalliope leise, während sie noch eine hellgrüne Jacke über ihre Schultern drapierte, „wer weiß das nicht.“

„Ja, verstehe, so wie du natürlich auch weißt, daß Boris Joos und Ruben Adoptivgeschwister sind.“

Joos. So hieß auch ihr Sohn. Kalliope atmete tief ein und aus. „Nein“, flüsterte sie betroffen, „das wußte ich nicht.“ Ihre steingrauen Augen füllen sich erneut mit Tränen. „Mein armer Ruben. Boris ist ein schlechter Mensch, wenn du mich fragst. Ich mag ihn nicht. Er erinnert mich an eine Hyäne.“

„Außerdem ist Boris ein Klassenkamerad von Betül Ceylan. Hier stinkt was ganz fürchterlich.“

„Du meinst doch nicht, daß Betül oder Boris mit Amandus’ Tod was zu tun haben?“

Fischer zuckte mit den Achseln. „Das werde ich noch herausfinden.“

In gleichen Moment trat eine weitere Schauspielerin ein, die sich schweigend an ihnen vorbeidrückte.

„Das ist Barbara Miller, Mark.“

Der Kommissar nickte. Wieder ging die Tür. Diesmal erschien der Kopf des Kostümbildners Claas Fuchs im Rahmen.

„Wo bleibst du, Kal? Die Gäste warten, und dein Bier wird schon warm. Und Bacularia wird schon ungeduldig.“

Kalliope nickte ihm zu und antwortete gefaßt: „Claas, das ist Mark-Heinrich Fischer von der Kripo.“

„Wir kennen uns“, sagte Fischer süffisant grinsend.

„Woher?“

„Wir hatten schon mal das Vergnügen vor einigen Jahren. Damals hatte Herr Fuchs ein kleines Alkoholproblem. Er hat auf dem Schützenplatz ein wenig Randale veranstaltet.“ Die Schauspielerin sah verwundert von Fuchs zu Fischer, als dieser fortfuhr: „War es nicht so, daß Sie im Suff mit einem dieser Platzgewehre dem Budenbesitzer die Mütze vom Kopf schießen wollten?“

Claas Fuchs tippte sich an seine Baskenmütze. „Mit Erfolg, wie man sieht. Wir warten unten auf dich, Kal.“ Er drehte sich auf dem Absatz um und verließ die Garderobe. Kalliope sah ihm nachdenklich hinterher.

13.

Bis spät in die Nacht hatte Cosima die letzten Tage im Institut gesessen. Zunächst war die Aufregung über den situs inversus herumgegangen wie ein Lauffeuer, und die Autopsie wurde zu einem internen Spektakel, bei dem sich fast alle Kollegen blicken ließen, die Famulanten, die Studenten und schließlich sogar Professor Marx, der Chefarzt des Rechtsmedizinischen Instituts, der ihr wohlwollend über die Schulter schaute. „Das ist ja mal was“, hatte Jochen Marx lächelnd gesagt, um dann genauer in die Brust des Toten zu sehen, „das sieht man ja nicht alle Tage.“

Bis alle ihre Nase in Amandus Schöns blutiges Inneres gesteckt hatten, war es fast halb drei nachmittags geworden, ohne daß sie bis dahin ein einziges Organ gewogen oder gar das corpus delicti aus seinem Herzen entfernt hatten.

Thomas Cewe und Fee Schulenburg waren Gott sei Dank auch später nicht mehr aufgetaucht, was Cosima recht war. Sie brachte später die Obduktion in Ruhe zu Ende. Als sie zu Bett ging, schlugen die Glocken von St. Bonifatius bereits Mitternacht.

Nun war es halb sieben Uhr morgens. Cosima schielte auf ihren Wecker. Zwei Minuten noch. Kater Max, der auf ihren Füßen ruhte, räkelte sich ausgiebig, um dann wieder in eine Phase des Tiefschlafes zu fallen. Was die Ärztin in dem Moment ebenfalls gerne getan hätte. „Ich hätte dich Garfield nennen sollen“, maulte sie ihn statt dessen an. Max war jede Nacht unterwegs und kam gegen fünf durch die Katzenklappe in der hinteren Tür, die zu einem kleinen Hof führte, in dem sie ihr Kaminholz lagerte. Er schlief dann anfallartig überall dort ein, wo er sich halbwegs ausstrecken konnte. Am liebsten allerdings auf Cosima selbst, was ihr manche Nächte mit Alpträumen und

Atemnot beschwerte, vor allem, wenn er sich genau auf ihrer Brust niederließ und sie dann träumte, daß sie unter einem Bagger oder einem Felsblock eingeklemmt war und sie gleich erstickte.

Cosima schubste den rabenschwarzen Kater von ihren Beinen, stand auf, taperte in ihrem gelben Nachthemd in die Küche, kochte sich einen kräftigen, schwarzen Tee, machte sich danach im Bad fertig und zog sich an. Anschließend setzte sie sich mit einer heißen Tasse Tee zu Max auf ihr Bett und überlegte, was wohl heute auf sie zukommen würde. Thomas Cewes Urlaub hatte mit dem gestrigen Tag geendet.

Sie drohte in Angst zu versinken. „Reiß dich zusammen, Fabricius", mahnte sie sich, stand mit einem energischen Ruck wieder auf und ging zum Spiegel im Flur, um sich ihren wohlgeformten Mund mit einem hellrosa Lippenstift nachzuziehen, bevor sie gleich losmußte.

Der große Spiegel zeigte ihr eine junge Frau, die im Begriff war, Mutter zu werden. Immer noch erstaunt über diese Erkenntnis, sah sie an sich hoch und wieder runter. War der Bauch denn schon dicker geworden? Ihre enge Designer-Jeans, das Weihnachtsgeschenk ihrer Mutter im letzten Jahr, bekam sie zwar noch zu, aber manchmal drückte sie schon etwas. Der Busen, das sah sie jetzt, war schon deutlich größer geworden. Sie mußte sich dringend bei Ida Knoop neue BHs kaufen. Gefällig betrachtete sie ihre gewachsene Oberweite, die sich unter der weißen Bluse abzeichnete.

„Das ist doch mal ein Wort", grinste sie ihr Konterfei heiter an. Dann ging sie in die Küche, fegte die alljährliche Mai-Ameisenstraße von der Anrichte und füllte Trockenfutter in Maxens Napf. Schließlich schnappte sie ihren neuen hellblauen Trench, sowie die große, braune Umhängetasche vom Haken hinter sich, schlüpfte in Ballerinas, die exakt die gleiche Farbe hatten wie der Mantel. Sie nahm den Korb mit einigen neuen Fachbüchern von dem kleinen Biedermeiersofa, das sie vor einiger Zeit in einem Trödelladen in der Bergstraße erstanden hatte. Cosima kramte nach Handy, Schlüsseln und Labello, rief ein „Ciao, Dickmax" ins Schlafzimmer und ließ dann die weiße Haustür ins Schloß fallen.

Sie fuhr die Lindenstraße hinunter, bog auf den Alten Bremer Weg ab in Richtung Bahnhof, wo sie kurz ausstieg, um sich am Kiosk einen Coffee-to-go zu holen. Bei jedem ersten Schluck am Morgen dachte sie wehmütig an ihre Wiener Studienzeiten und den Melange, den sie immer vom Krankenhauskiosk im Elisabeth-Spital geholte hatte. Und wie jeden Morgen stellte sie fest, daß kein Kaffee der Welt mit Wiener Kaffee mithalten konnte.

Durch die neue Straßenführung – die Verlängerung der Biermannstraße war endlich fertig geworden – hatte sie jetzt morgens zehn Minuten mehr Zeit für sich, und Cosima genoß es, daß sie nicht mehr so schrecklich hetzen mußte ... Dafür hatte sie Bauchschmerzen und Herzklopfen.

Denn nicht der Umstand, daß sie bald kugelrund sein würde oder zwei Kinder ohne Vater großziehen wollte, verursachten das Krampfen ihres Bauches, sondern der Gedanke an das bevorstehende und wohl unvermeidbare Gespräch mit Thomas Cewe.

Sie schnupperte an dem Bahnhofskaffee, um ihre Nerven zu beruhigen. Der Duft wirkte auf ihren Magen wie ein heißes Bad nach einem langen Spaziergang im Schnee. Allmählich wurde sie ruhiger. Der Kaffee half ihr zu entspannen. Bereits in Westercelle schimpfte sie auf Cewe wie ein altes Fischweib.

„Frauenschänder! Verräter!“ schrie sie laut gegen Love Generation an, das gerade im Radio gespielt wurde. Je mehr sie ihr verbales Repertoire durchging, desto gelassener wurde sie, und ihre Wut wich einer süßen, weichen Empfindung, die sich in ihr breitmachte wie heiße Schokosauce auf Vanilleeis. Sie bekam zwei Kinder! Und sie würden mit ihr aufwachsen. Sie würde ihr erstes Lächeln sehen, ihre ersten Schritte bewachen und ihre fiebrige Stirn kühlen. Nicht ein Dr. Cewe! Cosima beschloß, das Geheimnis, das sie in sich trug und bislang lediglich Fischer und Samantha anvertraut hatte, nicht mit Cewe zu teilen. Er würde es zu gegebener Zeit erfahren. Oder nie. Woher wollte er denn wissen, daß er der Vater war? Das zuckerige Lächeln der Rache umspielte nun ihre sich vor Freude kräuselnden Lippen und ließ die Sommersprossen auf ihrer Haut sanft auf- und abhüpfen.

„Jungen oder Mädchen?“ überlegte sie laut, „Leander und Lysander? Nein. Cyprian und Crispin, wenn es zwei Jungs werden? Zwei Mädchen könnte ich Carolin und Constanze nennen. Leah und Laura? Wie die Fischer-Mädchen? Und ein Pärchen? Vielleicht Emma und Emanuel? Mal sehen.“

Den restlichen Weg von Adelheidsdorf bis zur Medizinischen Hochschule ersann sie die aufregendsten Namen für ihre ungeborenen Kinder und summte dabei fröhlich die Lieder mit, die im Radio gespielt wurden. Als Eros und Anastacia I belong to you schmetterten, fuhr sie gerade auf den Parkplatz hinter dem Institut. Und noch bevor sie den Motor abgestellt hatte, war ihr plötzlich wieder schlecht. Sie atmete tief ein und aus, bis sie sich wieder im Griff hatte.

Thomas Cewe riß die Beifahrertür ihres Wagens auf und ließ sich ohne Aufforderung auf den Sitz neben ihr plumpsen.

„Wir müssen reden."

„Müssen wir? Worüber?" Mit kühlem Blick maß sie ihren ehemaligen Gefährten. Was für ein hübscher Kerl, zumindest äußerlich, gestand sie sich nun wehmütig ein. Dunkles, volles Haar, dunkelblaue Augen, feine Hände. Und wie er gekleidet war. Er sah heute aus wie aus dem Ei gepellt, auch wenn er gelegentlich farbenblind schien. Gleichzeitig trug er ein Hauch von Verwegenheit mit sich: Rosa-weiß kariertes Hemd, schwarze Stoffhose, schwarzes Jackett. Er sah ein wenig aus, wie sie sich als junges Mädchen den Anwalt Atticus Finch in ihrem Lieblingsbuch Wer die Nachtigall stört vorgestellt hatte: sehr groß, sehr vornehm, sehr markant, sehr warm. Vielleicht hatte sie sich deshalb vor sieben Jahren in ihn verliebt, überlegte sie, während dieser seine großen Augen über ihren Körper wandern ließ und sie vom Hals bis zu ihren Knien taxierte.

„Starr mich nicht so an", giftete sie, „sag, was du sagen mußt und zwar schnell. Ich habe zu arbeiten."

Er räusperte sich. „Es gibt da etwas, was du wissen solltest. Ich wollte es dir schon am Wochenende sagen." Sie hörte Mitleid in seiner Stimme.

„Das mit Fee vielleicht?" Cosima sah ihn herausfordernd an. „Das weiß ich schon, danke." Sie stieg blitzschnell aus und knallte die Fahrertür zu. Dann drückte sie auf die Fernbedienung und sperrte ihn mit einem diabolischen Lächeln in ihrem Mini ein. Den Korb mit den Fachbüchern konnte sie später holen.

„Nicht gerade bequem bei deiner Größe", murmelte sie und schlenderte Richtung Eingang, während sie sich vorstellte, wie er verzweifelt den Türöffner suchte und seine einseinundneunzig wieder herauszuzwängen versuchte. Nach einer kurzen Zeit, die sie genoß, hörte sie Cewe hinter sich herrennen. Cosima beschleunigte ihren Schritt. Vor der Institutstür hatte er sie eingeholt. „Warte, bitte", keuchte er.

„Zu schade, daß du den Türöffner so schnell gefunden hast", schnappte sie zurück und drückte den Aufzugknopf.

„Ach du lieber Gott, Cosi, jetzt benimm dich doch mal anständig", gab er zurück.

„So wie du?" Sie funkelte ihn herausfordernd an. „So wie du und Fee, ja?"

Cewe war blaß geworden. Die Fahrstuhltür öffnete sich, und sie traten ein. Drinnen sagte er: „Ich dachte, deshalb hättest du am Telephon ..."

„Nein nicht deshalb. Sondern weil ich dich nicht mehr liebe. Aber dennoch fühle ich mich von dir betrogen."

„Es tut mir leid, Cos."

Cos. So nannte nur er sie. Sie erwiderte leise: „Mir auch. Leb wohl." Cosima trat aus dem Fahrstuhl, marschierte direkt in Professor Marx' Zimmer und ging an Fritzi Kuschel, der Sekretärin, vorbei. Die Ärztin nuschelte ein kaum verständliches „Guten Morgen". Sie sah, daß der Chef nicht an seinem Schreibtisch saß. Dabei hatte sie ihm einiges zu berichten.

„Er ist irgendwo unten", meinte Fritzi schnell.

„Schon gut. Danke. Hauptsache, ich hab Thomas erst mal abgehängt. Wußtet ihr alle davon?" Cosima sah angriffslustig zu der Sekretärin, die eigentlich Friederike hieß, was aber kein Mensch zu ihr sagte. Alle nannten sie Fritzi.

„Wovon?" Im gleichen Moment ging das Telephon, und Cosima hörte Fritzi sagen: „Okay Fee, ich geb's weiter." Fritzi legte auf. „Sie ist krank."

„Das glaub ich aufs Wort", giftete Cosima.

„Was ist los?"

„Thomas hat ein Verhältnis mit Fee."

Fritzi bekam Augen, beinahe so groß wie Pastateller, und Cosima ließ sich resigniert auf den Sessel vor Fritzis Schreibtisch fallen. „Jetzt ist es raus. Machst du mir einen Kaffee, bitte? Das hilft vielleicht."

„Na, klar."

Cosima sah ihr nach. Sie wußte, daß Friederike Kuschel zwei erfolglose Ehen hinter sich hatte und von beiden Männern betrogen worden war. Nun war sie fast sechzig und hatte vor einigen Wochen wieder ihren Mädchennamen angenommen.

Fritzi kam mit einem dampfenden Becher zurück. „Es ist jedesmal so, als würdest du bei lebendigem Leibe gehäutet. Und es dauert Jahre, bis die Haut nachgewachsen ist", sagte sie nun einfühlsam, reichte Cosima den Becher und strich sich dabei eine hellgraue Strähne aus der Stirn.

„Du hast es aber überlebt. Es scheint dir nichts mehr auszumachen", entgegnete Cosima. Sie betrachtete die Ältere. Fritzi sah zufrieden aus in ihrem grauen Hosenanzug und der cremeweißen Chiffonbluse. Irgendwie aufgeräumt. Als hätte sie die Lasten ihrer Vita irgendwo in der Vergangenheit zurückgelassen.

„Du wirst das auch schaffen, Cosi. Irgendwann wirst du deine Seelensplitter zusammengelesen haben und setzt sie wieder zusammen. Dann bist du bereit für eine neue Liebe."

„Neue Liebe? Ich weiß nicht." In dem Moment wurde es Cosima so speiübel, daß sie fluchtartig das Zimmer verlassen und mit einer Hand vor dem Mund zum Klo rennen mußte. So viel zum Thema, möge der Kelch an mir vorübergehen, dachte sie panisch und fand gerade noch rechtzeitig die Toilettentür. Auf wackligen Beinen kam sie zurück. „Ein Wort, Fritzi, und ich pack dich da unten auf einen der Tische und übe an dir den Y-Schnitt."

„Du kannst dich auf mich verlassen." Sie zwinkerte Cosima fröhlich zu. „Wann ist es denn soweit?"

„Kurz vor Weihnachten. Am neunzehnten Dezember. Ich wollte es dem Chef eigentlich heute sagen, aber ..."

„... der muß gleich los zu der Tagung nach Hamburg."

Cosima zuckte mit den Schultern.

Die Tür wurde schwungvoll aufgerissen. Vor ihnen stand Cewe. Fritzi stand augenblicklich auf, ging um ihren Schreibtisch herum und stellte sich vor Cosima wie die Cherubim vor das Paradies. „Ja?"

„Ich brauche die Unterlagen vom Fall Mehring."

„Später", sagte Fritzi streng, „und jetzt raus, Cewe."

Thomas Cewe schüttelte empört seine dunklen Haare. „Das ist doch wohl ..."

„Die Höhe, du sagst es“, konterte Cosima und schmunzelte still in sich hinein, während ihr Kollege schnaubend davonschob. Es gab noch Gerechtigkeit auf dieser Welt, da war sie sich plötzlich ganz sicher. Sie stand auf, dankte Fritzi Kuschel und sagte im Hinausgehen: „Es sind übrigens Zwillinge.“ Dann ging sie stolz erhobenen Hauptes in Richtung Keller, um sich für die Sektion einer Leiche vorzubereiten, die gestern abend aus dem Maschsee gefischt worden war. Das würde keine Freude werden.

14.

Ohne von seiner Lektüre aufzusehen, streckte Fischer mißmutig seine Tasse hinter der Celleschen Zeitung hervor. „Kann ich noch einen?“ Doch statt Kaffee erntete er Schweigen. Langsam ließ er die Zeitung sinken, sah zu seiner Frau und grinste sie schief an. „Bin ich arg schlimm heute morgen?“

„Schlimmer.“ Ingrid nahm Mark die Zeitung aus der Hand, schenkte ihm dann frischen Kaffee ein und setzte sich auf seinen Schoß. Er liebte diese Frau seit über zwanzig Jahren, und ganz besonders früh morgens, wenn sie sich, noch von der Nacht verwuschelt, in seiner grünweiß gestreiften Pyjamahose und einem engen, weißen T-Shirt auf seinen Schoß setzte. Er sog ihren Duft ein, eine Mischung aus ihr selbst, Vanille und Süßholz, und schnupperte an ihrem Nacken, bis sie leise aufschrie.

„Du kratsch, Henry. Du bisch schlecht rasiert.“

Er barg sein Gesicht in ihren schwarzen, lockigen Haaren, die ihr bis über die Schultern reichten und neuerdings von ersten feinen silbernen Strähnen durchzogen waren.

„Was isch’n los? Heut nacht hasch widder mal im Schlaf gredet. Dauernd hasch gsagt: geh weg. Laß mich in Ruh.“

Fischer sah auf, und sein Blick ruhte lange in Ingrids dunklen Augen.

Dann erzählte er ihr von dem Gespräch mit Kalliope.

„Irgendwann hasch es ja mal erfahre müsse. Es isch doch gut jetzt. De Oliver isch au ihr Sohn. Ob dir des gfällt oder it.“

Fischer schlang seinen Arm um Ingrids Taille und antwortete: „Danke, daß du mich lange in dem Glauben gelassen hast, sie sei für immer aus meinem Leben verschwunden."

„Ach Henry, die isch auch nur a arms Menschle, des halt z' früh erwachse werre muscht. Se hett's als Kind bschtimmt schwer gnug ghett. De Vatter tot. Und d' Mutter a Schauspielerin und nie daheim."

„Wahrscheinlich hast du recht."

Er lockerte seinen Griff, um auf die Uhr zu sehen. Im gleichen Moment kam Leah, das jüngere und zehn Zentimeter kleinere Ebenbild ihrer Mutter, ins Eßzimmer, bekleidet mit einer Jeans, die schlitzartige Löcher an den Knien hatte, und einem rot geblümten Sommerkleid, welches kurz unter ihren Pobacken endete. Darüber trug sie eine rote Strickjacke.

„Hi, Daddy. "

„Daddy?" Er sah verwundert auf. „Bis gestern war ich noch Papa."

Leah rollte theatralisch mit ihren grünen Augen, das einzige Merkmal, was sie außer der Größe von ihrer Mutter unterschied, und Ingrid flüsterte: „Se hett seit geschtern a Poschtkärtle an de Zimmertür hänge. Da steht drauf: Pubertät ist, wenn die Eltern schwierig werden."

„Na, denn", flüsterte Fischer in Ingrids Haar hinein.

Laura, die sechzehnjährige rothaarige und hochaufgeschossene Tochter der Fischers, war nun ebenfalls im Eßzimmer angekommen. Über ihrer rechten Schulter trug sie einen Lederranzen, der mit dikkem, schwarzem Filzstift geschrieben die Aufschrift „Wir fordern die Vereinigung der Spalttablette" zierte. Statt Lederriemen diente eine hellblau-gestreifte, ausrangierte Krawatte von Fischer als Tragegurt. Ohne Gruß giftete seine Große los: „Das ist mein Kleid, Leah, zieh es sofort aus."

„Dafür hast du mein T-Shirt an. Stell dich nicht so an."

„Das ist aber mein Lieblingskleid."

Fischer sah wieder auf die Uhr. Erleichtert sagte er: „Ich muß los. Es ist gleich halb."

„So so." Ingrid sah ihn milde an. „Drei, vier Jahr noch, denn sin se demit durch."

„Meinst du? Jeden Morgen jetzt dieses Gezänke? Noch vier Jahre lang?“

Ingrid legte ihm sanft ihren Zeigefinger auf die Lippen und sagte: „Denk dran, heut abend müsse mer ind CD-Kaserne wege Lauras Rhönrad-Auftritt.“

Mark schubste Ingrid sanft von seinen Oberschenkeln und trank den letzten Schluck Kaffee aus. Ingrid schmiegte sich an ihn und küßte sein linkes Ohr.

„Müssen wir wirklich?“ raunte er in ihr Haar, „mir wird dabei vom Zusehen schon schwindelig.“

„Lügner.“

„Schade. Ich wüßte was viel besseres.“

„Ja. Ich auch. Danach, Henry. Danach.“

Jetzt saß Fischer in seinem weißen Cabrio, freute sich an den in diesem Jahr erst so spät in voller Blüte stehenden Magnolienbäumen in der Hannoverschen Straße, die dort standen, so lange Mark zurückdenken konnte. Er kurbelte die Fensterscheibe hinab und sog die süßliche Luft ein, die sich mit dem zarten Geruch von frisch gebakkenem Knäckebrot zu einer eigentümlichen Komposition der Düfte verband. Wasa backt wieder, sinnierte er, und diese Bäume hatten etwas Solides aber auch etwas Schönes. Wie seine Nene, die er, und nur er, seit Jahr und Tag so nannte. So wie sie ihn Henry nannte, seitdem er ganz am Anfang, im Überschwang der Gefühle, das erste und einzige Gedicht seines Lebens verfaßt hatte, mit dem Titel Henry's Dream. Er hatte es Ingrid, damals noch von der Briel, gewidmet und schrieb darin von den Verletzungen des jungen Mannes, der er damals war, und dem sehnsüchtigen Verlangen seiner Seele nach Liebe und Beständigkeit. Anstatt über ihn zu lachen, hatte sie ihn kurze Zeit darauf geheiratet. Ihn, den kauzigen Mark-Heinrich Fischer, den alleinerziehender Vater mit einem behinderten Sohn.

Ingrid hatte ihn aus seiner stumpfen Trauer um seine Ehe mit Diana Henninghausen befreit. Als Ingrid und er sich zufällig auf einer Einweihungsfete bei seiner damaligen Nachbarin kennenlernten, war es augenblicklich um ihn geschehen gewesen. Diese Frau war das beste, was ihm je passiert war, trotz ihres Temperamentes, das Steinlawinen auslösen und Eisberge zum Schmelzen bringen konnte. Sie hatte den schönsten Körper, den er je bei einer Frau gesehen hatte, mit vollen und dennoch zarten Brüsten, einer schmalen Taille und einer wunderbar weichen, hellbraunen Haut. Abgesehen von alledem besaß Ingrid einen glasklaren Verstand, ein Herz so groß und tief wie der Bodensee, den sie so sehr liebte, und einen gesunden Appetit auf ihn, was ihn zu einem außerordentlich zufriedenen Mann machte. Wenn er da an seinen Freund Knut dachte, der am letzten Doko-Abend im Ratskeller in Fischers Augen nur Blödsinn von sich gab, indem er sagte, Essen und Trinken sei die Erotik des Alters und sich dann den Bürgermeisterteller und ein Celler Urtrüb bestellte. Mark aß und trank auch gerne, aber Knut beneidete er nicht, wenn das seine letzte, einzige Freude war.

Seinen Bruder Dirk ebenfalls nicht. Einen Hagestolz hätte man den früher genannt. Single weit jenseits der vierzig, wenn auch, das mußte Fischer schon zugeben, nicht freiwillig. Sein jüngerer Bruder tat ihm aufrichtig leid. Keine Frau hatte es in der Vergangenheit bei ihm länger als ein Jahr ausgehalten. Und dabei wollte Dirk früher immer den Bauernhof von Großmutter Hilde in Altencelle übernehmen, eine üppig gebaute Blondine heiraten, mindestens fünf Kinder zeugen, und der Hofhund sollte Banner heißen, nach seiner amerikanischen Gastmutter in Connecticut. Statt Landwirt war er irgendwann Banker geworden, statt Hund hatte er einen rotgelben Papagei namens Homer Simpson, statt Ehefrau alle halbe Jahre eine kurze Beziehung. Kein Kind. Und den Hof in Altencelle wollte er schon gar nicht mehr erben, nachdem Oma Hilde Himmelfahrt 1997 gestorben war.

Wo beginnen die Brüche, überlegte Fischer, wo nehmen sie ihren Anfang? Mit zwanzig? Mit dreißig? Wo kippen die Wege und Wünsche in eine andere Richtung?

Das Handy brummte in seiner Brusttasche. Fischer kramte es umständlich aus dem Jackett. Eine SMS von Ingrid. „Ich liebe dich. Das hatte ich vorhin vergessen zu sagen.“ Er lächelte. Fischer fand, er hatte seine Brüche, das erfolglose Medizinstudium oder das Scheitern seiner Ehe mit Diana, kitten können, es sogar geschafft, diese zu verschönern und zu verzieren. Zufriedenheit breitete sich über ihn, während er still und voller Dankbarkeit für seine Familie und sein privilegiertes Leben an der Inspektion vorfuhr. Er wußte, daß er es hüten mußte wie einen seltenen Schatz. Fischer bog auf den Parkplatz ein.

Als er im vierten Stock oben angekommen war, hörte er schon von weitem das brummige Lachen von Peer Goldberg. Die treue Socke, dachte er, hat ein Humpelbein und kommt trotzdem. „Guten Morgen allerseits“, begrüßte Fischer seine Leute und betrat mit einem dampfenden Becher Kaffee in der Hand den Besprechungsraum. „Wo ist Klein? Und Lili?“ Er sah sich suchend um.

Da hörte er die Aufzugtür sich öffnen, und Lili Lehmann tippelte in einem schwarzen, leichten Sommermantel den Gang entlang. Schon von weitem hielt sie ihnen ihre linke Hand entgegen, am Ringfinger ein goldenes Etwas mit einem schwarzen, ovalen Stein. Die Kollegen begannen zu klatschen, klopften auf die Tische und riefen ihre Glückwünsche kreuz und quer durch den Raum.

„Na bitte schön! Und ich darf ja Trauzeuge werden, hast du letztens gesagt“, meinte Fischer väterlich lächelnd, nahm die junge Asiatin in den Arm und bewunderte den Ring.

„Was ist das für ein Stein?“

„Ein Turmalin.“

„Sehr schön.“

„Zeigen! Zeigen! Zeigen!“ riefen die Jungs rhythmisch in Lilis Richtung.

„Is ja gut“, konterte sie fröhlich und ging an den Kollegen vorbei, um den Ring zu präsentieren. Fischer beobachtete mit Genugtuung seine Familie. Gute Jungs. Gutes Mädel. Und ein Segen für Lili, dachte er, daß sie Malte hatte. Vielleicht würde sie nun endlich zur Ruhe kommen.

Nachdem sich alle beruhigt und hingesetzt hatten, begannen sie mit der Dienstbesprechung. „Okay, tragen wir zusammen, was wir haben.“ Fischer nippte an seinem Kaffee und wandte sich Richtung Flipchart.

Franz Bellmann, der Herrscher über das Labor, mit vierundsechzig Jahren und schlohweißem Mecki der Älteste in der Truppe, war schon dabei, seinen Nachfolger einzuarbeiten, eine blonde Ausgabe von Bellmann selbst, nur dreißig Jahre jünger. Der ältere Herr rückte seine Brille, ein Ungetüm mit Horngestell und flaschenbodendicken Gläsern, zurecht, stand auf und meldete sich mit seiner dröhnenden Baßstimme als erster zu Wort: „Die Waffe, mit der Schön erschossen wurde, ist ein sogenannter Zimmerstutzen. Eine Traditionswaffe, mit der bereits in der Zeit vor dem Ersten Weltkrieg sportlich geschossen wurde. Es werden heute aber noch Wettkämpfe ausgetragen. Geschossen wird im stehenden Anschlag auf eine Entfernung von fünfzehn Metern. Ist aber eigentlich eher zum Schießen in geschlossenen Räumen bestimmt."

„Hab noch nie etwas davon gehört", murmelte Lili und sah dabei verträumt auf ihren neuen Ring, der von der Sonne angestrahlt wurde.

„Früher wurde im Winter drinnen mit dem Zimmerstutzen geübt, um für die nächste Wettkampfsaison präpariert zu sein. Das ist wohl die Erklärung für den eigenartigen Namen", ergänzte Bellmann noch.

„Wie sieht so ein Ding aus?" warf Peer ein und legte dabei sein bandagiertes Bein auf den freien Stuhl links neben ihm, „es muß jemand gewesen sein, der früher mal so ein Gewehr benutzt hat, oder? So antiquiert, wie das klingt."

„Könnte sein, ja", überlegte Bellmann und kratzte sich am Kinn.

„Es könnte aber auch jemand sein, der es gebraucht gekauft hat. Über eBay gibt's doch so was bestimmt oder?" fragte Kamphausen.

„Hab ich nachgeschaut. Nichts. Nicht unter dem Begriff. Gewehre gibt's da allerdings jede Menge." Bellmann sah in die Runde und fuhr fort. „Peer, zu deiner Frage: Ein Zimmerstutzen ist ein Gewehr mit gezogenem kurzen Lauf, fünfzehn bis dreißig Zentimeter lang. Dieser Lauf ist in ein Trägerrohr eingebracht, auf dem auch die vordere Visiereinrichtung befestigt ist. Der Lauf ist wegen des geringen Antriebs des Geschosses nicht länger, damit die abgefeuerte Kugel nicht mehr als nötig abgebremst wird. Bei frühen Zimmerstutzen befindet sich der kurze Lauf meist im vorderen Teil des ..."

Fischer hörte still zu, fegte den Gedanken an Kalliopes Pokal, der ihm gerade in den Sinn kam, beiseite und spürte trotz der frühen Tageszeit eine kriechende Müdigkeit in sein Gehirn steigen. Der Bellmann war klasse, der bester Schnüffler vor dem Herrn, aber seine Vorliebe für monotone Vorträge war zuweilen anstrengend. „Mach's kurz, Franz", bat er daher den Älteren, während dieser bereits weiterdozierte: „Also, Zimmerstutzen werden oft mit einem Kleinkalibergewehr verwechselt. Und der Lauf befindet sich am hinteren Ende des ansonsten leeren Trägerrohrs."

„Wer hat die Dinger gebaut?" fragte Kamphausen.

„In Serie gefertigt wurde zuletzt nur noch bei einer Firma in Ulm. Aber die haben die Produktion mittlerweile eingestellt.“

Fischer horchte auf. „Das ist doch was. Da können wir versuchen, was herauszufinden.“

„Jetzt noch zur Munition, dann habt ihr es geschafft“, erwiderte Bellmann laut und hielt die Kugel, die für Schön tödlich war, in die Höhe. Fischer überlegte, ob es an den vielen Jahren oder der Thematik lag, daß Bellmann so langatmig wurde. Vielleicht war es ganz gut, daß mal wieder ein jüngerer ans Ruder kam. Andererseits gab's keinen Besseren, und sie arbeiteten schon so lange zusammen.

„... besteht normalerweise aus einer losen Blei-Rundkugel mit einem Kaliber von 4,4 bis 4,65 Millimetern. Das genaue Kaliber wird durch eine zusätzliche Nummer angegeben, die auf dem Lauf eingeschlagen ist.“

„Wieso ist das so, Franz?“ Lili, die noch immer mit ihrem Ring spielte, sah fragend zu Bellmann.

„Es könnte sein, daß die Zimmerstutzenläufe früher nicht mit der heute möglichen Präzision gefertigt wurden.“ Er sah in die Runde. „Im Übrigen gehört dazu noch eine winzige Hülse mit Randfeuerzündung, jedoch ohne Pulverladung, die hinter der Kugel in den Lauf eingelegt wird. Oder Hülsen mit eingepreßter Kugel.“

„Die wir im Schloßpark finden müßten.“

„So ist es, Bärchi“, dröhnte Bellmann mit Blick auf Peers Bein, „Aber du ja wohl eher nicht.“

Alle lachten, Fischer am lautesten, weil er dieses Bärchi so liebte. Jeder nannte Goldberg mittlerweile so, weil er wirklich manchmal so tolpatschig wie ein junger Bär wirkte.

„Beim Schuß wird die Kugel von der explodierenden Zündmasse durch den Lauf getrieben. Die Schußpräzision ist dadurch oft schlechter als bei einem modernen Match-Luftgewehr, weil sich Abweichungen um so stärker auswirken. Das Einölen der Kugeln vor dem Verschießen ist daher allgemein üblich. Interessant ist, daß in den letzten zwanzig Jahren die Hersteller die Idee des kurzen Laufes wiederentdeckt haben.“

Fischer nahm die Kugel in die Hand. „Dieses ist ein kleineres Geschoß.“

„4,4. Ja.“

„Weißt du schon, wer bei dieser Firma Kunde ist, den wir kennen könnten?"

„Na ja, nicht direkt, da müssen wir erst mal die richtigen Leute erwischen. Aber interessanterweise sollen diese Dinger angeblich bei der Militärausbildung zu Übungszwecken eingesetzt werden. Angeblich. Hab ich irgendwo aufgeschnappt."

„Ist nicht dieser Bruder von der Türkin beim Militär?" fragte Kamphausen träge, und Klein nickte zustimmend.

„Dann sollte ich mir heute wohl wirklich mal das türkische Mädchen vom Theater genauer unter die Lupe nehmen", sagte Fischer, plötzlich wieder hellwach.

15.

Käthe Kuss war verzweifelt. Wie sollte sie nun das Geld wiederbekommen? Wie sollte sie nun Oberstadtdirektor Bauer erklären, daß sie dummerweise zweitausendfünfhundert Euro aus dem Spendentopf an einen Schauspieler ausgeliehen hatte, weil dieser sie mit seinem charmanten Lächeln und schließlich durch Erpressung dazu gebracht hatte? Käthe Kuss fuhr sich durch ihre grauen Stoppeln. Das Geld war weg. Da war sie sich ganz sicher.

„Du bist wirklich einen blöde Kuh", schalt sie sich. Es würde ihr nichts anderes übrigbleiben, als das Geld selbst zu beschaffen, ohne daß Bauer davon Wind bekam. Aber wie? Für morgen nachmittag war die Vergabe geplant. Um halb fünf wollten sie und der Oberstadtdirektor im Malersaal jeweils zweihundert Euro an sieben alte und kranke Schauspieler austeilen, weitere fünfhundert waren für eine Operation von Otto Schneeweiß' Stimmbändern gedacht, damit er sich endlich die mittlerweile chronisch gewordenen Knötchen wegoperieren lassen konnte. Selbst wenn ihm die OP wahrscheinlich nicht den Weg zurück auf die Bühne ebnen würde, dazu war er einfach zu alt, wollte sie ihm doch etwas Gutes tun. Käthe war sich nicht sicher, ob er die OP überhaupt annehmen würde oder statt dessen das Geld lieber in eine Anzahlung für einen Grabstein für Alwine verwandeln würde. Wer wußte es schon. Aber es war ihre Art, dem alten Freund Kaspars zu helfen. Denn er ließ sich ja anders nicht helfen, mal abgesehen von dem heimlichen Quartier im Nordturm des Schlosses, im Hexenhäuschen, so wurde der Raum unterm Holzgiebel liebevoll bezeichnet, welches Schneeweiß im Winter gern in Anspruch nahm. Und genau das hatte Amandus Schön spitz bekommen. Weiß der Teufel wodurch, aber er wußte es. Und damit hatte er sie gepackt.

„Kati, du wirst mir das Geld geben. Ich bin so was von in der Klemme. Nur für eine Woche. Dann bekommst du es wieder."

„Ich wüßte nicht weshalb", hatte sie kühl geantwortet.

„Möchtest du es wissen?"

„Ich platze fast vor Neugier, Amandus."

Sie hatte ihn mitleidig angefunkelt, bis er erwiderte: „Ich weiß von Schneeweißens Turmquartier." Da war sie blaß geworden. „Und ich glaube nicht, daß es in deiner Macht steht, einfach Räume des Schlosses, dazu noch so ein ungesicherter, an Penner zu vergeben, Kati."

Sie hatte leicht den Kopf geschüttelt und leise geantwortet: „Wohl nicht, nein."

„Und du möchtest auch nicht, daß Konrad Bauer davon erfährt, oder?"

Wieder hatte sie mit dem Kopf geschüttelt: „Du bekommst das Geld für vier Tage. Und jetzt verschwinde, bevor ich es mir anders überlege."

Amandus Schön hatte sich auf dem Absatz umgedreht und im Hinausgehen gesagt: „Wußte ich doch, daß ich auf dich zählen kann. Danke." Er warf ihr noch eine Kußhand zu. Seitdem wartete sie auf das Geld.

Nun stand Käthe Kuss von ihrem schwarzen, mit zahllosen Büchern, Akten und Blättern übersäten Schreibtisch im zweiten Stock auf, ging zum Fenster und sah lange auf die Auffahrt, die rechts um das Schloß herumführte. Die Sonne stand über den alten Bäumen und durchflutete den Park in einem strahlenden Goldton. Sie überlegte, was sie tun sollte.

Sie hatte kein Geld auf irgendwelchen Konten herumliegen, auch wenn im Theater alle dachten, sie wäre stinkreich. Es wußte ja kaum jemand, daß ihr Vater so viel Geld benötigte für seine Betreuung. Aber das war sie ihm doch schuldig. Sie konnte ihn nicht in einem billigen Heim vergammeln lassen, nur weil er sich verspekuliert hatte und nun seine Rente für den Rest seines Lebens zur Schuldentilgung benötigte. Vaters Heimplatz kostete sie jeden Monat satte tausenddreihundert Euro. „Claudia“, überlegte sie nun laut, „ich werde Claudia sagen, daß ich das Geld benötige.“

Entschlossen ließ sie die weißen Rollos an den Scheiben hinabfallen. Genau in dem Moment sah sie diesen Kommissar schon wieder zu ihrem Fenster hochschauen. Der war jeden Morgen da, seit Schön tot war. Bislang konnte sie sich immer verleugnen lassen. Fischer war der Letzte gewesen, den sie ertragen konnte. Erst mußte sie ihre eigenen Angelegenheiten regeln. Sie ging eilig zu ihrem Schreibtisch, um erneut die Hilfe des Pförtners zu erbitten. Heinz Demuth mußte ihr diesen Fischer vom Hals halten. Einmal noch! Panisch griff sie zum Telephon. „Hallo? Heinz? Käthe hier. Heinz, ich habe noch mal eine Bitte an Sie. Ich muß jetzt wieder weg. Und ich habe gesehen, daß dieser Fischer ...“

„... vor meiner Loge steht?“

„Äh, ja.“

„Ich schick ihn hoch, ja?“

„Ja, danke, Heinz. Danke.“ Sie legte den Hörer auf den Schreibtisch und murmelte: „Das war ein Fehlschuß, Käthe. Du konntest schon mal besser zielen.“

Ihre Hände begannen zu schwitzen. Was wollte der nur von ihr wissen? Sie rieb ihre Handflächen gegen ihre schwarze weite Leinenhose und ging zu einem kleinen Spiegel, der hinter der Tür neben einer Garderobe an der Wand hing. Sie nahm einen Lippenstift von der Ablage und zog sich in einem tiefen Burgunderrot die Lippen nach. Als es klopfte, rief sie mit fester Stimme: „Herein.“

Fischer und eine Kollegin traten ein. Er reichte ihr die Hand, und Käthe hoffte, er würde die Feuchtigkeit ihrer Handflächen nicht bemerken. Dann stellte er seine Kollegin als Lili Lehmann vor, und Käthe dachte, was für ein guter Künstlername. „Dürfen wir uns setzen?“

Käthe wies die beiden Kripobeamten zu einem kleinen, mit dunkelgrauem Tweed bezogenen Sofa, das neben der Tür stand. Lili Lehmann rückte die Bücherstapel auf dem weißen Tischchen davor etwas zur Seite und holte ein Notizbuch aus ihrer schwarzen Umhängetasche, während Fischer – nun an Käthe gewandt – um Auskunft bat. „Wir möchten, daß Sie uns einige Fragen beantworten, Frau Kuss. Wie lange kennen Sie Herrn Schön?“

Käthe überlegte. „Viele Jahre.“

Fischer sah zu Lili, die eine Notiz machte. Die Kollegin des Kommissars gefiel Käthe. Sie hatte ein fein geschnittenes Gesicht, schräge braune Augen und eine Top-Figur. Sie war nur ein bißchen arg klein geraten. Höchstens eins fünfundfünfzig, schätzte Käthe. Als kleines Mädchen wollte Käthe immer eine Chinesin sein, erinnerte sie sich nun. Zum Karneval war sie jahrelang als Chinesenmädchen mit gelbem Hut und langem schwarzem Zopf gegangen.

„Wie viel sind einige Jahre, Frau Kuss?“

„Zehn? Zwölf? Fünfzehn? Sechzehn? Keine Ahnung. Seit ich eben hier in Celle bin. Ich zähle die Jahre nicht gerne.“ Käthe versuchte, lässig zu sein, was ihr nur sehr unzureichend gelang. Warum mußte er es so genau wissen? Es waren genau sechzehn Jahre, drei Monate und einundzwanzig Tage ... Dieser Fischer machte sie total nervös, ohne daß sie sich das erklären konnte. Hilfesuchend sah sie zu dem großen Konterfei Kaspars über der Tür. Sie würde dem Mann von der Kripo sagen müssen, wen sie im Schloßpark gesehen hatte. Doch alles zu seiner Zeit.

„Kannten Sie Amandus Schön gut?“

„Nein.“

„Was wissen Sie über ihn?“ Zu dem Mißmut in Fischers Stimme gesellte sich nun Ungeduld, was sie erleichtert zu Kenntnis nahm. Dann würde die Befragung hoffentlich schneller beendet sein.

„Er ist ein schlechter Schauspieler gewesen. Und ein Tunichtgut und Habenichts.“

„Sie haben keine sehr hohe Meinung von ihm.“

Käthe schüttelte den Kopf. „Niemand hier mochte ihn besonders. Er betrog die Männer mit Worten und die Frauen mit Taten.“

„Er hat Sie immerhin geküßt, kurz bevor er starb, wie ich gehört habe.“

Käthe wurde dunkelrot im Gesicht. „Das stimmt“, erwiderte sie leise und erinnerte sich an Schöns wundervolle Lippen, „aber das tut weder etwas zur Sache, noch ist es von Bedeutung.“

„Das müssen Sie schon uns überlassen“, tönte die junge Asiatin vom Sofa, und Käthe wurde wütend, als sie sah, daß Fischer dieser zustimmend zulächelte.

„Was erlauben Sie sich?“

Fischer fuhr ungerührt fort: „Weshalb hat er Sie geküßt?“

„Damit ich aufhöre zu reden“, gestand Käthe, weil die Wahrheit in ihren Augen so unglaubhaft erschien, daß sie hoffte, der Beamte würde darüber hinweggehen. Das war jedoch eine Fehleinschätzung, wie sie schnell herausfand.

Statt dessen sah Fischer sie amüsiert an. „Er wollte Sie zum Schweigen bringen?“

„Sie sagen es.“

„Warum?“

„Es ging um Geld.“

Lili schnalzte leise mit der Zunge. Käthe wußte nicht mehr, wie sie agieren sollte. Ihre gewohnte Sicherheit im Umgang mit Menschen war dahin. „Können Sie uns das etwas näher erklären?“

Käthe erzählte von dem Spendenfond, von Schöns erpresserischer Forderung, von Kaspar Grimm und auch von Otto Schneeweiß, dem Penner, der einst der beste Freund ihres Mannes gewesen war.

„Wissen Sie, wofür Amandus Schön das Geld so dringend brauchte?“

Käthe verneinte. Sie wußte es wirklich nicht und sah zu Lili Lehmann, die alles, was sie von sich gab, in ihr kleines schwarzes Notizbuch schrieb.

„Haben Sie an dem Abend sonst etwas Verdächtiges gesehen?“

Nun mußte sie es sagen. „Ich habe den Kostümbildner im Park gesehen. Da bin ich mir ganz sicher. Aber bitte sagen Sie ihm nicht, daß ich Ihnen das gesagt habe.“

„Wissen Sie, ob er eine Waffe besitzt?“

„Claas nicht, nein, das kann ich mir nicht vorstellen.“

Das Telephon in Fischers Jackettasche klingelte. Er sah entschuldigend zu Käthe Kuss. „Was gibt’s?“ Fischer hörte stumm zu und legte schließlich bedächtig auf. Dann sagte er zu Lili: „Das war das Labor. Sie haben eine Patronenhülse im Park gefunden. Unter einer halb verfallenen Hütte.“ Er stand auf und erklärte Käthe in kurzen

Sätzen den Fundort der Hülse. „Wissen Sie, was es mit dieser Hütte auf sich hat?"

„Die hat sich Otto Schneeweiß gebaut. Aber bestimmt schon vor fünfzehn Jahren."

„Danke, Frau Kuss, ich werde mich, falls nötig, wieder bei Ihnen melden."

Käthe ließ die Tür ihres Büros hinter Fischer und Lili ins Schloß fallen. Sie lehnte sich erleichtert an die schwere weiße Holztür und überlegte, was die Patronenhülse wohl in Otto Schneeweiß' Hütte zu suchen hatte.

16.

Sie mußte sich beeilen. Ömer hatte ihr zugeredet, heute zu arbeiten. Und er hatte recht. Dennoch war Betül Ceylan abgrundtief traurig.

Gleich begannen die Proben. Ein schwieriges, ja beklemmendes Stück, in dem die junge Schauspielerin eine Studentin spielen mußte, die ihre Familie verließ. Und Betül war sich keineswegs sicher, ob sie der Rolle gerecht werden würde. Eigentlich hatte sie das Gefühl – erschöpft von den Ereignissen der letzten Tage – niemandem mehr gerecht zu werden. Sich selbst nicht, ihrer Familie nicht, dem Theater nicht. Betül fühlte sich ausgelaugt. Sie funktionierte. Mehr nicht.

Matt fuhr sie auf ihrem silberfarbenen Fahrrad die Bahnhofstraße entlang. Sie spürte den Fahrtwind und die wärmenden Sonnenstrahlen durch den roten Wollpullover hindurch auf ihren Armen. Und dennoch freute sie sich keine Sekunde daran. Was sie sonst morgens zufrieden und glücklich machte, die Lebendigkeit der Luft an ihrer braunen Haut entlang streichen zu fühlen, die Kraft ihrer Beine, die sie vorwärts brachte, zu genießen oder einfach den Duft dieser pittoresken alten Stadt einzuatmen, alles war mit Schöns Tod gestorben. Außerdem kaute sie noch immer auf der Ungeheuerlichkeit herum, daß die Kuss sie alle gezwungen hatte zu spielen. Selbst die beiden Dramaturgen fanden es übertrieben, was dem einen, dem hoffnungsvollen Klaus Schwer, gleich einen Rausschmiß bescherte, weil er ohnehin noch in der Probezeit war. Aber die Halbwertzeit von Dramaturgen beschränkte sich in der Regel in Celle ohnehin nur auf zwei

Spielzeiten, weil Käthe Kuss mit keinem länger als zwei Jahre zusammenarbeiten konnte. So wurde es Betül berichtet. Und der war damit ohnehin dran. Schwer hatte diese letzte Anatevka-Aufführung als schnöden Verrat an Amandus Schön empfunden, und Betül Ceylan hatte es genau so gesehen. Was hatte die Intendantin doch für eine Kälte im Leib. Es würde sie nicht wundern, wenn sie Schön auf dem Gewissen hätte wegen dieser Geldgeschichte, die die Spatzen schon vom Schloßdach trällerten.

Betül bog in den Schloßpark ein. Von weitem sah sie die Trüppchen von Touristen, die durch den Park schlenderten und sich dabei das Schloß ansahen. Am Wassergraben stand Otto Schneeweiß in einem karierten Hemd und fütterte die Enten mit alten Brotkrumen, die er sich selbst vom Munde absparte. Als er die junge Schauspielerin entdeckte, winkte er ihr freundlich zu, und als sie an ihm vorbeifuhr, krächzte er: „Na Mädchen, mußt schon wieder arbeiten."

„Bleibt mir was anderes übrig?"

„Du könntest zu mir ziehen."

„Ich überleg's mir, Otto. Versprochen."

Bevor Betül weiterfuhr, kramte sie wie jeden Morgen, wenn sie Proben hatte, ein frisch belegtes Brot aus ihrer grünen Army-Umhängeasche und gab es Otto Schneeweiß. Sie wußte, daß er bettelarm war. „Frühstück."

Dankbar nahm er ihr das dunkle, in eine durchsichtige Frühstückstüte eingepackte Brot aus der Hand, packte es aus und untersuchte es mit gierigem Blick. „Gut. Salami. Käse. Und Gurke. Du bis ein gutes Mädchen. Danke Betül."

Er brach ein kleines Stück von einer Ecke ab und warf es den Enten zu. „Der Rest ist für mich", schnarrte er grinsend.

Die Türkin schwang sich wieder auf ihr Rad und radelte Richtung Eingang. Sie fuhr an mehreren Stadtführerinnen vorbei, die, in der Sonne stehend, das Konzept für neue Führungen erörterten: „... sollten mal überlegen, ob wir die Schloßküche und das kulinarische Leben zu Zeiten Eleonore d'Olbreuses, also des 17. Jahrhunderts, in die szenischen Führungen einbauen können. Ebenso die Sitten und Gebräuche bei und unterm Tisch."

Die Frauen lachten, und Betül lehnte lächelnd das Rad an die Schloßmauer und schloß es ab. Vielleicht sollte sie wirklich zu Otto ziehen, überlegte sie, einige Tage abtauchen, für niemanden da sein, nur für sich selbst. Dann würde Otto Schneeweiß für sie Brote organisieren und sie behüten und dafür sorgen, daß sie sich ungestört dem Schmerz, der in ihrem Inneren wütete, hingeben konnte. Es war nicht nur der Tod von Schön, es war die Summe aller Dinge, die sie nicht mehr geregelt kriegte und vor sich herschob: Tariks spinnerte Frau, die Kuss, Tariks eigenartige Anwandlungen von Fanatismus, Schöns Avancen, Kalliope, die jeden Mann anstarrte wie das Kaninchen die Schlange, das neue Stück, das sie ohnehin deprimierte, die gesamte Ungerechtigkeit der Welt, Heimweh nach ihren Eltern ... Wo wohnte denn Otto wohl? fragte sie sich. Von morgens bis abends sah sie ihn immer, wenn sie zum Theater ging oder vom Theater kam. Seine Adresse kannte sie nicht.

Nachdenklich schlug Betül den Weg Richtung Theaterkeller ein. Ob Claudia da war? Ein Kaffee würde mir jetzt gut tun, dachte Betül, als im gleichen Moment die Wirtin auf der Treppe erschien. Claudia sah ziemlich fertig aus. Dicke verquollene blaßblaue Augen sahen Betül entgegen. Die Haare waren zerzaust. Außerdem entdeckte sie auf ihrem schwarzen T-Shirt einen milchig weißen Fleck. „Du bist ein Geschenk des Himmels“, sagte Betül dennoch froh und spürte plötzlich wieder einen Hauch von Leben in sich, „machst du mir einen Kaffee?“

„Mach ich.“ Claudia schloß den Keller auf. „Ich bin heute viel zu spät dran. Aber irgendwas muß ich ja machen, sonst werde ich verrückt. Das hier ist pure Ablenkung.“

Betül nickte mitleidig und versuchte sich vorzustellen, wie es sich anfühlen mußte, wenn der eigene Bruder erschossen wurde. Es war eine zu große Dimension, als daß sie das erfassen konnte. Statt eine dumme nichtssagenden Antwort zu geben, nahm sie Claudia einfach stumm in den Arm.

„Das tut gut“, sagte Claudia, als sie sich wieder aus Betüls Armen gelöst hatte. Claudia sah die junge Schauspielerin traurig an.

„Ich spüre so viel Gleichgültigkeit oder gar Feindseligkeit, als könnte ich etwas dafür, daß Amandus so triebgesteuert ist.“ Sie fuhr sich mit der Hand über die Stirn.

„War“, verbesserte sie sich dann und sog die Luft durch ihre kleine Lücke zwischen den oberen Schneidezähnen ein. Betül hakte sich schweigend bei Claudia unter. Sie warf ihre Jeansjacke achtlos auf einen dunkelrot bezogenen Stuhl mit der Nummer dreiundfünfzig.

„Wieso sind die Stühle eigentlich numeriert?" fragte Betül.

„Das ist die alte Bestuhlung aus den Logen oben. Sparen, sparen, sparen. Es geht immer nur ums Geld. Und die Kuss ist die schlimmste. Jetzt will sie von mir das Geld, das Amandus ihr schuldet. Wie soll ich das denn machen? Das hier ist kein sehr lukrativer Job", sie zeigte mit einer ausladenden Geste über den Tresen, „ich komme mir vor wie Amandus' persönlicher Sündenbock. Dabei will ich einfach in Ruhe um ihn trauern. Aber das gönnt mir hier offensichtlich keiner."

„Und wenn du zu Hause bleibst?" fragte Betül sanft und setzte sich auf einen Barhocker.

„Da ist es ja noch schlimmer. Mein Vater dreht völlig ab seit Amandus tot ist."

„Was sagt er denn?"

„Mein Sohn, mein einziger Sohn", äffte sie Bertold-Maria Schön nach und schnitt dabei eine Grimasse, die Betül unweigerlich zum Lachen brachte, „was habe ich dir nur angetan!" Claudia schlüpfte hinter den langen Edelstahltresen, um Kaffee aufzusetzen. „Ich bin fest davon überzeugt, daß mein Vater Amandus fertiggemacht hat."

„Wie kannst du das nur denken?"

„Seit dreißig Jahren höre ich unzählige Male: den bring ich um. Da kann man schon mal ins Grübeln kommen. Findest du nicht?"

„Warum sagt dein Vater so was?"

Claudia nahm zwei bunte Becher aus einem Glasschrank hinter der Theke und schenkte ihnen beiden Kaffee ein. „Milch? Zucker?"

„Beides."

Während sie in kleinen Schlucken den heißen Kaffee schlürften, erzählte Claudia von ihrer Mutter. „Sie war ein Engel. Sie war schön. Sie war unser Licht. Und Amandus hat das Licht zerstört. So sieht unser Vater das wenigstens."

„Er war ein kleiner Junge."

„Seit Mamas Tod nicht mehr."

Betül dachte an ihre Mutter und die Vorstellung, Cicek Ceylan könnte sterben und sie wäre schuld daran. Sie wollte sich das nicht ausmalen. Ihre Mutter war ihre Freundin, ihre Beschützerin und Beraterin gewesen all die Jahre. Selbst wenn Cicek nicht gerade zimperlich war im Umgang mit ihren Kindern und sie schon hin und wieder mal eine Ohrfeige kassiert hatten. Ihre Mutter war eine beständige und verläßliche Größe in ihrem Leben, die sie niemals missen wollte. Plötzlich empfand sie viel Mitleid für Claudia und ihren toten Bruder. „Es tut mir leid. Für euch beide, Claudia."

„Schon gut, Betül. Danke. Jeder hat sein Päckchen zu tragen. Manche mehr, manche weniger. Dein Bruder scheint ja auch Probleme zu haben."

„Wen meinst du?"

„Na der, der die letzten Tage immer hier war."

„Tarik?"

„Weiß nicht, wie der heißt. Kalliope sagte nur, der Typ wäre dein ältester Bruder, und sie hätte ihn vor kurzem im Park aufgelesen. Wahrscheinlich hat sie Frischfleisch gewittert, er sieht ja richtig süß aus. Die saßen ein paar Mal da hinten an dem Tisch."

„Die?"

„Kalliope, dein Bruder, Noah Miller und unser guter Mottel."

„Und ich wundere mich die ganze Zeit, wohin Tarik immer abgehauen ist."

Sie sahen gleichzeitig auf, als sie Schritte näherkommen hörten. „Hier unten müßten sie sein", hörten sie den Pförtner erklären. Betül und Claudia sahen erst sich an und dann in Richtung Tür.

„So früh Besuch für dich, Claudia?"

„Das ist doch der von der Polizei. Die Frau kenn ich nicht."

„Guten Morgen, mein Name ist Mark-Heinrich Fischer. Wir kennen uns ja schon." Er streckte erst Claudia seine Hand hin und begrüßte dann Betül.

„Kaffee?" fragte Claudia scheinbar locker.

Die beiden Ankömmlinge nickten, und Fischer sagte: „Das ist Lili Lehmann, meine Assistentin."

Lili nickte ihnen zu und kramte anschließend ein Notizbuch aus der Tiefe ihrer schwarzen Tasche. Betül betrachtete den Ring am Finger der jungen Polizistin. „Turmalin?"

„Ja, woher wissen Sie das?"

„Geraten", antwortete Betül und fand die mandelförmigen Augen der Assistentin wunderschön.

„Wirklich erraten, oder kennen Sie sich mit Gestein aus?"

„Meine Mutter fertigt in ihrer Freizeit gerne Schmuck selbst. Sie sagt, Turmalin stehe für Schutz und Heilung. Er baut angeblich nervliche Anspannungen und Streß ab und schützt vor negativen Energien. Laut meiner Mutter gehören schwarze Turmaline mit zu den kräftigsten Schutzsteinen für unseren Körper und die Seele. Und ihm wird das Sternzeichen Steinbock zugeordnet." Betül sah lächelnd von der erstaunten Lili Lehmann zu Fischer und dann zu Claudia.

„Kommen wir zur Sache", hub Fischer an, als er den dampfenden Becher in der Hand hielt. „Frau Schön, wußten Sie, daß Ihr Bruder einen sogenannten situs inversus hatte?"

Claudia sah verständnislos zu Fischer. „Was ist das?"

„Er war seitenverkehrt herum gebaut", ergänzte Lili, „alles was rechts hingehört innen drin, ist auf der linke Seite und umgekehrt."

Claudia sah irritiert zu Betül. „Und das heißt nun?"

„Sein Herz zum Beispiel lag rechts", erklärte Fischer, „können Sie uns sagen, ob das in der Familie bekannt war?"

Claudia Schön schüttelte ihre lange blonde Mähne. „Ich weiß es nicht."

„Wer könnte das denn wissen?"

„Amandus war gesund wie ein Fisch im Wasser. Bestenfalls weiß das unser alter Kinderarzt. Aber ich denke, ich hätte das doch gewußt, wenn es bekannt gewesen wäre."

„Vielleicht. Vielleicht auch nicht. Wie heißt der Arzt?" fragte Fischer und Betül überlegte, was dieser Fischer wohl gegen einen guten Friseur hatte. Er sah für ihre Begriffe ein wenig zu verwegen aus für einen Kommissar. Betül hatte sich diese Polizisten immer streng gescheitelt, in grauem Anzug, kariertem Hemd und mit Bart vorgestellt. Dieser Fischer hingegen wäre der perfekte Tatort-Kommissar. Gutaussehend mit seinen dunkelgrauen Locken und den Augen in der Farbe von Achatstein. Nur ein wenig Jogging wäre nötig, dann wäre der in Form.

Claudia fuhr fort: „Unser Kinderarzt hatte früher seine Praxis in der Schuhstraße. Wie hieß der noch gleich? Angermann? Bangemann? Irgendwas in der Art."

Lili Lehmann schrieb eifrig mit und nuschelte dann: „Bangemann. Bei dem war ich auch. Der hat mich vielleicht immer gepiesackt mit seinen ewigen Impfungen.“

„Und wußten Sie, Frau Schön, daß Ihr Bruder einen erwachsenen Sohn hatte?“

Claudia riß ihre blauen Augen auf. „Nein, wie heißt er?“

„Ruben Joos. Er lebt in Berlin. Und wird demnächst neunzehn.“

Betül hielt den Atem an. Wie viele Ruben Joos’ mochte es in Berlin wohl geben? Das, das konnte doch nicht sein! Ob Boris das wohl wußte?

„Da muß er schon als Schüler Vater geworden sein“, überlegte Claudia.

„Das stimmt. Weiß Ihr Vater davon?“

„Keine Ahnung.“

„Dann wußten Sie wohl auch nichts davon, daß Ihr Bruder der Intendantin Geld schuldete.“

„Doch, das wußte ich. Sie wollte es gestern von mir zurückhaben. Sie meinte, an meinen Händen würde sein Blut kleben, wenn ich nicht zahle. Ich habe das nicht verstanden.“

„Wir denken, damit hat er den Jungen bestochen, zurückzufahren.“

„Kann ich was dafür?“ Claudia sah kampfeslustig zu Fischer. „Ich bin sehr traurig über Amandus’ Tod. Aber ich kannte ihn nicht. Er hat sein Leben nicht mit mir geteilt. Er liebte mich, weil ich wie unsere Mutter aussehe. Das war der einzige Grund, weswegen er meine Nähe suchte. Er hat mich aus allem rausgehalten, auf einen Sockel gestellt, als wäre ich eine anbetungswürdige Statue.“

„Aha!“ Fischer gab seiner Kollegin ein Zeichen zum Gehen, und Betül sah, wie Claudia erleichtert aufatmete. Hatte sie etwas zu verbergen? So wie sie selbst? Sie konnte doch unmöglich sagen, daß sie diesen Ruben kannte! Genau wie Boris.

Als sich die beiden Ermittler verabschiedet hatten, sagte Claudia zu Betül: „Ich bin Tante. Aber komisch, daß die mich nach diesem Kinderarzt gefragt haben, findest du nicht?“

„Wenn Amandus das Herz rechts hatte“, sinnierte Betül, „war es vielleicht ein dummer Unfall. Und kein Mord.“

„Und wenn Papa von diesem Ruben weiß? Mein Vater konnte nicht gut schießen, obwohl er mal im Schützenverein war."

„Ich glaub nicht, daß ein Vater seinen Sohn erschießt, Claudia, ehrlich."

Betül sah auf die Uhr und stand von ihrem Barhocker auf. „Ich muß in die Probe. Danke für den Kaffee."

Nachdenklich trat Betül Ceylan auf den Schloßhof und ging zögerlich Richtung Malersaal, der gar nicht mehr der richtige Malersaal war. Der hatte längst eine neue Funktion bekommen und gehörte zur Management-Akademie, die ebenfalls im Schloß untergebracht war.

Plötzlich stand Boris Joos vor ihr und stellte sich Betül in den Weg. Sie traute sich nicht, ihn auf die gerade erfahrene Sache anzusprechen. Statt dessen sagte sie: „Was ist? Ich kann schon selber auf mich aufpassen, danke." Sie schob Boris zur Seite.

„Ich habe es deinem Bruder versprochen, Betül."

„Ach ja? Konspirative Sitzungen im Keller um meine Jungfräulichkeit zu bewachen?"

„Ach Quatsch. War alles nur Spaß. Aber es hat Tarik beruhigt, daß ich ein Auge auf dich habe. Er meinte, ich wüßte ja, aus welcher Familie du stammst und wie eure Grundsätze seien."

„Seine und Aleynas Grundsätze. Und die sind nicht identisch mit den unsrigen. Bei uns hat niemand eine Verpflichtung, etwas tun oder glauben zu müssen. Die Grundpfeiler der alevitischen Vorschriften sind in einem Satz zusammengefaßt. Eline beline diline sahip ol."

„Soll heißen?"

„Eline sahip ol: Beherrsche deine Hände. Beline sahip ol: Beherrsche deine Lende. Die Lende steht als Synonym."

„Is schon gut. Ich habe genug gehört." Joos winkte genervt ab, aber Betül sprach, beinahe wie in Trance, einfach weiter: „für die Triebe. Diline sahip ol: Beherrsche deine Zunge."

Er ließ sie einfach stehen.

„Im Alevitentum wird auf ein friedliches Miteinander großen Wert gelegt. Sag das meinem Bruder, wenn du ihn siehst!" rief sie ihm hinterher.

Plötzlich überkam Betül Ceylan eine unbändige Sehnsucht nach einem Cem. So wie früher, als Großpapa Raif noch der Dede war und sie freitags im Cemevi, dem Versammlungsraum, dem Semah zusehen durfte. Den tanzten die versammelten Menschen, die die Planeten symbolisierten, im Kreis für eine geistige Annäherung an Allah. Damals tanzte Tarik am wildesten. Betül hatte diese Versammlungen immer so sehr geliebt! Sie versuchte, sich an einige Schritte des rituellen Tanzes zu erinnern. Immer mehr drehte sie sich im Schloßhof, bis sie glaubte, die Musik wieder hören zu können. Es war so befreiend. Sie hatte beinahe das Gefühl zu fliegen.

„Frau Ceylan? Haben Sie noch einen Moment Zeit für mich? Ich möchte mit Ihnen über Ruben Joos sprechen."

Betül hielt inne. Sie starrte Fischer an, der offensichtlich lautlos wie ein Schatten über den Schloßhof geglitten war.

„Ich bin sofort für Sie da. Ich möchte nur eben noch, na ja, Sie wissen schon. Für kleine Mädchen", sagte sie ein wenig atemlos und verschwand über den Hof Richtung Toilette. Sie ließ Fischer stehen, und als sie aus seinem Blickwinkel verschwunden war, rannte sie los.

17.

Sie hatte sich vor diesem Morgen gefürchtet wie der Teufel vor dem Weihwasser. Heute sollte wieder Alltag sein und damit Dr. Thomas Cewes Hannover-Woche beginnen. Jeden dritten Monat war er von Freitag bis Mittwoch im Institut in Hannover, die restliche Zeit in Oldenburg in der Außenstelle. Das hieß für Cosima, tagelang unter dem gleichen Dach mit dem Mann arbeiten zu müssen, den sie als Fast-Ehemann gerade in die Wüste gejagt hatte. Das Rechtsmedizinische Institut war leider nicht so groß, daß man sich aus dem Weg hätte gehen können, und bedauerlicherweise lagen ihre Zimmer im Tiefgeschoß auch noch in einem winzigen Flur direkt gegenüber. Ein Gedanke, der ihr den kalten Schweiß auf die Stirn und Gallenflüssigkeit in die Speiseröhre trieb. Cosima mußte sich schon wieder übergeben.

Und dann noch diese Wasserleiche, ein vierzehnjähriges Mädchen, das im sechsten Monat schwanger gewesen war. Es brach ihr beinahe das Herz, als sie dem Mädchen den abgestorbenen Fötus aus der Gebärmutter nehmen mußte. Es wäre ein Mädchen geworden.

Das war alles zu viel gewesen. Schwanger sein und obduzieren paßte nicht besonders gut zusammen. Cosima litt seit dieser Sektion unter permanenter Übelkeit. Ob es jedoch an Thomas' Überfall oder letztlich doch an der Leiche lag, wagte sie nicht weiter zu analysieren. Zudem war ihr das Schicksal des Mädchens dermaßen in die Knochen gefahren, daß sie kaum noch denken konnte. Das arme Ding. Warum war sie ins Wasser gegangen? Weil sie niemandem sagen konnte, daß sie von ihrem ebenfalls vierzehnjährigen Freund ein Kind erwartete. In welcher Gesellschaft leben wir nur, überlegte sie, wenn ein Mädchen so unaufgeklärt ist und ins Wasser gehen muß, um ihre Schande zu ertränken?

Erschöpft ließ sich die Ärztin in die Kissen zurückfallen. Cosima hatte vorhin im Institut bei Fritzi angerufen, um zu sagen, daß sie heute zu Hause arbeiten würde. Seit Professor Marx in ihrer Abteilung den Home Office Day eingeführt hatte, waren die Krankmeldungen im Rechtsmedizinischen Institut auf die Hälfte gesunken. Und sie wollte wenigstens, wenn es ihr endlich besser ging, Berichte diktieren.

Doch statt dessen hing sie schon seit Stunden über einem Eimer. Sie konnte nichts trinken, geschweige denn essen. Ihr war so elend, daß sie in ihrer Verzweiflung ihre Mutter gebeten hatte, zu kommen. Nun saß sie in ihrem creme-weiß gestreift bezogenen Bett, einen blauen Putzeimer neben sich, und die Füße neben Max, der sich geduldig als Wärmekissen zur Verfügung stellte. Ihre Mutter, von Kopf bis Fuß in zarte Kognaktöne gekleidet, saß an ihrem Bett und reichte ihr einen Becher.

„So Cosi, hier, trink das."

„Was ist das?"

„Kamillentee."

„Oh, nein." Schon allein der Gedanke an Kamillentee löste eine neuerliche Brechattacke aus. Sie haßte ihn, seit sie als Jugendliche die Mandeln heraus bekommen hatte und drei Wochen lang nichts als gesüßten Kamillentee trinken durfte. Doch es kam nichts mehr. Ihr Magen war leerer als leer. Ergeben nippte sie an dem heißen Becher. Er war ohne Zucker, Gott sei Dank.

„Danke, Mama. Und danke, daß du gekommen bist."

Cosima lehnte sich ins Kissen zurück, schloß die Augen und versuchte sich abzulenken, indem sie über ihre Mutter nachdachte. Sie war älter geworden, wirkte ruhiger und irgendwie, wie sollte sie sagen, mittiger. Nicht so aufgescheucht wie früher. Außerdem trug sie die Haare neuerdings kürzer. Cosima mochte den langen, braunen Zopf nie. Sie fand, er machte ihre Mutter unnötig älter.

„Die Haare so bis zum Ohrläppchen gefallen mir besser. Das paßt viel besser zu dir“, meinte sie nun schwach und überlegte, wie ihre Mutter alles aufnehmen würde.

Marita fuhr sich mit der Hand durch die welligen Haare. „Findest du? Ich weiß noch nicht. Ist noch so ungewohnt.“

Cosima würgte wieder.

„Dich hat es ganz schön erwischt, Kindchen. Aber so was soll ja rumgehen. Meine Nachbarin hatte es auch gerade. Und meine Yogalehrerin auch. Ich mach mal ein bißchen das Fenster auf.“ Marita Cordes stand von Cosimas Bett auf und stellte das Fenster auf Kipp.

„Ich glaube“, begann Cosima nun mit piepsiger Stimme, „das ist keine Magen-Darm-Grippe.“

„Sondern?“

„Psyche und Hormone.“

„Was soll das heißen, Psyche und Hormone?“ Ihre Mutter blieb am Fenster stehen und sah hinaus in den Garten.

„Ach Mama, verstehst du denn nicht?“

Marita Cordes, geschiedene Fabricius, schüttelte den Kopf. Doch dann, als hätte sie der Blitz getroffen, drehte sie sich um, rollte mit ihren großen, blaugrauen Augen und sagte leise: „Du bist schwanger.“

„Mit Zwillingen. Und ich habe mit Thomas Schluß gemacht.“

Marita schlug die Hand vor den Mund. Cosima beobachtete ihre Mutter, auf deren Gesicht sich Überraschung, Freude und Erschrokkenheit abwechselten. Schließlich setzte sich Marita wieder an ihr Bett: „Und nun?“

„Wirst du Oma. Und ich brauche dich, du darfst jetzt nicht wegziehen.“

Marita schnappte nach Luft. „Das scheint mir in der Tat schwierig.“

Es war endlich raus. Cosimas Kopf saß noch auf ihrem Hals. Ihre Mutter hatte keinen Anfall bekommen. Und auf einmal war die Übelkeit schon weniger geworden. Nach einer stillen Weile nahm Marita die rechte Hand ihrer Tochter und sagte, während sie ihren Blick in den Garten richtete: „In deinem Garten blüht schon der Celler Dickstiel. Es wird ein schöner Sommer."

Cosima sah ihre Mutter an, die, wie so oft, in Rätseln sprach. Was hatte ihr geliebter Apfelbaum mit alledem zu tun? „Was meinst du damit?"

„Ich werde vielleicht, nun ja, doch hier bleiben. Nicht nur wegen dir. Es gibt da etwas, was du umgekehrt auch wissen solltest."

„Jetzt bin ich aber gespannt."

„Ich habe das Angebot, hier eine dauerhafte Anstellung im Museum zu bekommen, und die Möglichkeit, gelegentlich auszustellen. Ganz oben unterm Dach vom neuen Kubus. Außerdem gibt es neuerdings einen sehr netten Mann in meinem Leben, wenn du verstehst, was ich meine." Cosima sah ihre Mutter verblüfft an, während diese fortfuhr: „Er ist etwas jünger als ich. Und leider, na ja – Banker."

„Ich dachte, du hast für den Rest deines Lebens genug von Beziehungen und machst nur noch in Kunst. Das waren doch an Weihnachten deine Worte."

Maritas Blick war offen und freundlich, als sie Cosimas Hand fester drückte und erwiderte: „Ach Kindchen, man sollte doch mit solchen Sprüchen vorsichtig sein. Das Leben kann sich so schnell drehen und verändern. Und das Schöne am Alter ist ja schließlich, daß man nicht mehr so ein großer Teil der Zukunft ist. Man kann im Jetzt so lustig leben wie nie zuvor."

„Du bis nicht alt, Mama."

„Nein, noch nicht, aber irgendwann in absehbarer Zeit schon."

„Wirst du mir helfen?" Unsicher hob Cosima ihren Blick.

Die Sonne hatte ihren Weg in ihr Schlafzimmer gefunden. Sie malte goldene Streifen an die weißen Wände. Der Duft des Frühlings wehte durch den offenen Fensterspalt. Die Vögel zirpten. Die Welt sah auf einmal weniger kompliziert aus, dachte Cosima.

„Wann?" fragte Marita.

„Im Dezember."

„Wie ist es passiert?"

Cosima nahm einen weiteren Schluck von dem gräßlichen Kamillentee und begann von der Nacht zu erzählen, in der die Kinder entstanden sind und von Thomas' Verhältnis zu Fee. Alles brach nun aus ihr heraus. Dabei lag sie mit ihrem Kopf auf Maritas Knien, so wie sie als Kind schon immer auf ihrer Mutter gelegen hatte, wenn sie etwas Wichtiges loswerden mußte. Es waren seltene, innige Momente gewesen. Cosima beschloß in diesem Augenblick, daß sie für ihre Kinder Zeit haben würde, so oft es nur ging. Auch wenn ihr das als berufstätige Mutter bestimmt nicht immer leichtfallen würde.

„Wie willst du sie nennen?"

„Zwei Jungs Cyprian und Crispin, ein Pärchen ..."

„Herr im Himmel, Cosi, da tust du den Kindern aber was an mit solchen Namen."

„Was Papa und du mir auch angetan habt", grinste sie ihre Mutter schelmisch an, „ich hab Jahre gebraucht, mich mit meinem Namen auszusöhnen. Weißt du noch, wie ich immer gejammert habe? Alle Lehrer, alle Profs sprachen mich darauf an. Und als ich mit Richard zusammen war, kannst du dich erinnern? Da kommen die Wagnerianer. Cosima und Richard. Katastrophe! Ich lebe trotzdem noch. Und heute finde ich meinen Namen hinreißend schön."

„Touché, Kindchen, da hast du wohl recht." Marita Cordes gab sich geschlagen. „Und Mädchen?"

„Mal sehen."

„Okay, wenn du mir versprichst, daß du den Kindern nicht beibringst, mich Oma zu nennen, werde ich für euch da sein. Laß dir bloß was Vernünftiges einfallen", schloß Marita schließlich das Gespräch, weil das Telephon klingelte.

„Grula vielleicht? Du hast mir mal erzählt, so hättest du deine schlesische Großmutter genannt."

Marita wog milde lächelnd den Kopf. „Ja, vielleicht. Und Grula sagte zu mir immer Schnakala."

„Was heißt das?

Marita zuckte mit den Achseln. „Was Nettes auf alle Fälle."

Cosima stand auf und nahm den Hörer ab: „Hallo."

„Hallo Dottoressa, was ist los? "

„Es geht schon wieder, Mark. Aber danke der Nachfrage. Es ist nur morgendliches Gespucke."

„Oh, das hatte Ingrid auch bei den Mädchen. Bis zum sechsten Monat."

„Das sind ja wunderbare Aussichten. Du munterst mich richtig auf. Gut, daß wir darüber gesprochen haben."

„Es wird schon. Und denk immer daran, wofür."

„Das kann doch nur ein Mann sagen. Es ist so widerlich, du hast doch keine Ahnung."

„Hab ich wohl. Ich hab drei Kinder und jedesmal die Eimer gehalten", tönte Fischer beleidigt aus dem Hörer.

Cosima stand wackelig auf, während Marita damit begann, in der Küche zu werkeln. Bestimmt würde sie jetzt zwei Kartoffeln schälen, sie reiben und mit Ei und Mehl mischen, salzen und pfeffern und schließlich für ihre Tochter in wenig Butter goldbraun braten. Frische, selbstgemachte Reibekuchen mit Apfelmus hatten ihr früher, als sie noch klein war, immer geholfen, um schnell wieder auf die Beine zu kommen. Lächelnd stellte sie sich vor den großen Spiegel mit dem bronzefarbenen, ziselierten Rahmen, den sie vor kurzem bei dem Hobby-Antiquar in Klein-Hehlen entdeckt hatte und der seitdem an der Wand lehnte, türhoch und fast ein wenig zu wuchtig für das kleine Haus, und auf eine gnädige Seele wartete, die ihn an die Wand dübeln würde.

„Hast du schon in die Zeitung geschaut?"

„Habe ich ein Abo?"

„Das bekommst du zu deinem nächsten Geburtstag von mir, ich schwöre es."

Cosima lachte und fuhr sich vor dem Spiegel mit der linken Hand über ihren noch flachen Bauch. „Den weißt du sowieso nicht."

„Erster Januar."

„Eins zu null für dich. Was steht denn so wichtiges in der Zeitung drin?"

„Nichts. Nur daß wir eine Krone bekommen haben. Sieht nicht mal schlecht aus."

„Was für eine Krone?"

„Eine Krone aus Aluminium. Sie schmückt einen Baum im Schloßpark vor der Bushaltestelle, direkt gegenüber vom Kunstmuseum. In der Celleschen stand, daß der Künstler in fünf Meter Höhe klettern mußte. Na ja, Spaß beiseite. Eigentlich wollte ich nur hören, wie es dir geht. Und mich ablenken."

Sie hörte im Hintergrund die Uhr der Stadtkirche schlagen. Cosima mochte den Klang der alten Glocken, von denen die Jüngste auch schon eine Greisin aus den zwanziger Jahren des letzten Jahrhunderts war. Aber ihr Läuten war zeitlos schön.

„Wovon ablenken?“

„Daß mir eine Schauspielerin vom Theater entwischt ist. Sie ist mir vor meiner Nase ausgebüxt, als ich sie auf den Schön-Sohn ansprach. Und sie hat mit Schöns Tod zu tun. Da bin ich mir sicher.“

Der Duft von Reibekuchen zog durch Cosimas kleines Haus, während Fischer ihr die losen Zusammenhänge der bisherigen Ermittlungen zu erklären versuchte. Aber Cosima war nicht wirklich bei der Sache. Sie schnupperte Richtung Küche, und der süße Duft erfüllte ihre Seele mit Ruhe und Zufriedenheit. Was doch schon manchmal reichte, um so etwas wie Glück zu fühlen, sinnierte sie und betrachtete immer noch ihren Bauch.

„Cosi, komm zum Essen!“ Maritas helle Stimme schallte durch den kleinen, fliederfarbenen Flur.

„Mark, ich denke über alles nach, und heute nachmittag werde ich den Bericht fertigstellen. Versprochen. Aber ich muß jetzt auflegen. Meine Mama hat für mich gekocht. Ich bin nämlich noch etwas unpäßlich. Aber wir sehen uns am Sonntag zum Frühstück.“

„Nicht heute abend? Lauras Auftritt?“

„Ja, doch, ich versuch’s.“

Cosima legte auf und sah in die Küche. Ihre Mutter hatte das angebrochene Glas Apfelmus im Kühlschrank entdeckt. Nun drapierte sie die Kartoffelpuffer auf einem Teller und verzierte sie mit Apfelmusgesichtern. Wie früher. Die Ärztin gab sich dem Gedanken hin, diesen Moment der Geborgenheit einfach zu genießen.

18.

„Wir müssen das Mädchen finden. Es ist weg.“ Lili schrak zusammen. Sie hatte in Fischers weißem Mercedes gesessen, weil dieser wegen der jungen Türkin noch mal zurückgegangen war. Lili hatte ihr Gesicht in die Sonne gehalten und auf Fischer gewartet. Jetzt, nach fast zwanzig Minuten, stand er mit funkelnden Augen vor ihr und schimpfte wie ein Rohrspatz. „Sie könnte hier vorbeigekommen sein.“

Doch Lili hatte sie, falls das so war, zumindest nicht gesehen. Statt dessen war sie in den Anblick ihres Ringes versunken gewesen und hatte über die Worte des Mädchens nachgedacht, die wie ein warmer Sommerregen auf sie gerieselt waren ... Turmalin steht für Schutz und Heilung ... Ihm wird das Sternzeichen Steinbock zugeordnet ... Malte war am fünften Januar geboren! Und er hatte ihr bei dem Antrag gesagt, er wolle sie immer beschützen und ihr helfen, zu heilen. „Hab nichts gesehen. Ehrlich."

Zum Teufel mit ihren romantischen Gedanken! In Lili meldete sich augenblicklich das schlechte Gewissen. Anstatt aufmerksam die Gegend zu beobachten, mußte sie ihren Ring bewundern. Zerknirscht rutschte sie in ihrem Sitz ein wenig tiefer und hoffte darauf, daß Fischer einen zündenden Einfall hatte, wie es weitergehen sollte.

„Wir suchen noch mal den Park ab."

Lili nickte und stieg aus. Ihre Füße berührten etwas Hartes. Sie bückte sich, weil sie dachte, ein Stein bohrte sich in ihre Fußsohle. Unter ihrem Fuß lag ein Anhänger in Form eines Schwertes. „Was ist das?"

Sie reichte Fischer den Anhänger, der ihn kritisch beäugte. „Keine Ahnung. Aber meine Nackenhaare stellen sich gerade auf. Komisch." Er ließ den Anhänger in seine Jackettasche gleiten. Sie gingen suchend den Weg am Schloßgraben entlang.

„Sie ist hier nicht, Chef, das ist doch vergebliche Liebesmüh."

„Es scheint mir auch so. Ruf bitte auf dem Revier an, Lili, sie sollen die Jungs zusammentrommeln." Fischer reichte Lili sein Handy, das im gleichen Moment klingelte.

Lili sah auf das Display. „Klein. Soll ich rangehen?" Fischer nickte. „Na, wo steckst du, Mick?"

„Ich wollte nur Bescheid sagen. Ich habe den einen Bruder von dem Mädchen hier. Er kam von alleine – auf Bitten von Bernd."

„Wir sind gleich da."

Sie marschierten schnurstracks zum Auto und brausten wenige Minuten später die Westercellertorstraße entlang. Als sie angekommen waren, marschierten sie direkt zu den Besprechungsräumen im ersten Stock. Vor der Tür trafen sie auf Klein und Goldberg, sowie die beiden Youngsters Kamphausen und Vollmer, die alle erwartungsvoll zu Fischer schauten.

„Ein Moment noch, Jungs. Wir haben das Ding im Park gefunden. Und mein Riecher sagt mir, das hat hiermit zu tun. Weiß jemand, was das ist?“ Fischer zog den Anhänger aus der Tasche. Er zeigte den Kollegen den etwa drei Zentimeter langen Edelstahlanhänger in Form eines leicht gebogenen Schwertes, der an einem schlichten braunen Lederband baumelte. Der Griff des kleinen Schwertes sah aus, als wäre er mit roten Steinchen verziert.

„Das ist ein Anhänger, den Schiiten oft tragen“, erklärte Goldberg, „damit zeigen sie Anerkennung und Ehrfurcht gegenüber einem Kalifen, der unter anderem Fatima, die Tochter Mohammeds, geheiratet hat.“

„Und?“

„Na ja, mal so ins Blaue rein, Betül Ceylan könnte entführt worden sein. Wegen ihrer westlichen Lebenshaltung. Vielleicht soll das unser erster Hinweis ein. Jemand hat ihn verloren, bevor sie das Mädchen geschnappt haben.“

Fischer seufzte. „Dann nehmen wir uns jetzt den Jungen hier drin mal vor.“

Lili sah, wie ihr Kollege Klein Vollmer anerkennend auf die Schultern klopfte und sagte: „Hast schon den ersten Fang gemacht, was?“

Fischer schmunzelte und sagte dann: „Okay. Lili, rein da.“

„Ich? Warum?“

„Damit du mal wieder auf andere Gedanken kommst“, er zwinkerte ihr grinsend zu, „und du nicht unentwegt deinen Ring anstarren mußt.“

Die Männer lachten, und Lili spürte heiße Röte in ihr Gesicht schießen. Reuig sah sie zu Fischer. „Sie sehen wohl alles, was?“

„Alles, Mädchen, restlos alles.“

Er hielt ihr die Tür zu dem Besprechungszimmer auf. Lilis Herz begann etwas heftiger zu schlagen. Vor Scham. Vor Schiß. So häufig hatte sie diese Gespräche nun ja auch noch nicht geführt. Aber als sie merkte, daß Fischer ebenfalls eingetreten war, wurde ihr Puls wieder etwas langsamer.

Sie betrachtete den Mann, der wie ein Häuflein Elend an einem rechteckigen Tisch saß und sie aus großen, braunen Augen anstarrte. Sein lockiges Haar glänzte schwarz und erinnerte Lili an Doc Cosis

Kater Max, der ein seidenes, schwarzes Fell ohne ein einziges weißes Haar am Leib hatte. Der Mann trug Jeans, ein weißes Hemd und eine schwarze Lederjacke. Lili schätzte ihn auf Ende zwanzig. Er sprang auf und gab ihr die Hand.

„Ich bin Ömer Ceylan. Danke, daß Sie für mich Zeit haben."

Lili sah belustigt zu Fischer, der ihr unmerklich zunickte, und setzte sich dann dem Mann gegenüber. Sie fand die Begrüßung erstaunlich. Wer hatte hier denn für wen Zeit? Fischer setzte sich schräg neben Lili.

„Mein Name ist Lili Lehmann, und ich möchte Ihnen gerne einige Fragen stellen."

„Was ich weiß, will ich gerne sagen."

„Ist Ihnen an ihrer Schwester etwas aufgefallen, was ungewöhnlich war?"

Ceylan schüttelte den Kopf. „Ich fand es nur eigenartig, daß sie für diesen Penner ein Brot geschmiert hat."

„Welchen Penner?"

„Otto, sagte sie. Mehr weiß ich nicht."

„Gut. Wann haben Sie ihren älteren Bruder das letzte Mal gesehen?"

„Ich glaube, gestern morgen. Das Problem ist, daß wir uns beide dermaßen die Kante gegeben hatten, daß ich mir nicht mehr sicher bin, ob es morgens oder nachmittags war."

„Verstehe." Lili dachte immer, Moslems dürften keinen Alkohol trinken, aber man lernte offensichtlich immer noch was dazu. „Ist das erlaubt, ich meine, wegen Ihrer Religion?"

Ömer stöhnte auf, als hätte er plötzlich Bauchschmerzen bekommen. Dann sah er sie schief lächelnd an und sagte: „Uns Aleviten ist es erlaubt, solange wir damit umgehen können. Da bin ich wohl ein negatives Beispiel gerade. Aber ich habe es Tarik zuliebe getan."

„Sie haben Ihrem Bruder zuliebe gesoffen, wenn ich das mal so sagen darf?"

„Hab ich. Damit er endlich mal redet."

„Und, hat er geredet?"

„Hat er."

„Ich bin ganz Ohr."

Und nun begann Ömer Ceylan von seinem ältesten Bruder zu erzählen, von alevitischer Erziehung, von Ausgrenzung und Abgrenzung. Und vor allem von seiner Schwägerin Aleyna. „Sie macht ihn kaputt. Sie will aus ihm einen Fanatiker machen. Und Tarik zerreißt es beinahe."

„Können Sie sich vorstellen, wo er jetzt ist?"

„Ich habe keine Ahnung."

Fischer räusperte sich und fuhr mit dem Zeigefinger kaum merkbar unter seinen Hemdkragen.

„Herr Ceylan", fragte Lili, „tragen Sie in Ihrer Familie Halsketten?"

„Was für Ketten?"

„Schwertketten. Wir haben diese Kette im Schloßpark gefunden", fügte Lili an und reichte dem jungen Türken den Anhänger, während sie unter der Tischplatte nach ihrem Ring tastete, der ihr auf einmal wie ein Talisman erschien. Turmalin steht für Schutz und Heilung ...

Ömer Ceylan betrachtete den Anhänger. Allmählich wich ihm jegliches Blut aus dem Gesicht. „Ich kenne nur einen Menschen, der diesen Anhänger trägt."

„Wer?"

„Meine Schwägerin Aleyna."

Plötzlich stand Ceylan auf. Nach einem Moment, der Lili endlos erschien, sagte er müde: „Bitte, kann ich nun gehen? Ich möchte meinen Bruder suchen."

Fischer nickte ihm zu. „Wollen Sie nicht zufällig auch Ihre Schwester finden?"

„Was ist mit meiner Schwester? Sie ist bei den Proben." Er sah verwirrt zu Fischer.

„Sie ist heute mittag vor meinen Augen weggelaufen und seitdem nicht wieder auffindbar."

„Aleyna", flüsterte Ömer Ceylan beinahe tonlos. Dann nickte er kurz und militärisch und verschwand, ohne sich groß zu verabschieden.

„Was kann das nur alles miteinander zu tun haben, Chef?"

Sie gingen den Flur entlang zum Aufzug. Lili begann ihr langes Haar zu einem Zopf zu flechten: „Einige wie der Vater, Fuchs oder Kalliope können schießen, haben aber kein wirkliches Motiv. Keines, das wir kennen. Im Theater scheint auch niemand wirklich eines Mordes fähig, auch wenn es so aussieht, weil der schöne Schön alle flachgelegt hat. Das mit dem Militär hat uns nicht weitergebracht. Wer sich das nur ausgedacht hat. Und was hat eine radikale Türkin mit dem Toten am Hut? Ich kann mir keinen Reim drauf machen."

„Uns fehlt bislang einfach die gemeinsame Schnittstelle. Und die werden wir herausfinden. Das ist unser Job, Lili. Irgendwo ist die Erklärung."

„Ich denke die ganze Zeit über diesen Jungen nach, Chef, diesen Ruben."

„Und was sagt dein Hirn?"

Lili zog ein Haargummi aus ihrer Jeans und klemmte es zwischen ihre Zähne, während sie das letzte Stück des schwarzen Zopfes flocht. Nuschelnd sagte sie: „Ich versuche mir vorzustellen, was es für ein beschissenes Gefühl sein muß, vor der Tür des eigenen Vaters mit Geld abgewimmelt zu werden."

„Du meinst, da könnte man schon mal auf böse Gedanken kommen?"

„Na ja, der muß doch schwer traumatisiert sein. Ich würde bestimmt auch Mordgelüste bekommen, wenn ich vor meinem Vater stünde, und der drückt mir nicht mal die Hand – statt dessen gibt er mir Geld, damit ich nur schnell wieder von der Bildfläche verschwinde."

„Da ist was dran, Lili. Ich muß mir das noch mal durch den Kopf gehen lassen."

Sie sahen sich an. Lili band das schwarze Gummi um die Zopfspitze. Sie spürte, daß Fischer das gleiche dachte wie sie. Ihr Chef hatte eine gute innere Stimme. Er lächelte sie freundlich an. „Hoffen wir, daß dir eine solche Begegnung in Vietnam erspart bleibt", Fischer sah die jüngere Kollegin mitfühlend an, „am besten gibst du vor der Reise deine Dienstwaffe ab."

Lachend traten sie in den Fahrstuhl ein.

19.

Der Oberstadtdirektor, ein jovialer, untersetzter Mann mit geröteten Wangen, die auf einen mäßigen, aber regelmäßigen Alkoholgenuß sowie Bluthochdruck schließen ließen, trat in Käthes Büro ein und kam mit weit ausgestreckten Armen direkt auf ihren Schreibtisch zumarschiert. Sein graues Haar war exakt über der rechten Schläfe gescheitelt. Neuerdings trug er einen gepflegten, kurzgestutzten Schnauzer.

Käthe Kuss wich ein wenig zurück. Für ihren Geschmack war der fünfundfünfzigjährige Konrad Bauer einfach eine Spur zu touchy, und zwei Spuren zu forsch und zu laut. Der Mann ergriff Käthes rechte Hand und zog sie mit einem herzlichen Schulterklopfen hinter dem Schreibtisch hervor an seine Brust, die in einem grauen Einreiher steckte, dessen Jackettknöpfe in Höhe des Bauchnabels aussahen, als würden sie gleich mit einem Plopp aus ihm heraushüpfen. „Meine Liebe, wie schön, Sie zu sehen. Und wie immer schön wie der junge Morgen."

Das hatte Käthe heute morgen allerdings ganz anders gesehen, als sie ihr Gesicht nach dem Duschen im großen Spiegel über dem gläsernen Waschtisch, nach neuen Fältchen suchend, eingehend betrachtet hatte. Der Lack war ab. Und kein Guß der Welt würde sie wieder jung machen. Mit dieser Erkenntnis im Herzen war sie aus dem Haus gegangen. Sie fühlte sich eher wie ein verschrumpelter Pfirsich denn wie eine Frau, die Konrad Bauer als schön wie der junge Morgen beschrieb. Andererseits – das dreireihige Perlenkollier, das an ihrem schmalen Hals ruhte und ihr wohlgefälliges Dekolleté aufs Trefflichste zum Ausdruck brachte, konnte eine Dreißigjährige kaum tragen, ohne sich damit lächerlich zu machen. Ein Vorteil mußte das Altern doch haben.

In Käthe Kuss' Innerem hatte sich, sozusagen über die vergangene Nacht, etwas grundlegend verändert. Schöns Tod, genau wie sein Kuß, hatten sie gleichermaßen erschüttert und ihr Inneres zu einem gefährlichen Beben gebracht.

Beides hatte in ihr eine Gier aufgeweckt, nach der sie sich seither mit einer Wildheit im Leib, die sie so bislang an sich nicht kannte, schmerzlich sehnte: Sex. Egal mit wem. Egal wo. Wann. Sie war

Schön für den Kuß dankbar. Den Tod hätte er sich sparen können. So ein hübscher Mann mit weichen, vollen Lippen ... Sie schmeckte wieder den Kuß, den sie kurz vor seinem Tod noch bekommen hatte.

Plötzlich konnte Käthe Kuss verstehen, auf was Kalliope Jung so scharf war, und spielte mit dem Gedanken, der fünf Jahre jüngeren Frau vielleicht Abbitte leisten zu müssen. Sie könnte Kalliope mal auf einen Kaffee einladen. In ihrem Bauch, genau wie offensichtlich in Kalliopes, brodelte plötzlich eine Lust, die sie sich seit Konrads Tod nie mehr gestattet hatte und die sie beinahe um ihren Verstand brachte. Aber wo sollte sie nun einen Mann herbekommen? So viele gab es nicht, die in Frage kamen. Oder es gab welche, auf die sie sich niemals einlassen und wegen denen sie eher ins Kloster gehen würde. Zum Beispiel, wenn sie an diesen Kommissar mit seiner grauen Mähne dachte. Kaspar Grimm hätte sich so nicht mal zur Toilette getraut!

Geduldig ließ sie sich nun von Bauer am Po tätscheln und überlegte, wie es wohl wäre ... nein! Der nun wirklich nicht. Wie weit war sie in wenigen Stunden auf einmal gesunken. Käthe wand sich aus Bauers Umarmung und lächelte ihn säuerlich an. „Hallo, Herr Bauer. Sie sehen aber auch gut aus. So frisch. Waren Sie im Urlaub?“

Bauer ließ sie los, und gemeinsam gingen sie die Flure des Schloßtheaters entlang, bis sie zum Malersaal kamen. Dort würden sie die Gelder verteilen, deretwegen Käthe die letzten Nächte so gut wie nicht geschlafen hatte, wenn man mal von den Wallungen ihrer Hormone gänzlich absah. Sie wand sich ja neuerdings nachts nur noch in Schweiß und Hitzewallungen, daß ihr Hören und Sehen verging. Sie fragte sich, wie sie das die nächste Zeit nur aushalten sollte. Sie mußte sich dringend zu Brigitte Probst, ihrer Gynäkologin und Freundin, begeben, um sich entsprechende Medikamente verschreiben zu lassen.

„Wir waren fünf Tage in Istanbul. Hübsche Frauen. Ganz nette Stadt.“

Ganz nette Stadt! Käthe dachte, sie hörte nicht recht! Istanbul war ihre absolute Lieblingsstadt. Und nur diesem Umstand hatte Betül ihr Engagement am Celler Schloßtheater zu verdanken. Auch wenn sie in Berlin geboren war. Ganz nett. So ein Banause. Eine Stadt, die auf dreitausend Jahre Geschichte blicken konnte, eine Stadt, die auf zwei

Kontinenten liegt ... Käthe beschloß, sich dennoch auf keine weiteren Diskussionen einzulassen. „Dann wollen wir mal sehen, daß wir das Geld loswerden."

Bauer nickte. Gemeinsam gingen sie Richtung Treppenhaus.

Käthe Kuss hatte ihm vom Desaster mit dem Geld nichts gesagt. Und Claudia Schön würde keinen einzigen Cent rausrücken, das war Käthe nach einem kurzen Gespräch mit ihr im Theaterkeller sehr schnell klargeworden. Auch eine Drohung, sie rauszuwerfen, hatte nichts genützt. Claudia schien die letzten Tage nicht mehr von dieser Welt zu sein, dachte Käthe, entrückt wie ein vollgekiffter Teenager hatte sie sie angesehen und ihr rotzfrech ins Gesicht gesagt, daß sie sich das Geld sonst wo hinstecken sollte ... Käthe konnte Claudias Haltung nicht verstehen. Traurig schien sie nun beileibe nicht zu sein, eher befreit. Und sah aus, als wäre sie auf Ecstasy oder wie all das Zeugs hieß. Wer weiß, was die mit dem Tod des Bruders zu tun hatte.

Und sie, Käthe, hatte das Nachsehen. Sie hatte sich das Urlaubsgeld vorzeitig auszahlen müssen, um überhaupt etwas in den Spendentopf legen zu können. Fünfhundert Euro hatte sie noch auf einem Sparbuch, und die Rate für Vaters Heimplatz mußte eben warten. Um keinen Preis wollte sie, daß ihr Fehlverhalten ans Licht kam oder gar noch in der Zeitung zu lesen sein würde! Diese Claudia würde sie sich schon noch schnappen. Oder wer auch immer mit dem Geld damit auf und davon gegangen war.

Bauer und Käthe traten in den Malersaal, in dessen dunkelblauen Sitzreihen die Akteure, keiner von ihnen unter sechzig, warteten. Käthe ließ mitleidig ihren Blick über das Häuflein Menschen gleiten. Die alten und kranken Angehörigen des Ensembles starrten sie mit erwartungsvoll glänzenden Augen an. Für diese Leute war Käthe wohl so etwas wie ein Samariter. Sie schämte sich zutiefst, daß sie diese Aktion beinahe vermasselt hatte. Sie zählte die grauen Köpfe. Drei Frauen, drei Männer. Einer fehlte. Otto Schneeweiß. Dabei hatte sie sich auf ihn am meisten gefreut. Käthe sah irritiert zur Tür. Wo blieb er nur?

„Sind die Herrschaften vollzählig?" Der Oberstadtdirektor sah sie fragend an.

„Herr Schneeweiß fehlt noch."

Bauer fuhr sich ärgerlich über seinen grauen Schnauzer. „Die Presse hat nicht ewig Zeit, Frau Kuss."

„Ich auch nicht", gab sie patzig zurück und erkannte im gleichen Moment, daß sich Bauers Freundlichkeit proportional zu seiner guten Laune verhielt.

„Wir fangen an." Kaum hatte Bauer ausgesprochen, ging die Tür auf. Doch statt Otto Schneeweiß trat Kommissar Fischer in den Saal. Käthes geduldiges Lächeln erstarb, und sie stöhnte leise auf.

„Auch das noch."

Bauers Blick stierte verdrießlich Richtung Tür. Mark-Heinrich Fischer kam mit forschen Schritten, ein beiges Jackett locker über den linken Arm gelegt, auf sie beide zu. Als Bauer Fischer erkannte, knipste er ein heiteres Lächeln in sein rotes Gesicht und ließ seine linke Hand über Käthes durchgestreckten Rücken gleiten. Sie meinte, an der Stelle, auf der Bauers fleischige Hand zur Ruhe kam, augenblicklich zu verglühen. Schon wieder stieg Schamgefühl in ihr hoch, wenn auch diesmal aus anderen Gründen als eben.

„Na, alter Kumpel? Wie geht's dir, Mark? Bist du wegen uns hier?" Bauers Stimme dröhnte über Käthe hinweg zu Fischer, der nun neben ihr stand und ihr freundlich zunickte.

„Na ja, nicht direkt", antwortete Fischer milde.

Käthe bemerkte zum ersten Mal das ungewöhnlich intensive Blau seiner Augen. Doch nicht so übel, der Kerl, dachte sie.

„Ich wollte von Frau Kuss noch einige Informationen haben, aber ich warte erst mal, bis ihr hier fertig seid."

Bevor Bauer oder Käthe antworten konnten, hatte der Kommissar sich schon einen freien Platz in der zweiten Reihe ausgesucht und ließ sich genau hinter Viola von Ameln nieder, die als einzige der Senioren keine grauen, sondern platinblonde Haare hatte und sich jetzt neugierig umdrehte.

Bauer und Käthe sahen sich an. „Woher kennen Sie sich?" fragte Käthe matt.

„Von den Pfadfindern. Aber ist lange her. Also, wir warten jetzt nicht länger, denke ich." Bauer setzte sich entschlossen in Richtung des Stehpults in Bewegung, welches Käthe zu dem Anlaß extra aus ihrem Büro hatte herunterbringen lassen. Sie ging schweigend hinter Bauer her.

Wo war Schneeweiß bloß? Er hatte ihr versprochen, pünktlich zu sein! Ob sie nach ihm sehen sollte? Aber wo? Im Turm? In seiner Parkhütte? Womöglich würde Bauer mitkommen wollen, und dann mußte sie wegen des Turmlagers die Hosen runterlassen. Manchmal verfluchte sich Käthe für ihr mitleidiges Herz und wünschte sich, weniger weich und nachgiebig zu sein. Aber es war für sie schon schwer genug, den Schauspielern gegenüber immer die toughe Lady zu spielen. Denen mußte man manchmal wie einer Herde aufgescheuchter Schafe zeigen, wo es lang ging, auch wenn sich Käthe in ihrer Rolle als böse Schäferin haßte.

Nervös wischte sie sich wieder die schwitzenden Hände an ihrer schwarzen Jeans ab. Das war auch so was, auf das sie gerne verzichtet hätte und was von jetzt auf gleich in ihr Leben eingezogen war. Feuchte Hände waren ebenso überflüssig wie die Hitzewallungen.

Otto Schneeweiß kam nicht zur Vergabe der Gelder. Mit jeder Minute, die verstrich, wurde Käthe noch nervöser. Die letzten Tage ging alles schief. Manchmal dachte sie schon ernsthaft darüber nach, ob Schön sie alle, bevor er starb, noch schnell mit einem Voodoozauber belegt hatte. Sie jedenfalls hatte von Tag zu Tag mehr das Gefühl, von ihm verhext worden zu sein.

Konrad Bauer verlas die einzelnen Namen derjenigen, die Geld erhalten sollten, mit einem Pathos in der Stimme, der Kaspar Grimm im Boden hätte versinken lassen, hätte er dort, auf dem Neuenhäuser Friedhof, nicht ohnehin schon seit einundzwanzig Jahren gelegen. Käthe, die neben Bauer stand, hörte gebannt zu. Sie fing an zu schmunzeln und fing dabei Fischers Blick auf, der sich ebenfalls das Lachen kaum verkneifen konnte. Im Kampf gegen Bauers Selbstdarstellung waren sie eindeutig Verbündete. Aber darin erschöpfte sich ihre Gemeinsamkeit auch schon.

Die letzte, die von Bauer Geld erhielt, war Viola von Ameln. Ihre schulterlange, weißblonde Mähne stand in einem unwirklichen Kontrast zu der dunklen Stellwand, in deren Richtung sie ging, um das Geld entgegenzunehmen. Sie wirkte als sei sie nachträglich in die Szenerie hineingeschnitten.

Käthe sah zu Bauer, der nun erleichtert dem Vertreter der Presse zunickte. Sie sorgte sich um Schneeweiß. Wann hatte sie ihn das letzte Mal gesehen? Heute morgen im Park?

„Frau Kuss?“ Plötzlich stand Fischer neben ihr. „Es tut mir leid, wenn ich Sie schon wieder befragen muß. Aber wir suchen nach der türkischen Schauspielerin.“

„Da haben wir außer ein gewissen Form von Humor ja noch etwas gemeinsames, scheint mir“, grinste Käthe Fischer hilflos an, „ich suche auch jemanden.“

„Ach ja? Wen vermissen Sie denn?“

„Otto Schneeweiß. Der sollte heute auch Geld bekommen. Aber er ist wie vom Erdboden verschluckt.“

„Genau wie Frau Ceylan. Sie wissen nicht zufällig, wo sie sein könnte?“

„Vielleicht sind die beiden zusammen durchgebrannt. Bei dem Chaos, das Sie hier verbreiten.“

Fischer wollte augenscheinlich kontern, aber ließ es dann doch sein. Käthe sah amüsiert auf. Der Typ war ein adäquater Gesprächsgegner. Da konnte man ihm die grauen Locken glatt nachsehen. Sie fuhr fort: „Die zwei mochten sich gerne. Er sagte schon manches Mal, Betül solle doch zu ihm ziehen. Wissen Sie, sie macht ihm jeden Morgen ein Brot.“

Fischer sah Käthe skeptisch an. „Wir fürchten, sie könnte entführt worden sein. Aber Herr Schneeweiß’ Unterstand wird bewacht. Dort ist sie nicht.“

„Seine Erdhöhle in Altencelle auch?“

„Erdhöhle?“

„Im Wald. Irgendwo am Waldrand. Bei den Allerwiesen.“ Damit ließ sie den überraschten Kommissar stehen und wandte sich wieder Konrad Bauer zu, der sie gerade zu sich winkte.

20.

Fischer saß an seinem alten Tisch im Revier und malte mit einem dicken, gelb schwarz gestreiften Bleistift, den sicherlich Leah hier noch zu Grundschulzeiten vergessen hatte. Sie hatte manchmal an seinem Schreibtisch Hausaufgaben gemacht, wenn Ingrid Kunden in ihrem Kosmetikstudio hatte. Er zeichnete kleine Schwerter auf die Schreibunterlage. Gebogene Schwerter, eines mit Pünktchen am

Griff. An das nächste malte er eine Kette und legte es zeichnerisch um einen schmalen, feinen Hals, an dessen Seiten er wallende Locken anfügte. Das dritte schmückte er mit einem Auge, das vierte mit einem lächelnden Mund.

Er war ratlos. Die gesamte Truppe war unterwegs, um das Mädchen zu finden. Das Erdloch. Den Penner. Und was war mit den anderen am Theater? Den Schöns? Alle Personen waren in seinen Augen zunächst einmal mögliche Täter.

Fischer zermarterte sich das Hirn. Doch irgendwie beruhigte ihn der Gedanke, daß Betül Ceylan tatsächlich von Otto Schneeweiß umsorgt werden könnte. Diese Variante gefiel ihm eindeutig besser, als das Bild, sie könnte von irgendwelchen radikalen Familienangehörigen verschleppt worden sein. Aber da war nun mal dieser Anhänger und die Verbindung zu Ruben Joos und damit zu dem Toten. Fischers innere Betrachtungen hüpften wie ein Pingpongball von einem Gedanken zum anderen, ohne daß ihm der zündende Hinweis einfiel.

Er stand vom Schreibtisch auf und ging zum Fenster. Er sah in die letzten Sonnenfelder des Tages, die den Asphalt der Hannoverschen Straße in helles Silber tauchten. Er konnte durch die geschlossenen Scheiben den Sommer riechen und öffnete sehnsüchtig einen Flügel. Einen Moment blieb er stehen. Er sah einen Spaziergänger mit Hund vorbeischlendern. Er hatte Angst vor Hunden. Und wie, seit Großmutters Hund ihn mal ordentlich in den Finger gebissen hatte! Einige Mädchen alberten auf dem Gehweg schräg gegenüber miteinander. Die Röcke der Mädchen wurden wieder kürzer, stellte er fest, und die Autos fuhren mit zu laut wummernder Musik viel zu schnell. Er sah einem schwarzen Audi kopfschüttelnd hinterher. Testosteron-Duscher nannte Ingrid diese Art von Fahrer.

„Frühling läßt sein blaues Band, wieder flattern durch die Lüfte. Süße, wohlbekannte Düfte streifen ahnungsvoll das Land“, zitierte er leise Mörike, den Lieblingsdichter seiner Frau, und wandte sich anschließend seufzend dem Fax des Berliner Kollegen zu, um dessen Auskünfte er – Ceylan und ihre Familie betreffend – gebeten hatte. Was er las, stimme ihn nicht eben ruhiger.

Mein lieber Mark-Heinrich, las er und schmunzelte, weil sein alter Freund Roland der einzige Mensch auf der Welt war, der den Heinrich mit konstanter Bosheit nicht ignorierte. *Schön, von dir zu hören.*

Wie geht es Dir, Ingrid, Oliver und den Mädchen? Sind sie schon zu Schönheiten geworden? Bei der Mutter wäre das ja wohl kein Wunder. ☺

Ja, bei der Mutter, grinste Fischer in sich hinein, die eben am Telephon getobt hatte, weil er seine Anwesenheit bei Lauras Rhönrad-Turnier absagen mußte. So war nur zu hoffen, daß seine Töchter sein eher ruhigeres Temperament geerbt hatten, was nach den morgendlichen Auftritten der letzten Zeit jedoch nicht sehr wahrscheinlich war. Diese deuteten eher darauf hin, daß beide nach Ingrid kamen. Er dachte, er würde sich die nächsten Jahre eventuell häufiger der Pflege seiner sonstigen sozialen Kontakten widmen müssen, um dem weiblichen Inferno zu Hause nicht ständig ausgeliefert zu sein.

Zu deinen Fragen: Aleyna Ceylan ist seit etwa zwei Jahren auffällig, bislang konnten ihr aber keine Straftaten nachgewiesen werden. Ausschluß von der Uni in der Türkei, wo sie für Jura eingeschrieben war, aufgrund ihrer fanatischen Religiosität. Die Familie gilt aber als äußerst integer und unbescholten, genau wie die Ceylans selbst. Scheint mir eher eine persönliche Sache zu sein.

Tut mir leid, daß ich dir nichts berichten kann, was euch weiterbringt. Doch nun zu diesem Ruben Joos. Den solltet ihr euch mal genauer ansehen. Vorstrafenregister bis unter die Halskrause, siehe zweites Blatt. Aber nichts Rassistisches, nichts Erpresserisches. Aber jeder fängt ja mal klein an. Bislang ist er noch nicht wieder bei der Familie in Berlin aufgetaucht.

Ich hoffe, wir sehen uns im Sommer zu meinem fünfzigsten Geburtstag in Berlin! Bis dahin, sei gegrüßt von deinem alten Freund Roland Himmelsbach.

Fischer überlegte. Er würde Klein auf ihn und Boris Joos ansetzen. Vielleicht hatte Lili mal wieder die bessere Idee gehabt. Und nach dem Schreiben aus Berlin zu urteilen, war der Junge von Kal ja hochgradig auffällig. Bestimmt so ein hospitalisierter, soziophober Typ, der in den ersten Jahren weder Liebe noch Zuwendung erfahren hatte. Die typische Heimkarriere. Laut den Unterlagen, die Klein beschafft hatte, war der ja die ersten drei Jahre im Heim, und seit er vierzehn war, immer wieder, da die Familie ihn nicht pausenlos ertragen konnte, sondern immer nur in den familiären Schönwetterphasen. Wann mochten die wohl sein? dachte Fischer. Wenn Mama mal clean war? Oder Papa einen Job hatte? Fischer merkte, daß er zynisch wurde, ungerecht. Aber so war das Leben doch nun mal, oder? Fressen oder gefressen werden. Er fragte sich allerdings, ob Kalliope das alles wußte, und ob sie sich das für ihren Sohn gewünscht hätte. Ob sie ihn, hätte sie alles vorhersehen können, dennoch weggegeben hätte. Und alles nur für die Liebe eines Amandus Schön? Fischer konnte sich nicht vorstellen, auch nur eines seiner drei Kinder wegzugeben. Selbst wenn Oliver nun in Lobetal lebte und die Gören pubertätsbedingt zickten.

Fischer griff zum Telephon. „Klein? Hier ist Fischer. Wir müssen den Joos finden. Am besten alle beide von denen."

„Wen denn nun? Erst das Mädchen im Erdloch, nun die Joos-Brüder?" Klein schnaubte in den Hörer.

Fischer fand seine Aufregung völlig unnötig und sagte ihm das auch: „Nun mal mit der Ruhe. Ich habe Verstärkung aus Hannover angefordert, Mick. Leute, die auch türkisch sprechen. Die sollen weiter nach dem Mädchen suchen. Ich brauche Sie, damit wir diesem Boris Joos auf den Zahn fühlen können und diesen Ruben finden."

„Okay, Chef, bin unterwegs."

Es klopfte. Seine Bürotür ging auf, und Cosima schwebte herein. Fischer nickte ihr lächelnd zu und fuhr fort: „Viel Glück, macht euch auf den Weg." Dann legte er auf und betrachtete gefällig Cosimas endlos lange Beine, die sich ihm in einer weiten, hellen Hose entgegenstreckten. Ihre Füße steckten in kleinen, flachen Schläppchen mir Leopardenmuster.

„Wow, tolle Schlappen", grinste er sie an.

„Schlappen? Mark!" Sie schnappte empört nach Luft. „Das sind Mules, keine Schlappen."

„Oh, Verzeihung, Frau Doktor, wie konnte ich so etwas Unbedachtes nur äußern. Müll. Natürlich."

„Mark! Mules. Das ist französisch und heißt Pantoffeln. Aber Mules klingt weitaus vornehmer, findet du nicht?"

Cosima sah ihn schelmisch an. Er mochte die junge Ärztin so, wie man eine kleine Schwester gern hatte. Und seine Ingrid mochte sie ebenfalls.

Lächelnd hielt sie ihm den Obduktionsbericht hin.

„Wichtige Erkenntnisse?" fragte er.

„Ja, wir gehen nachher zur CD-Kaserne. Du und ich. Deine Tochter braucht deine Unterstützung. Ich hatte einen Vater, der nie da war. Du solltest Laura so etwas nicht antun, wenn es sich irgendwie vermeiden läßt. Ich denke, Ingrid ist zu Recht sauer."

„Oh, die Buschtrommeln haben gesprochen."

Cosima grinste ihn schief an. „Das Turnier ist doch direkt hier gegenüber. Wenn was ist, sollen die Jungs doch kurz vorbeischauen. Was meinst du?" Sie räkelte sich genüßlich in einem letzten Sonnenstrahl, der sich durchs offene Fenster drängelte.

„Wie geht's dir?" fragte Fischer, statt ihre Frage zu beantworten, und überlegte gleichzeitig – die Toilette war am anderen Ende des Ganges –, was er wohl tun würde, wenn Cosima hier in seinem Zimmer plötzlich schlecht würde, so wie Ingrid bei der Schwangerschaft mit Laura in Nienhagen in den Jahnstuben, als sie beide von seinem damaligen Chef Lars Wittler und dessen Frau zum Essen eingeladen worden waren. Das war unangenehm. Ingrid hatte es nämlich nicht mehr bis zu einem sicheren Ort geschafft. Und seine Beförderung wurde um ein Jahr verschoben. Fischers Augen suchten unauffällig nach einem Behälter für den Fall der Fälle. Er behielt den Plastikeimer unter seinem Schreibtisch vorsichtshalber im Auge.

„Erzähl ich nur, wenn du sagst, daß wir gehen."

Fischer brummte ein verhaltenes „okay", während er lustlos damit begann, die Seiten des Berichtes durchzublättern. Sie hatte ja recht. Manchmal meinte er, Dinge tun zu müssen, die er nicht wirklich tun mußte, und oft ertappte er sich dabei, daß er die Prioritäten falsch setzte. Er schob das auf seine männlichen Gene. Frauen hatten es seiner Meinung nach einfacher, die hatten eine intuitive Gabe, zur rechten Zeit die richtigen Dinge zu sagen oder zu tun. Meistens jedenfalls.

Er begann den Obduktionsbericht genauer zu lesen – vielleicht fand er noch wichtige Hinweise –, während Lili Lehmann, die durch die offene Tür gekommen war, sich mit einem dampfenden Kaffeebecher in der Hand erschöpft neben seinem Stuhl niederließ und neugierig laut mitlas: „... bei der Obduktion fand sich ein Durchschuß der sechsten Rippe rechts und des Herzens mit Eröffnung beider Ventrikel und Ausbildung einer Perikardtamponade. Das minimal verformte Projektil wurde in seiner Endlage im rechten Lungenoberlappen aufgefunden. Die wund... ballistischen und morpho... was? ... morphologischen Aspekte ... Oh, diese Sprache macht mich wahnsinnig! Doc, erklär mal. Was ist bitte ein wundballistischer und morphologischer Aspekt?"

„Die Wundballistik ist die Lehre vom Verhalten der Geschosse beim Eindringen in den Körper eines Menschen oder Tieres." Cosima lächelte erst die junge Ermittlerin, dann Fischer milde an und fuhr fort: „Insbesondere wird das Verhalten des Geschosses beschrieben sowie die von ihm bewirkten Verletzungen an Geweben und Organen. Die Wundballistik ist ein interdisziplinärer Bereich. Es gibt Verbindungen zur Medizin, zur Forensik."

„Forensik?"

„Zu den gerichtlichen oder kriminologischen Bereichen, und zur Militärforschung. Die Morpholo..."

„Okay, okay. Danke. Das reicht schon."

Lili nippte genervt an dem Becher, und Fischer grinste verstohlen zu Cosima, die doch so gerne dozierte. Sie sollte endlich habilitieren und den Studentenunterricht ausbauen! Er konnte sie vor sich sehen, Frau Professor, in weißen, engen Jeans und einem hellen Polo, die rotbraunen, welligen Haare zurückgebunden, die nackten Füße in ihren heißgeliebten Mokkassins, umringt von jungen, wißbegierigen Menschen, die atemlos an ihren Lippen hingen. Wenn sie nicht gerade Lili Lehmann hießen, die den Umgang mit Fremdwörtern genauso liebte wie Kälte. Nämlich gar nicht. Und sich nicht gerade vor sein inneres Auge ein kugelrunder Babybauch schieben würde ...

Cosima ergänzte unbeirrt: „Morphologie ist die Lehre von den Formen, Miß Undercover."

Die Polizistin nickte und las weiter. „Und was ist eine Perikardtamponade?" Lili sah fragend zu der Ärztin. „Aber bitte mach's kurz und verständlich."

„Man sagt auch Herzbeuteltamponade dazu. Darunter versteht man eine Flüssigkeitsansammlung im Herzbeutel, eine sogenannter Perikarderguß, der so ausgeprägt ist, daß es zu einer Behinderung der Ventrikelfüllung kommt."

„Ventrikelfüllung?"

Cosima sah hilflos zu Fischer, der ihr aufmunternd zunickte und dann sagte: „Bildungshunger bei jungen Ermittlerinnen darf man nicht unterbinden."

Die Medizinerin gab sich geschlagen und fuhr fort: „Ein Ventrikel ist eine Art Hohlraum. In dem Fall eine Kammer im Herzen. Wenn der Hohlraum nicht gefüllt wird, führt das zu einem verminderten Schlagvolumen und somit zu einer lebensbedrohlichen Funktionsstörung. Das Herz wird von außen zusammengedrückt und so in seiner Pumpfunktion behindert. Man spricht dann eben von einer Herzbeuteltamponade.“

„Also, habe ich das jetzt richtig verstanden? Amandus Schön ist gestorben, weil sein Herz durch sein eigenes Blut, das sich an einer falschen Stelle gesammelt hat, zusammengequetscht wurde?“ Lili sah zu Fischer und dann zu Cosima.

„So ähnlich“, entgegnete die Rechtsmedizinerin.

„Nee, eigentlich durch den Schuß“, ergänzte Fischer brummend.

In dem Moment enterte Bernd Vollmer das Zimmer und erzählte atemlos: „Die Jungs haben die Erdhöhle gefunden.“

„Und? Machen Sie es nicht so spannend, Vollmer!“

„Leer.“

„Was heißt leer?“

„Menschenleer.“ Er sah in die Runde. „Aber das haben sie gefunden.“ Er zog sein Handy aus der Hosentasche. Das Display zeigte ein kleines Gewehr. „Ist schon auf dem Weg ins Labor zu Bellmann.“

Fischer krempelte sich energisch die weißen Ärmel seines Hemdes hoch. „Kann es einfach sein, daß dieser Otto Schneeweiß nur ein gnadenloser Sammler ist? Hülsen? Schauspielerinnen? Gewehre? Was kommt noch?“

21.

Schneeweiß betrachtete das bleiche Gesicht der jungen Frau, die an einem Müsliriegel knabberte, das einzige, was sie noch in ihrer Jackentasche gefunden hatte. Er hatte ihr gerade krächzend von seiner Leidenschaft, Dinge an sich zu nehmen, berichtet. Und nun sah das Mädel aus wie der Tod persönlich.

„Ich hatte diesen Anhänger vor dem Theaterkeller gefunden und wollte ihn in die Hütte bringen – zu der Hülse. Irgendwo im vorderen Park hab ich das Ding dann wohl verloren.“

„Wie sah es aus?“

„Silbern, mit roten Steinchen am Griff.“

Betül sah ängstlich auf. „Das ist Aleynas, jede Wette.“ Ihre großen, braunen Augen waren auf Schneeweiß gerichtet. „Das macht mir alles so viel Angst, Otto, aber ich laß mich nicht unterkriegen. Nur meine Nerven drehen gerade durch.“

„Ich paß auf dich auf, Betül, keine Sorge.“

„Aber wie denn? Hier drinnen können wir nicht lange bleiben. Es ist viel zu kalt.“

Das Mädchen hatte wohl recht. Aber wo sollte er sie vor ihrer bösen Familie verstecken? Vor ihren Sorgen?

Die Hütte im Park wurde bewacht, wahrscheinlich, weil er dort die eingesammelte Patronenhülse deponiert hatte. Das Erdloch war zu weit weg gewesen. Es war ihm nichts anderes übriggeblieben, als das Turmquartier zu aktivieren, das er sonst nur von November bis März nutzte. Zunächst hatte er noch an die geheimen Gänge gedacht. Ja, er, Otto Adalbert Schneeweiß, kannte die verborgenen Zeichen der alten Schächte, Kanäle und Wehrgänge im und unterm Schloß! Die Geheimnisse der Geschichte!

Die Jahre machen einen auf viele winzige und scheinbar unscheinbare Kleinigkeiten aufmerksam, der Geist wird hellwach und aufnahmefähig, vor allem, wenn man die Nächte im Freien verbringt. Da komponiert das Hirn ganz anders. Und ein veränderter Lebenstakt intoniert ganz andere, viel interessantere Dinge in die Gedanken hinein.

Schneeweiß lehnte sich an die kalte Steinwand im Hexenhäuschen und betrachtete eine Fledermaus, die weit oben im Holzgebälk schlafend in der Zugluft hin- und herschaukelte. „Ich hab dir heute mittag gesagt, Betül, daß ich keine Wohnung habe. Und hier oben ist es wenigstens trocken. Außerdem, so kalt ist es nun wirklich nicht mehr. Nicht mal nachts.“

Er sah, daß Betül ein wenig zitterte. Schneeweiß zog seine schmuddelige, schwarze Regenjacke, die ein Innenfutter aus Fleece hatte, aus und legte sie über Betüls zarte Schultern.

„Ja, schon. Aber dafür zugig. Du bist ja abgehärtet. Kampferprobt, sagt meine Mutter immer. Aber ich hol mir hier den Tod.“

„Da draußen vielleicht auch. Wenn deine Familie wirklich so blutrünstig ist, wie du sagst."

„Ist sie ja überhaupt nicht. Aber ich weiß einfach nicht mehr, was da draußen los ist. In meinem Kopf ist Synapsentanz. Aber allmählich ist es mir auch egal. Ich werd dabei schon nicht sterben."

Bei diesen Worten sah sich Schneeweiß sorgenvoll um. Was sollte er tun? Er stierte die nackte Turmwand an, die über und über mit Inschriften von Handwerkern, die jemals hier oben zu tun hatten, übersät war. Als könnte er in den Schriften die Lösung aller Probleme herauslesen.

„Schau mal, hier, das ist die älteste Schrift, die ich bislang gefunden habe: Emil Dümeland. Maler. Blumenlage 121. gez. am 9.10.1926. "

Die junge Schauspielerin sah auf, während sie eine rote Thermoskanne aus ihrer Umhängetasche zog. Otto Schneeweiß leckte sich die Lippen. Hatte sie etwa Kaffee dabei? Betül drehte den Deckel, der gleichzeitig als Becher diente, an der Thermoskanne ab und schüttete heiße Flüssigkeit, deren Dampf sich in der schweren, feuchten Luft wie milchige Figuren im Tanz bewegte, hinein.

„Magst du Rooibostee? "

Schneeweiß war enttäuscht. „Nee, was immer das auch sein mag. Ich mag nur Kaffee."

Er schnupperte dennoch an dem Becher, den Betül unter seine große Nase hielt, aus deren Nasenlöchern graue Haare sprießten. Schneeweiß schüttelte angewidert den Kopf.

„Ich hol uns nachher Kaffee. Wenn du Geld dabei hast", schnarrte er müde.

Bei dem Wort Geld fiel ihm plötzlich ein, daß heute die Vergabe war. Er schwieg betreten, hatte er Käthe Kuss doch versprochen, pünktlich zu sein und das Turmquartier, das Hexenhäuschen, wie es im Haus ja nur genannt wurde, ausschließlich im Winter bei Frost zu nutzen. Sie wäre böse, wenn sie wüßte, wo er wäre. Und das Geld war auch weg. Dabei wollte er doch endlich mal ... egal.

Was war noch wirklich wichtig in seinem Leben? Nichts. Gar nichts mehr. Schneeweiß schloß die Augen. Seine Gedanken gingen zurück zu Alwine, zurück in die Jahre, als er noch auf der Bühne gestanden hatte. Welch wunderbare Rollen hatte er gespielt! Den Köpenick. Den Kreon in Antigone. Hamlet. Den Benedikt in Viel Lärm um nichts. Den jungen Werther. Den Osvald in Ibsens Gespenster. Mercutio. Den Kinesias in Lysistrata. Mephisto. Bahnwärter Thiel. Den Galileo Galilei. Hettore Gonzaga, den Prinzen von Guastalla in Emilia Galotti. Den Richter Adam im zerbrochenen Krug. Und als hätte die damalige Gegenwart schon ihre düsteren Strahler in jene Zukunft gerichtet, die Schneeweiß längst noch nicht kannte, hatte er in seiner letzten großen Rolle sogar noch den Landstreicher Estragon in Warten auf Godot dargestellt: „Komm, wir gehen ... Wir können nicht ... Warum nicht ... Wir warten auf Godot ... Ach ja ... Wir finden doch immer was, um uns einzureden, daß wir existieren, nicht wahr, Didi ... Ja ja ... Wir sind Zauberer." Die Worte aus Becketts Drama waren damals wie ein Wink in die Zukunft.

„Was hast du gesagt?"

Otto riß die Augen auf. Hatte er gesprochen? Im Halbschlaf? „Ach nichts. Ich war gerade weit in der Vergangenheit."

Betül nickte und sagte, als wolle sie sich mit seinen Worten ablenken: „Was war deine erste, für dich wichtige Rolle, Otto?"

„Der Moritz in Wedekinds Frühlings Erwachen." Er konnte den Text noch immer auswendig. „Ich fühle mich so eigentümlich vergeistert. Betaste mich bitte mal. Ich sehe – ich höre – ich fühle viel deutlicher – und doch alles so traumhaft – oh, so stimmungsvoll. – Wie sich dort im Mondschein der Garten dehnt, so still, so tief, als ging er ins Unendliche. – Unter den Büschen treten umflorte Gestalten hervor, huschen in atemloser Geschäftigkeit über die Lichtungen und verschwinden im Halbdunkel."

Er lächelte die junge Schauspielerin entschuldigend an. Sie antwortete: „Es ist das Stück, das als nächstes aufgeführt wird. Ich habe Kalliope zugehört, wie sie vor einigen Tagen auf einer Bank im Park gesessen und ihren Text als Wendlas Mutter geübt hat." Sie sah ihn mitleidig an. „Du könntest mühelos mitspielen."

Schneeweiß nickte. „Das letzte Mal wurde das Stück Anfang der Neunziger gespielt. Endlich kommt es mal wieder auf die Bühne. Aber ich nicht mehr. Alles Geschichte."

„Erzähl davon."

„Keine Lust."

„Doch, los, zum Zeitvertreib. Was war das lustigste Erlebnis auf der Bühne, das du je hattest?“

Schneeweiß überlegte. Dann begann er schnarrend zu berichten: „Der Grimm, der stellte sich meist ganz rechts an den Bühnenrand und sagte immer zur Souffleuse, wenn er, was meist passierte, noch mit Restalkohol vom Vorabend zur Premiere erschien und kein Wort mehr von seinem Text kannte und nur hilflos in die Seite starrte: ‚Keine Einzelheiten – der Name des Stückes, bitte.‘ Wir haben uns immer kaputtgelacht, weil die Souffleuse damit wiederum restlos überfordert war.“

„Weiter.“

Er berichtete davon, wie Viola von Ameln als Julia 1961 ihr Hemd auf der Bühne verlor und halbnackt und mit rotem Kopf im Scheinwerferlicht stand. Und er als Mercutio sich augenblicklich die Jacke vom Leib riß – wie ein Gentleman eben. Heute würde das kein Mensch mehr machen. Alle würden sich an dem Anblick weiden. Außer Noah vielleicht. Der würde helfen.

Er lachte und erzählte weiter, wie er mal auf der Bühne stolperte und dem damaligen Superintendenten genau in den Schoß fiel und dieser vor Schmerz aufschrie. Wie er selbst auch mal fröhlich pfeifend die Bühne betrat, und allen Akteuren vor Schreck die Spucke wegblieb.

„Du weißt ja, daß man im Theater nicht pfeifen darf.“

„Warum eigentlich nicht?“

„Man sagt, das Pfeifen deute auf einen Brand hin. Ich glaube das stammt noch aus der Zeit, als es noch Gasleuchter im Theater gab. Das Pfeifen hieß, glaub ich, daß auf einmal Sauerstoffmangel herrschte. Eine andere Erklärung ist, daß sich früher die Bühnentechniker per Pfiff verständigten. Wenn aber nun ein Schauspieler pfiff, konnte es passieren, daß plötzlich ein anderes Bühnenbild eingestellt wurde.“

„Ich hab gehört“, ergänzte Betül, „man darf niemals danach Danke sagen, wenn jemand toi, toi, toi vor der Aufführung wünscht. Es ist angeblich auch ein schlechtes Omen für die bevorstehende Vorstellung, wenn sich der erste Zuschauer, der den Theatersaal betritt, in die erste Reihe setzt, oder wenn es sich beim ersten Zuschauer um eine alte Frau handelt. Und durch den noch zugezogenen Vorhang hinauszuspähen, soll ebenfalls Unglück bringen."

„Das stimmt, Mädchen. Ich hab es einmal gemacht, weil ich so aufgeregt war. Kurz danach ist meine Frau Alwine gestorben."

Betül Ceylan rappelte sich auf und sah verwundert zu ihm. „Du warst verheiratet?"

„Ist lange her."

Betül schenkte sich noch etwas von dem Tee ein und antwortete: „Ich will alles wissen. Aber erst holen wir uns jetzt was zu essen. Laß uns kurz rausgehen. Einmal durchs Städtchen. Ich habe genug von diesem Versteckspiel."

„Und wenn uns jemand bemerkt?"

„Wir sind auch unbemerkt hochgekommen."

Schneeweiß nickte. Sie standen auf und gingen leise über den dick mit Sand bestreuten Dachboden Richtung Ausgang, das Treppenhaus hinab bis zu dem Eingang, den keiner benutzte und von dem nur noch Schneeweiß und die Hausmeister einen Schlüssel besaßen. Draußen mußten sich ihre Augen erst an das dämmerige Licht gewöhnen. Sie blinzelten in den anthrazitfarbenen Himmel hinein. Die Luft draußen war mild und samten. Otto Schneeweiß atmete tief durch. Gemeinsam marschierten sie am Graben entlang Richtung Westercellertorstraße. Von weitem waren tiefe, verhaltene Stimmen zu hören. Betül zog Schneeweiß am Ärmel zurück. „Warte mal, die Stimme kenn ich."

Sie lauschte angestrengt in den schwach erleuchteten Park. Doch sofort war wieder Stille. Sie gingen leise weiter. Das bronzene Pferd ‚Wohlklang in der Freiheitsdressur', das seit Mitte der achtziger Jahre aus Anlaß des Sparkassenjubiläums im Park stand, ragte wie ein Mahnmal weit vor ihnen auf.

„Hat er gut gemacht."

Betül verstand nicht und fragte Schneeweiß, was er meinte.

„Na ja, der Künstler, der das Pferd gemacht hat. Ulrich Conrad aus Worpswede. Schöne Arbeit."

„Ach Otto, was du alles immer weißt. Als ob mich das gerade interessieren würde, wer das Vieh gebaut hat."

„Pferd", krächzte er nachsichtig.

Wieder lauschte sie, und wieder hörte sie eine männliche Stimme. „Hörst du das nicht? Das ist doch Tariks Stimme. Da bin ich mir ganz sicher. Und die zweite", Betül überlegte angestrengt und legte dabei ihre rechte Hand ans Ohr, „die zweite ist die von ..."

„Da hinten. Da sind sie."

Schneeweiß zeigte in Richtung der kleinen Brücke und zog Betül blitzschnell hinter einen Busch. Aus sicherer Entfernung beobachteten sie die Figuren, die sich der Straße näherten. Sein Herz klopfte aufgeregt. Ihm war blümerant, wie Alwine gesagt hätte. Er kam sich vor wie Erik Ode als Kommissar Keller. Die Titelmelodie kam so unerwartet schmerzvoll in sein Hirn, daß ihm ganz schlecht wurde. Damals nannte er einen Schwarzweißfernseher sein eigen, und Alwine und er hatten alle siebenundneunzig Folgen gesehen. Sein Puls ging schnell, und er mußte plötzlich pinkeln. Aber das ging ja wohl jetzt schlecht.

Vier Männer passierten den Busch, ohne ihn oder Betül zu bemerken.

„Boris Joos und Noah Miller", flüsterte er. „Und der große Dunkle ist dein Bruder, ja? Und der Vierte? Verdammte Hacke!"

Betül nickte nachdenklich. Schneeweiß blieb der Mund offen stehen.

„Dieser Junge ist ..."

„Ruben Joos."

„Das ist der Schütze gewesen, Mädchen."

„Was sagst du da?"

„Der Hübsche, der ein bißchen aussieht wie Amandus, der hat im Park neulich geschossen. Ich hab's genau gesehen."

Betül klammerte sich an Schneeweiß' karierten Hemdsärmel, als würde sie ertrinken. „Das ist Amandus' Sohn. Das weiß ich von der Kripo. Aber du siehst doch schlecht, das kannst du gar nicht gesehen haben. Außerdem, weshalb sollte er Amandus erschießen? Das hast du geträumt. Komm, wir gehen ihnen nach."

Schneeweiß atmete schwer. Betül hatte recht. Er sah ja wirklich nicht mehr gut. Im Dunkeln schon gar nicht. Und wenn das tatsächlich Amandus' Sohn war ... Er hatte nicht gewußt, daß der überhaupt ein Kind hatte. Und eigentlich wußte er eine Menge über die Leute, die am Theater arbeiteten. Er wußte von Käthes Einsamkeit, Kalliopes Ruf als männermordender Vamp. Von Noahs Neigung, von der keiner wissen durfte, dabei war das unübersehbar, trotz des Töchterleins: Der war schwul wie eine rosafarbene Puderquaste.

„Und was machen wir dann?“

„Dann stellen wir sie alle vier zur Rede.“

„Du bist ne Marke. Ein kleines Mädchen und ein Obdachloser auf Mörderjagd. Aber wenn du unbedingt willst.“

Seine Haare an den Armen standen ihm plötzlich zu Berge.

„Daß in der Truppe da der Mörder dabei ist, wage ich zu bezweifeln. Ich kenn den Ruben schon lange. Der ist doch lieb. Nur ein bißchen schräg. Hat kaum Freunde. Vor dem hab ich bestimmt keine Angst. Außerdem sagte meine Mutter früher immer, ich sei mutiger als alle meine fünf Brüder zusammen. Also, komm schon, das ziehen wir jetzt durch. Auch wenn meine Knie weich sind wie Himbeerquark.“

Sie folgten dem Quartett unauffällig um die Ecke bei Salamander, bis sie sahen, daß es im Thaers verschwand.

„Und nun?“

„Gehen wir rein.“

„Wenn du unbedingt willst.“

Von weitem hörten sie ein Martinshorn. Polizeisirenen. Schneeweiß’ Beine fingen an zu schlottern. Er fand, daß Lampenfieber ein Dreck gegen das hier war. Das war real. Kein Bühnenstück, welches en suite vier Wochen lang gespielt wurde, und dann kam das nächste dran.

Sie spähten durch die erleuchteten Fenster. Die vier hatten sich an einem der dunkelbraun glänzenden Tische direkt am Fenster zur Straße niedergelassen. Schneeweiß und Betül taxierten von weitem diesen Ruben, so hatte Betül ihn genannt, und Schneeweiß fand, daß dieser etwas Verschlagenes in seinem Ausdruck hatte. Und in dem Moment, als er dem Jungen genau in seine hellen Augen sah, sprang dieser von seinem Stuhl, riß die Eingangstür auf, rannte an ihnen vorbei und verschwand Richtung Innenstadt.

Und dann standen wie aus dem Nichts auf dem gesamten Vorplatz der Union mindestens fünfundzwanzig Polizisten um Betül und Schneeweiß herum. Ein Polizist mit lila Bürstenhaarschnitt nahm sein Handy zur Hand und sagte: „Chef, wir haben den Schneeweiß und das Mädchen.“

In dem Moment fiel Betül einfach um. Der Synapsentanz in ihrem Kopf hatte sich wohl etwas zu heftig bewegt. Schneeweiß machte sich vor Angst fast in die Hose.

22.

Von weitem hörte sie eine Stimme, die immer wieder nur drei Worte wiederholte: „Tut mir leid."

Ihre Sinne wollten ihr noch nicht wieder gehorchen, und obwohl sie sich solche Mühe gab, schaffte sie es nicht, die Augen zu öffnen. Was war nur passiert? Das letzte, woran sich Betül Ceylan erinnern konnte, war Ruben, wie er aus der Gaststätte stürmte. Und die vielen Polizisten. Und dann? War sie ohnmächtig geworden? Wo war sie nun?

Betül hörte, wie eine Tür sich leise öffnete und wieder schloß und die Stimme ihres ältesten Bruders, welcher sich leise mit einer anderen, fremden Person unterhielt. Oder war das Ömer? Oder ihr Vater?

Betüls linker Arm schmerzte. Sie tastete über eine kühle, glatte Bettdecke zu ihrem Ellenbogen. Er war eingegipst. Sie strich an der harten Oberfläche entlang, um zu spüren, wie weit der Gips reichte. Er ging von der Schulter bis zu den Handknöcheln hinunter. Betül versuchte noch einmal die Augen zu öffnen, aber es ging einfach noch nicht. Sie dämmerte wieder weg. Dennoch spürte sie, daß sie gestreichelt wurde. Eine Hand fuhr zärtlich über ihr Haar, dann an den Wangen hinab, über die rechte Schulter und den Arm bis zu ihren Fingerspitzen. Es waren feine Hände. Mama? Mama!

Mit aller Kraft überwand Betül den Widerstand ihrer Lider, die schwerer schienen als Blei. Sie öffnete mühsam die Augen und sah in Ciceks Gesicht, die sie mit warmem, wenn auch sorgenvollen Blick liebevoll betrachtete. Die Züge ihrer Mutter erhellten sich zusehends, als sie sah, daß ihre Tochter die Augen geöffnet hatte. Mit Tränen in den Augen flüsterte Cicek: „Mein Rehchen."

„Mama." Betül versuchte, leicht den Kopf zu drehen, um zu sehen, wo sie sich befand. Aber er fühlte sich an wie einbetoniert. „Wo bin ich?"

„In einem Krankenhaus."

„Warum?“

„Du bist ohnmächtig geworden und sehr unglücklich gefallen.“ Betül schloß wieder die Augen, während Cicek weiter berichtete: „Der Arzt, der deinen Arm operiert hat, ist gerade hereingekommen.“

Sie spürte einen feinen Lufthauch über sie hinwegziehen, und dann hörte sie eine fremde tiefe Stimme sagen: „Hallo Betül. Ich bin Dr. Kunz, Ich habe Sie operiert.“ Eine warme, sich angenehm anfühlende Hand schob sich in die ihre. „Sie hatten einen komplizierten Bruch, eine sogenannte Galeazzi-Fraktur. Das ist ein Bruch der Speiche, und gleichzeitig war das Ellenköpfchen ausgerenkt. Es ist schön, daß Ihre Mutter sofort gekommen ist. Das hilft bei der Heilung. Und es wird alles wieder gut.“

Betül öffnete die Augen. Der letzte Satz des Arztes hatte einen abgrundtief traurigen Beiklang, der sie erschreckte.

„Warum ist Ihre Stimme dann so traurig, wenn Sie sagen, es wird alles gut?“

Der Arzt schwieg einen Moment, dann räusperte er sich und antwortete sehr leise: „Meine Frau liegt krank danieder.“

„Das tut mir leid.“

„Mir auch, Matti.“

Das war Fischer! Diese Stimme würde Betül niemals vergessen, niemals! Sie würde den Klang für immer mit Schöns Tod in Verbindung bringen. Ein wenig wurde ihr übel, und sie versuchte, sich von diesem Gefühl abzulenken. Sie lauschte ins Zimmer. Sie hörte, wie auf Schultern geklopft wurde. Und dann die wärmende Stimme ihrer Mutter: „Doktor, ich danke Ihnen, daß Sie sich so wunderbar um meine Tochter gekümmert haben.“

„Das ist mein Beruf, Frau Ceylan.“

„Das kann man so oder so sehen. Auf alle Fälle sollen Sie für Ihre Frau einen Chrysopras-Stein von mir bekommen.“ Betül hörte ihre Mutter in der Tasche kramen. „Der Stein kann Krankheiten lindern.“

Betül hörte weiter die Schritte des Arztes, als er den Stein entgegennahm und dann ein leises Danke murmelte.

Betül fühlte sich geborgen. Mama hatte immer für jeden ein tröstendes Wort, ein Geschenk. Mama lebte mit Leib und Seele als Alevitin. Plötzlich wurde Betül klar, weshalb sie hier lag, wegen Tarik und Aleyna. Und dann spürte sie, wie Cicek einen Stein in ihre rechte

Hand gleiten ließ und dabei flüsterte: „Und dieser hier ist für dich, meine Tochter. Ein Epidot. Der steht für Erholung, Aufbau, Regeneration nach schweren Krankheiten oder Überanstrengung, fördert die Konstitution und unterstützt alle Heilungsprozesse. Damit deine Gehirnerschütterung bald weg ist. Und der Arm gut verheilt."

„Danke, Mama." Sie schloß ihre Finger fest um den, wie sie aus Kinderzeiten noch wußte, hellbraunen Stein. Dann versuchte Betül den Kopf zu drehen, doch noch immer fühlte er sich an wie festgeschraubt.

„Es tut mir leid." Da war die vertraute Stimme wieder. Der Arzt und der Kommissar, hörte sie, verließen leise ihr Zimmer. Wer war sonst da? „Tarik?"

„Ich bin hier." Betül schlug mühsam die Augen auf. Sie sah ihren Bruder wie ein Häuflein Elend auf sie zukommen, das schlechte Gewissen wie eine weiße Fahne vor sich herschwenkend.

„Was sollte das alles, Tarik?"

Er setzte sich an ihr Krankenbett, was ihm einen kritischen Blick der gerade eingetretenen Schwester einbrachte, welche sich anschickte, Betül zum Blutdruckmessen die Manschette anzulegen. „Runter da, das ist nicht erlaubt", sagte die Schwester nachdrücklich.

Tarik Ceylan stellte sich verlegen neben Betüls Bett und wartete geduldig, bis die Schwester ein „bißchen zu niedrig, hundert zu fünfundsiebzig" in den Raum rief und die Tür hinter sich ins Schloß fallenließ.

Tarik seufzte, fuhr sich durch sein dunkles Haar und sagte: „Aleyna hatte mich auf den falschen Pfad geführt. Sie hat versucht, mich umzupolen, was ihr fast gelungen wäre. Sie wollte, daß ich dich davon abbringe, an die Bühne zu gehen. Dann habe ich in meiner Verzweiflung Boris gebeten, auf dich aufzupassen. Ich wußte doch, daß er auch in Celle ist. Ich gab ihm Aleynas Kette, sozusagen als Talisman. Zusammen mit Noah und Kalliope saßen wir im Keller und dachten über Juckpulver und Gott weiß was nach. Wir hatten überlegt, diesen Schön ein bißchen zu ärgern, damit er dir von der Pelle bleibt. Aber doch nicht so."

„Was heißt: aber doch nicht so?"

„Na ja, daß jemand schießt."

„Wer?"

„Keine Ahnung. Aber es war jedenfalls nie von einer Waffe die Rede."

Sie erinnerte sie von weitem an Otto Schneeweiß' Worte. „Meinst du, Ruben war es?" Tarik zuckte mit den Achseln und drückte dabei ihre Hand.

„Wer es war, ist mir egal. Sicher ist: der Tod dieses Schauspielers hat mir auf alle Fälle die Augen geöffnet." Er quetschte ihre Hand so fest, daß es weh tat. „Betül, verzeih mir, bitte."

Der flehende Ton war ihr peinlich. Sie antwortete: „Was wird aus Aleyna?"

„Das Kind kommt bald. Ich habe eine Verantwortung. Als Mann. Vater. Auch als Alevit. Aleyna muß viel lernen in der nächsten Zeit." Verstohlen blickte er auf einen Stein in seiner Hand. „Den hat Mama mir heute morgen gegeben. Ein Fluorit für geistige Klarheit, schnelles Verstehen, Loslassen einengender Verhaltensmuster. Wenn's hilft." Er lächelte Betül hilflos an.

„Natürlich hilft der Stein, Tarik. Ara bul", sagte ihre Mutter. Ara bul. Suche und finde.

„Eines möchte ich dir noch sagen, Betül, bevor ich zurück nach Berlin fahre. Weißt du noch, wenn Mama früher von Fatima erzählt hat? Sie sagte immer, Fatima sei als einzige Frau zusammen mit Mohammed und den Zwölf Imamen zu den Vierzehn Unfehlbaren gezählt worden." Er sah von Betül zu Cicek und wieder zurück zu Betül. „Und du hast immer gelächelt, wenn sie das sagte, schon als du noch ganz klein warst. Und genau wie du gelächelt hast, so habe ich mir als Junge das Lächeln von Fatima vorgestellt. Wenn unser Kind ein Mädchen wird, soll es Fatima heißen und dein Lächeln haben."

Betül drehte ihr Gesicht verlegen zum Fenster und schloß die dunklen Augen. Große Brüder machten nicht solche Geständnisse.

„Die Erinnerung an dein glückliches Lächeln hat mich geläutert, Betül. Sieh mich an, bitte." Unendlich mühsam drehte sie ihren Kopf zurück. Betül starrte auf Tariks hellrosa Hemdenknöpfe, als dieser müde fortfuhr: „Und so bitter es sein mag – auch Amandus' Tod. Bana kul hakkiyla gelme." Komme nicht zu mir, wenn du einem anderen Menschen seine Rechte genommen hast.

Betül sah auf. In Tariks Augen stand Dankbarkeit. Und Scham. Ihr wunderbarer ältester Bruder, den sie als Kind immer wegen seines muskulösen Körpers und seines unorthodoxen Auftretens so grenzenlos bewundert hatte, schien ihr heute so unsicher und verletzlich. Sie versuchte, ihre nicht eingegipste Hand auf seinen Arm zu legen. Doch ihre Gliedmaßen wollten ihr noch nicht gehorchen. Tarik setzte sich an den Bettrand, Gemecker der Schwestern hin oder her. Er nahm wieder ihre Hand in seine. Betül antwortete: „Das hast du nicht, Tarik, noch nicht."

Die Tür des Krankenzimmers ging auf. Betüls Bruder Ömer trat ein. Gefolgt von einer sehr dunkel geschminkten Frau. Sie trug ein hellblaues Kopftuch über den gelockten schwarzen Haaren, einen langen, schwarzen Mantel und schwarze Hosen. Außerdem war sie unübersehbar schwanger und krümmte sich sichtlich unter Schmerzen.

„Aleyna!"

Betüls Lächeln gefror augenblicklich, als sie etwas Metallenes auf sie gerichtet unter dem Mantel aufblitzen sah. Tarik hatte es auch gesehen. Er stand von Betüls Bett auf und ging sehr langsam auf seine Frau zu. Mit unendlicher Vorsicht löste er einen winzigen Dolch aus Aleynas Händen. Sie verzog schmerzvoll das Gesicht, und Betül war sich nicht sicher, ob es eine physische oder psychische Reaktion ihrer Schwägerin war. Oder beides.

Energisch reckte Tarik Aleyna sein stoppeliges Kinn entgegen, und mit lauter, tiefer Stimme sagte er: „Es ist genug, Aleyna. Önemli olan din değil, önemli olan insan olmak. So haben wir es gelernt. Du und ich." Das wichtigste ist nicht die Religion, sondern der Mensch.

Betül sah Tränen in Aleynas Augen. Und dann hörten sie alle ein Geräusch, als würde jemand einen etwas in die Jahre gekommenen, schwachen Wasserhahn aufdrehen.

Aleyna sah verwundert an ihrem Leib hinab zu dem grauen Linoleumboden, auf dem sich genau unter ihr eine Pfütze zu bilden begann. Nach einem stummen Moment ließ sie sich in Tariks Arme sinken und flüsterte, während sie sich wieder vor Schmerzen zu krümmen begann: „Drei Wochen zu früh. Das Kind kommt."

Bevor Betüls Augen vor Anstrengung wieder zufielen, sah sie den flehenden Blick, den Aleyna ihrem Mann zuwarf, während dieser noch leise anfügte: „Sie nennen uns Ergebende, wir haben nur einen

Feind, der Haß. Wir hassen niemanden. Alle sehen wir gleich und eins."

Betül nickte bei diesen Worten dankbar, bevor sie erschöpft wieder einschlief.

23.

Fischer stand nachdenklich am Fenster und betrachtete mit stiller Freude die bunten Frühlingsboten im Garten. Alles war so spät dran in diesem Jahr. Aber er entdeckte nun die ersten Maiglöckchen. Die Pfingstrosen begannen zu sprießen, die Rhododendren entwickelten die ersten Blüten.

Er war Cosima immer noch unendlich dankbar dafür, daß sie ihn überredet hatte, trotz der laufenden Ermittlungen – was für ihn normalerweise Privatleben auf Sparflamme hieß – bei dem Rhönrad-Auftritt seiner Ältesten zuzuschauen. Seine süße, fast einsachtzig große Tochter Laura war bei der Veranstaltung gestern abend der absolute Shootingstar gewesen. Er wußte gar nicht, wieviel sie schon konnte. Sogar Spirale! Die schwierigste Disziplin im Rhönrad, so hatte sie ihm später erklärt. Bei dieser Übung hatte sie sozusagen das Rad bei einem Neigungswinkel von etwa dreißig Grad auf einem der beiden Reifen, die mit Querstreben verbunden sind, bewegt und war wie eine Münze über den Hallenboden getellert. Für ihn waren es höchstens gefühlte fünf Grad gewesen, so nah, wie sie am Boden rotiert war, und Fischer hatte gar nicht richtig hinschauen können. Er hatte schon Lauras sämtliche Vorderzähne flöten gehen und alle Knochen brechen sehen, sah sie bereits bei Matthias Kunz im AKH in der Ambulanz liegen. Und heute nacht hatte er obendrein geträumt, daß Ulrike, Kunz' Frau, in einem Rhönrad in den schwarzen Nachthimmel hochgerollt war. Fast wie ein Omen, dachte er nun, nachdem er heute morgen von Matthias die schreckliche Nachricht über dessen Frau vernehmen mußte. Sie waren, nachdem sie das Krankenzimmer von Betül Ceylan verlassen hatten, den Gang der UW8 hinuntergegangen, bis zum Treppenhaus. Auf dem Weg hatte sein alter Schulkamerad von Ulrike berichtet.

„Es ist so furchtbar. Sie war zum Internisten gegangen, weil sie sich ständig schlapp fühlte und Kopfschmerzen hatte.“ Seine Stimme war brüchig geworden, als er fortfuhr: „Es wurde bei ihr eine sehr aggressive Form von Leukämie festgestellt. Wenn nicht ein Wunder geschieht, ist sie in sechs Wochen tot.“

Konnte er, Fischer, neuerdings Dinge vorhersehen? Ihm war in der Magengegend ganz mulmig geworden. Doch nicht nur wegen dieser schockierenden Botschaft war ihm übel geworden, sondern weil er eben des nachts davon geträumt hatte, wie Ulrike mit blutunterlaufenen Augen und einem wehenden, weißen Hemd einfach in die Dunkelheit tellerte, genau wie Laura mit ihrem Rad am Abend zuvor. Nur Laura erfreute sich Gott sei Dank bester Gesundheit. Außerdem war sie weder in dem Himmel abgehoben, noch hatte sie ein weißes Hemd getragen, sondern einen altrosé-grau gemusterten Glitzeranzug mit durchsichtigen Ärmeln, der ihre jugendliche Weiblichkeit und ihre schmalen Beine aufs Beste zum Ausdruck gebracht hatte, aber leider nur wenig zu ihren feuerroten Haaren paßte.

Er suchte die Beete nach den Akeleistauden ab, seinen Lieblingsgartenblumen, die sie letztes Jahr neu gesetzt hatten, in rosa, weiß und lila. Er mußte, dachte er gleichzeitig, Ulrike Kunz Blumen schikken, bevor es zu spät war. Oh Gott, gib ihr eine Chance. Vielleicht finden die Ärzte in der MHH ja ein Mittel, das ihr hilft, dachte er.

Und wie würde Leah damit klarkommen? Ulrike Kunz war die Klassenlehrerin beider Mädchen in der fünften und sechsten Klasse gewesen, und Leah hatte sie noch immer in Deutsch. Ob die schwerkranke Lehrerin wohl diesen Bertold-Maria Schön kannte, den Vater von dem Toten? Sie unterrichtete ja auch im Burgzentrum. Fischer wischte den kurzen Gedanken beiseite. Die Frau hatte gerade andere Probleme, als im Leben irgendwelcher pensionierter Kollegen herumzuschnüffeln.

Und Kunz erst. Fischer stellte sich vor, ein Arzt würde ihm solch eine Diagnose über Ingrid mitteilen. Er beschloß, ihn am Montag anzurufen und ihn zu fragen, ob er Lust hatte, zu Fischers Doppelkopfrunde zu stoßen. Einer seiner Doko-Freunde war vor kurzem weggezogen, da war ein Ersatz geradezu notwendig. Es würde außerdem seinem alten Klassenkameraden vielleicht helfen, mit den Dingen zurechtzukommen. Ablenkung mußte ja auch mal sein.

Über alledem hatte Fischer ganz vergessen, weshalb er eigentlich im AKH gewesen war. Er wollte nur mal sehen, ob dieser Tarik wirklich so ein liebender Bruder war, oder ob der sich am Abend zuvor nur von seiner besten Seite zeigen wollte. Im Verhör hatte er sich als absolut kooperativ erwiesen. Erzählte, genau wie sein Bruder, daß er auf dem falschen Weg gewesen war und sie sich überlegt hatten, Schön zu ärgern. Aber was konnte man unter ärgern verstehen? Reichte es für einen Mord?

Es klingelte an der Haustür. Ein feiner Gong, den er schon, als er noch klein war, ganz besonders geliebt hatte. Sein Vater war immer so stolz gewesen auf diesen Ton, der angeblich genau so klang wie die D-Glocke der Stadtkirche. Als Kind hatte er sonntagmorgens, wenn die Glocken zum Gottesdienst zu läuten begannen, immer versucht, diese klangliche Parallelität herauszuhören, ohne sie je entdeckt zu haben. Fischer riß sich von dem großen Fenster im Arbeitszimmer los und ging zur Haustür.

Es war Cosima. Sie war ein wenig außer Atem, während sie ihm einen Strauß gelber Ranunkeln vor die Nase hielt. „Für Ingrid, hier, halt mal, ich muß noch das Fahrrad abschließen."

„Ist das in deinem Zustand nicht ein wenig unangemessen?" Er sah auf Cosimas uraltes, schwarzes Hollandrad, das sie, wie sie ihm schon x-mal versichert hatte, einmal im Jahr zwecks technischer Überprüfung brav zu Schollmeyer brachte und das genauso gut lief wie vor zwanzig Jahren, als ihre Mutter es dort gekauft hatte – als Geschenk zu ihrem vierzehnten Geburtstag.

„Ich bin schwanger, mehr nicht." Sie bedachte ihn mit einem hochmütigen Blick, schloß ihr Fahrrad ab, nahm die Blumen zurück und schob sich anschließend an ihm vorbei in die Diele, direkt Richtung Küche, wo sie laut und herzlich von Ingrid begrüßt wurde.

Fischer lauschte einen Moment, die Hände tief in den Taschen seiner grauen Stoffhose vergraben. Aus allen Richtungen des Hauses hörte er weibliche Stimmen. Aus der Küche die von Ingrid, die gerade zu Cosima sagte: „Des sind ja anbetungswürdige Schläpple, wo hasch die bloß wieder her?" Und Fischer überlegte, wie die Schuhe wohl aussahen, wenn seine pragmatische Frau diese als anbetungswürdig bezeichnete. Er lugte um die Ecke. Es waren einfache, flache dunkelblaue – Schlappen eben. Würde er je verstehen, was Frauen an Schuhen so toll fanden?

Er ging über den Flur. Von oben tönte Leahs sich gerade entwikkelnde Altstimme aus dem Bad. Sie übte für ihren Auftritt in der Gesangsklasse der Kreismusikschule. Im Wohnzimmer telephonierte Laura mit ihrer besten Freundin Anna. So viele Frauen um ihn herum! Aber heute nachmittag würden sie Oliver zum Tee abholen. Manchmal sehnte er sich schmerzhaft nach seinem Sohn – und ja, manchmal auch nach einem gesunden Sohn. Aber diese Gefühle versagte sich Fischer streng. Er durfte nicht hadern. Und die Zeit war ohnehin vorbei, es sollte nicht mehr sein. Ingrid war seit Leahs Geburt sterilisiert. Ihr waren zwei Töchter und ein behinderter Stiefsohn, den sie ohne Frage von Herzen liebte, mehr als genug Nachwuchs gewesen, wie sie damals ihre Entscheidung begründete. „Jede Frau hat zwei Händ, Henry, eine für jed's Kind."

Fischer trat ins Wohnzimmer, was Laura und den Hausapparat in ihrer Linken scheinbar zur Flucht nötigte. Ob Söhne auch so hysterisch sein konnten? Fischer begann, sich auf heute nachmittag zu freuen, doch die Vorfreude schwand mit dem Kaffeeduft, der sich nun im Haus verbreitete. Denn wenn Oliver endlich da war, würde Fischer wahrscheinlich im Büro sitzen und noch mal diesen Schneeweiß vernehmen. Den Miller. Und, wenn dieser dann hoffentlich endlich geredet haben würde, Boris Joos. Es galt jetzt, diesen Ruben zu finden.

Fischer lebte sozusagen mit dem Handy am Ohr, den permanenten Rufen aus der Jägerstraße und den Infos, die ihn manchmal selbst mitten in der Nacht erreichten. Der Anruf von der Intendantin mit dem entscheidenden Hinweis auf den Verbleib von Betül Ceylan und dem Obdachlosen zum Beispiel, hatte er kurz nach Lauras Auftritt bekommen: „Herr Fischer, ich habe die beiden eben im Park gesehen. Sie sind unterwegs in Richtung Union. Die waren todsicher in Ottos Turmquartier. Daß ich daran aber auch nicht mehr gedacht hatte ..."

Und dann war alles ganz fix gegangen. Ein Dutzend Leute in die grüne Minna, und schon hatten sie das Mädchen und den obdachlosen Schauspieler vor der Union gefunden, und drinnen in der Gaststätte praktischerweise auch noch drei von den vier Männern, die alle für ihn gleichermaßen an Schöns Tod verdächtig schienen.

„Setze mir uns auf'die Veranda?“ rief Ingrid ihm nun zu. „Hol bitte des schöne Gschirr aus em alte Schrank im Wohnzimmer.“

Er salutierte brummig Richtung Küche und begann, draußen mit dem alten, weißen Porzellan von Ingrids Mutter den Tisch zu decken. Die beiden Frauen brachten auf Tabletts Kaffee, Tee, Schinken, Marmelade, Butter und ein wunderbar duftendes Rührei, garniert mit knusprigem Bacon, sowie die berühmten Ingridschen Käsebrötchen, die noch dampften, weil sie direkt aus dem Backofen kamen. Eine Ehre für Cosima, weil Ingrid Fischer für dieses Frühstück sogar den Gottesdienst heute in St. Ludwig hatte sausen lassen.

„Wunderbar“, lächelte Cosima, „es ist Sonntag, Frühling, die Sonne scheint.“ Sie räkelte sich genüßlich. Fischer konnte unter ihrem engen T-Shirt eine erste kleine Wölbung entdecken.

„Und ich muß gleich noch mal weg – leider“ ergänzte Fischer mürrisch.

„Jetz bleisch ersch mal, Henry“, schimpfte Ingrid, „deine Verbrecher könne doch au no a bissle warte, oder?“

Fischer nickte ergeben. Zu verführerisch sah der gedeckte Tisch aus. Außerdem hatte er schlichtweg Hunger. „Aber nur, wenn wir ohne die Mädels frühstücken, das halt ich sonst nicht aus“, antwortete er einlenkend. Ingrid grinste ihn amüsiert an. An Cosima gerichtet sagte sie: „Doc, weisch was, der isch itte pubertätstauglich.“

„Scheint mir auch so“, erwiderte die Ärztin und lehnte sich auf einem der weißen Holzsessel zurück, „sollen die armen Wesen verhungern?“

„Wir schicken sie zu McDonalds. Damit ist die letzten zwanzig Jahre doch jeder durch die Jugend gekommen, oder?“

„Henry, du entwickelsch dich zum Rabevatter.“ Ingrid sah ihn streng an.

Sie schenkte Fischer Kaffee ein, Cosima und sich selbst Tee, und plaudernd genoß Fischer nun die Gesellschaft der Frauen, der erwachsenen wie der jugendlichen, die sich, kaum daß er und Ingrid und die Ärztin Platz genommen hatten, dazugesellt hatten und sich letztlich, nach einigen mahnenden Worten von Ingrid, halbwegs zivilisiert benahmen. Die Mädchen, beide in Jeans und bauchnabelfreiem T-Shirt – bei Laura blinkte ihm von ihrer Mitte überflüssigerweise ein

Piercing in Form eines kleinen, silbernen Ringes entgegen –, wollten von Cosima wissen, wie man Drogen im Körper nachweisen konnte.

„Zum Beispiel im Urin, mittels immunologischer und chromatographischer Verfahren. Cannabis zum Beispiel, die nachweisbare Substanz heißt 11-Nor-D9-THC-9-Carbonsäure." Sie nahm einen kräftigen Schluck Tee, bevor sie fortfuhr. „Ist ein Metabolit, ein Abbauprodukt von THC, dem Hauptwirkstoff von Cannabis, und ist vier bis dreißig Tage nachweisbar. Kokain oder Benzoylecgonin können auch über einen längeren Zeitraum nachgewiesen werden. Aber wozu wollt ihr das wissen?"

„Einfach so", erwiderte Laura und sah ihren Vater genervt an, „keine Sorge. Reine Neugier, damit wir wenigstens mitreden können."

„Wir haben im übrigen bei Amandus Schön", fuhr Cosima in Richtung Fischer schmunzelnd fort, „das hast du ja sicherlich gelesen – einiges diesbezüglich gefunden. Morphin, Codein, Heroin. Der war stoned, als er starb."

„Dann war es wenigstens ein angenehmes Sterben, meinst du nicht?" Das Handy klingelte in seiner Hosentasche. Fischer sah auf das Display des Hörers. Das Labor. Er stand auf und ging ins Haus, um in Ruhe drinnen zu telephonieren. „Entschuldigt mich."

„Was gibt's, Franz?"

„Ich denke, du solltest dir ansehen, was ich gefunden habe. So klein, so unscheinbar. Aber der gute Franz findet eben alles."

„Was hast du denn gefunden?"

„Initialen auf dem Zimmerstutzen. B.M."

Fischer schwieg einen Moment in den Hörer. Er hatte bislang zu ignorieren versucht, was sich immer mehr in sein Bewußtsein zu schieben begann, und wollte es einfach nicht glauben. Aber irgendwo in den Tiefen seines Lebens trug er eine Information in sich, die noch nicht an die Oberfläche kommen wollte, so sehr er sich auch anstrengte, sie zu locken, und so sehr er auch wußte, daß sie möglicherweise von größter Bedeutung war. Nicht mal jetzt, obwohl es klick hätte machen müssen. Er hatte sich mit Ignoranz beruhigt, nachdem der alte Schneeweiß eh Stein und Bein geschworen hatte, daß er das Gewehr in einem Gebüsch am Schloßgraben gefunden und Ruben Joos an dem Abend im Park war. Fischer wollte diesen einen, unfaßbaren Gedanken, der sich mehr und mehr in seinem Kopf manifestierte, ganz schnell wieder loswerden, obwohl sein Kommissarenhirn ihm die letzten Stunden immerzu diesen Namen eingeflüstert hatte. Aber der alte, obdachlose Schauspieler war halb blind. Was hatte also das, was er sagte, zu bedeuten? Und doch, B.M.

„B.M., sagst du, Franz? Bis du dir da ganz sicher?"

„Todsicher."

„Haben die Jungs schon was wegen dieser Ulmer Firma herausgefunden?"

„Keine Ahnung."

„Okay, hör zu, ich bin gleich da. Versuch mal, irgendwen noch mal an Ulm zu setzen. Der soll nach einem bestimmen Namen fragen."

„Und der wäre?"

„Beate."

„Und wie weiter?"

„Es fällt mir nicht ein."

Bellmann pfiff in den Hörer. „Du meinst doch nicht die alte Freundin von deiner Ex aus dem Theater? Wie hieß die noch früher? Mir fällt's nicht ein. Verflixt."

Fischer starrte durchs Wohnzimmerfenster auf die verblühten Narzissen im Garten. Es war nicht immer gut, in dieser Stadt zu leben, in der jeder jeden seit Ewigkeiten kannte und bereits die Eltern und die Groß- und Urgroßeltern schon Tür an Tür gewohnt hatten.

„Mark?"

„Ja, verdammt, genau die. Und mir fällt auch nicht ein, wie sie mit Nachnamen hieß", blaffte er in den Hörer und nahm sich vor, morgen die welken Narzissenblüten abzuschneiden.

„Wir werden eben alt, Mark", dröhnte Bellmann mit seiner polternden Stimme in den Hörer. Fischer legte ärgerlich auf. Als ob er schon alt wäre! Der Bellmann, klar, mit vierundsechzig! Aber er war doch noch nicht mal fünfzig!

Mark-Heinrich Fischer nahm an der Garderobe sein neues sandfarbenes Baumwolljackett vom Bügel und trat wieder auf die Veranda hinaus. Einen Augenblick blieb er stumm stehen, schloß die Augen und ließ die Sonne auf sein Gesicht scheinen.

„Was isch, Henry?"

„Der Bellmann war dran. Ich muß los, tut mir leid."

Ingrid bedachte ihn mit einem mitleidigen Blick. Cosima sah schwärmerisch in die Sonne und antwortete schläfrig: „Ich beneide dich nicht. Heute zumindest nicht."

Fischer umarmte Cosima, gab Ingrid einen Kuß und fragte sie dann: „Nene, du weißt nicht zufällig, wie Kalliope Jung früher hieß? Mit Nachnamen, meine ich?"

Ingrid erwiderte seinen Kuß und sagte dann, als wäre es das Selbstverständlichste auf dieser Welt, eine Info, die fast fünfundzwanzig Jahre stumm in ihm eingelagert war, wie eine Datei abzurufen und in ein einziges Wort zu kleiden: „Mönckemeyer."

B.M. – Beate Mönckemeyer. Wieso hatte sein Gedächtnis ihm diesen kleinen Dienst versagt? Nur weil sie mal in seinem Leben ein- und ausgegangen war?

„Ich danke dir, mein Herz. Du kannst morgen bei uns in der Jägerstraße anfangen." Er warf seiner Frau noch eine Kußhand zu. Kaum war die Haustür zugefallen, bellte er ins Handy, während er die Fritzenwiese entlang Richtung Pfennigbrücke ging, um in sein Auto zu steigen: „Franz, sie sollen in Ulm nach dem Namen Mönckemeyer suchen."

24.

„Schneeweiß ist absolut sauber, Chef, ich hab ihn jetzt noch mal über zwei Stunden in die Mangel genommen. Da ist nichts als Gutmütigkeit und ein verkorkstes Leben. Er sammelt alles, was er finden kann, versucht mit seinen halbblinden Augen alles zu sehen, was er sehen kann. Er hat das Mädchen nicht angerührt, sondern wollte es nur beschützen. Er ist in keinster Weise beteiligt, sondern zufällig zur falschen Zeit am falschen Ort gewesen. Aber er besteht auf Ruben Joos als Schütze."

Sie standen zu viert im Flur der Inspektion, Lili, Goldberg und Kamphausen, die allesamt gerade aus dem Besprechungszimmer gekommen waren, sowie Fischer, der an einem Becher Kaffee nippte. Die Sonne flutete die grauen Gänge durch die offenstehenden Zimmertüren. Lili roch den Frühling. Haselnuß, Birken, Gräser, die gesamte Palette aller nur möglichen, hochallergischen Pollen. Sie schienen förmlich auf den Fluren zu tanzen. In inniger Umarmung vollzogen sie vor ihrer Nase eine Hochzeitssymphonie der feinsten Art. Lili nieste laut und kräftig. Der Frühling gehörte nicht zu ihren Lieblingsjahreszeiten, aber der Winter auch nicht. Der Winter ließ sie vor Kälte zittern, der Frühling sie niesen, der Herbst machte sie depressiv. Eigentlich fühlte sie sich nur im Sommer so rundum wohl. Bald kam ihre Zeit! Wieder mußte sie kräftig niesen, bevor sie weitersprach: „Und er faselte was davon, daß diese Kalliope Jung mal früher geschossen hat."

Lili putzte sich lautstark die Nase, weswegen Peer, respektlos wie immer, Benjamin Blümchens *törööö* nachzuahmen versuchte, was grundsätzlich alle zum Lachen brachte. Selbst den mißmutigen Schnuffi Fischer. Anscheinend war dieses *törööö* deutsches Kulturgut, überlegte Lili, generationenübergreifend und bekannt in jedem Haushalt.

Mit einem triumphierenden Lächeln fuhr sie fort: „Er sagte: ‚Ich glaube, es war in den Siebzigern. Lange her. Da war sie sechzehn oder so.' Sie erzählte das wohl mal vor Urzeiten bei einer Weihnachtsfeier im Theater. Als er selber noch dabei war."

Fischer nickte.

Die Ermittlerin war enttäuscht. Sie hatte erwartet, daß der Chef vor Begeisterung an die Decke springen würde, das war doch schließlich mal was. Statt dessen nickte er lediglich! „Äh, Chef, ist das etwa keine interessante Info, die ich da eben preisgegeben habe?"

„Doch", wiegelte er ab, „wußt ich aber schon. Sie hat sogar einen Pokal in ihrer Garderobe stehen. Tut mir leid." Er strich Lili sanft über die rechte Schulter und fuhr fort: „Das Gewehr, das sie bei Schneeweiß gefunden haben, hat die Initialen B.M. Ihr früherer Name ist Beate Mönckemeyer."

„Ja, ich weiß, Franz sagte uns das schon. Das könnte aber auch Bastian Menke heißen. Das ist der Gastregisseur."

Fischer sah interessiert vom grauen Fußboden des langen Flurs auf. „Kann der schießen?"

„Deutscher Jugendmeister."

Goldberg sah verblüfft zu Lili, die zufrieden grinste. „Das hast du bislang nicht erwähnt. Woher weißt du das?"

„.Internet macht's möglich."

„Was weißt du noch über ihn?" Jetzt war Fischer ganz Ohr.

„Ist schwul, genau wie dieser Alte. Und wollte was von Schön. Aber der stand nicht auf Jungs."

„Wer hat das gesagt?"

„Menke hat eine eigene Homepage. Und das andere hab ich von Otto Schneeweiß."

Fischer stöhnte leise auf. „Unser Sammellager und Theaterlexikon, der Gute. Hat er noch was Bedeutsames gesagt?"

„Daß Boris Joos, bevor er adoptiert wurde, Boris Mewes hieß. Auch B.M. als Initialen. Im übrigen erfolgte die Adoption erst, als er schon vierzehn war."

„Barbara Miller hat auch diese Initialen", warf Peer ein, „die kann aber nicht schießen."

„Genug jetzt. Das ist mir hier alles zu viel. Hier scheint jeder ein B.M. zu sein."

„Alle Botenzielle Mörder", griente Goldberg.

Fischer schmunzelte. „Kann dieser Boris etwa schießen?"

Lili schüttelte den Kopf.

„Na, da bin ich aber beruhigt, sonst noch was? Über diesen Tarik zum Beispiel?"

Lili rieb sich über die Augen. Ihr Kopf war leer. Die Akkus runter. Selbst wenn sie noch was gewußt hätte, ihre Festplatte war schon dabei, aus Gründen des Selbstschutzes den Löschvorgang vorzubereiten.

Klein und Vollmer waren auf der Suche nach Ruben Joos. Aber sie, Kamphausen und Goldberg hatten Stunden in der Inspektion zugebracht, hatten hier die halbe Nacht gesessen, verhört, überlegt, diktiert und geschrieben. Entsprechend müde sahen sie alle aus. Lili schielte zu Goldberg, der schon wieder herzhaft gähnte. Außerdem hing ein blauer Hemdzipfel aus seiner Jeans, und seine Mütze saß schief. „Ist doch schon Mai", sagte sie und zeigte auf seine Mütze.

„Stimmt, hab ich ganz vergessen." Goldberg zog sich die Mütze vom Kopf und stopfte sie in die Gesäßtasche seiner Hose.

Dann gab sie Fischer weiter Auskunft und wünschte sich gleichzeitig nur noch in ihr Bett: „Dieser Tarik Ceylan ist in Ordnung. Nur ein bißchen verquer im Kopf durch die Frau. Und beim Militär ist er auch schon lange nicht mehr. Macht in Antiquitäten – seit zwei Jahren etwa. Aber er konnte uns wenigstens einige wichtige Infos geben, wie alles zustandekam. Und indirekt haben die alle Dreck am Stekken. Wer auch immer diesen Schön erledigt hat, wurde von denen zumindest angestachelt."

„Da wette ich drauf mit dem Leben meiner Großmutter", ergänzte Goldberg und gähnte noch einmal.

„Hast du denn noch eine?" fragte Lili und dachte an ihre Großeltern, die sie nicht kannte. Außer natürlich Oma und Opa Garßen – mütterlicherseits – in eindeutiger lokaler Abgrenzung zu Oma Vorwerk – väterlicherseits –, aber das waren nun mal die Eltern ihrer Adoptiveltern, nicht ihr eigenes Fleisch und Blut, das immer lauter und immer vernehmlicher rief: Such sie endlich! Als ob Fleisch und Blut rufen konnte! Aber der Gedanke, bald nach Vietnam zu fliegen, machte ihr Angst und Hoffnung zugleich.

„Hab ich, Lili, ja. Eine noch. In Hannover", erwiderte Peer lächelnd, „aber sie ist leider schon dement."

„Besser eine demente Oma als gar keine", gab Lili zu bedenken.

„Na ja, ich weiß nicht so recht. Wenn ich sie besuche, nennt sie mich immer Karl-Hugo. So hieß mein Großvater."

„Karl-Hugo? Der Ärmste. Namen gibt's!" Lili gähnte nun ebenfalls. Ob ihre Großmütter sie wohl erkennen würde, überlegte sie. Ob sie aussah wie ihre Mutter oder eher wie ihr Vater? Sie stellte sich ihre Großmütter selbst als kleine, hutzelige Frauen vor, mit genau so langen Haaren, wie sie sie selbst trug, die Gesichter über und über mit Falten überzogen, die sich wie Landkarten des Lebens tief eingegraben hatten. Ihre Großmütter, sollten sie noch am Leben sein, trugen bestimmt noch die traditionelle vietnamesische Kleidung, das Ao Dei, ein knielanges, hochgeschlitztes Seidenkleid, und darunter eine lange, weitgeschnittene Hose derselben Farbe. Lili versuchte sich vorzustellen, wie sie selbst in so was aussehen würde. Sie könnte in so einem Kleid heiraten! Ein weißer, glänzender Stoff, weite Ärmel ... Einen Moment verwarf sie den Gedanken, bis er sich erneut in ihrem Kopf Platz schaffte. Warum nicht? Was würde Malte dazu sagen? Plötzlich überfiel sie eine unbändige Sehnsucht danach, in Maltes Armen zu schlafen. Nach Vietnam zu reisen. Und zu heiraten. Nur, was sollte sie zuerst tun?

„Lili?“ fragte Fischer auf einmal streng.

„Oh, bin da.“

„Das sehe ich.“ Seine Augen lächelten. Das genügte. Während sein Blick milde auf ihr ruhte, fuhr er fort: „Okay, dann jetzt diesen Malfoy-Verschnitt.“

„Wer?“ Lili sah amüsiert zu Fischer.

„Boris Joos“, grinste Fischer, „findet ihr nicht, daß der aussieht wie dieser Fiesling aus den Harry-Potter-Filmen?“

„Sie gucken Harry Potter, Chef?“ Lili war erstaunt.

„Na ja, mit Laura und Leah. Was bleibt mir übrig?“ Er zog eine Grimasse, als hätte er auf ein Pfefferkorn gebissen, „danach tragen wir zusammen, was wir haben. Und danach geht ihr nach Hause und schlaft euch aus.“

„Oh, dann kann ich mit meinem Kleinen noch das WM-Fest besuchen. Die Angolaner sollten doch dieses Wochenende ankommen.“

Fischer sah ihn mahnend an. „Schlafen, Peer, drei Stunden, dann geht's weiter.“

Lili sah mitfühlend zu ihrem Kollegen. Fischer war in diesen Dingen manchmal unerbittlich. Und wenn er schlechte Laune hatte, erst recht. Und Lili wurde das Gefühl nicht los, daß der Chef verdammt schlechte Laune hatte, warum auch immer.

Im gleichen Moment trat Franz Bellmann durch die glänzende Fahrstuhltür. Von seinen Ohren baumelten die Strippen seines iPods, mit dem er von morgens bis abends italienische Arien hörte, weswegen er wahrscheinlich immer so elendig laut sprach. Aber er ging mit der Zeit, der Gute. Lilis Vater war zehn Jahre jünger als ihr Kollege, aber von einem iPod wußte er so viel wie Lili von langfristigen Rentenanlagen – seit einiger Zeit die neue geistige Beschäftigung ihres Vaters.

Bellmann fuchtelte wild mit den Armen, und seine dicke Brille begann, ihm von der Nase zu rutschen. „Das wollt ihr sehen, Freunde“, bellte er, „eben ist ein Fax aus Ulm gekommen. Samt einer Liste von allen Käufern eines Zimmerstutzens seit 1960. Die alte Lady am Telephon war sehr kooperativ.“

Er wedelte mit der Liste, und Fischer gelang es schließlich als erstem, einen Blick darauf zu werfen. Lili las ebenfalls mit. Es war eine ziemlich lange Liste. Beim Buchstaben M angekommen, atmete Fischer erleichtert auf. „Sie steht nicht darauf."

„Wer? Diese Schauspielerin? Stimmt."

Fischer suchte weiter. „Alle anderen Namen aber auch nicht. Mist."

„Aber schau mal weiter nach unten", Bellmanns rechter Zeigefinger strich das Blatt hinab, und Lili und Fischer folgten dem Finger. „Weiter, weiter. Noch ein bißchen. Hier, stopp. Wie gefällt dir dieser Name, Herr Kommissar?"

Fischer sah belustigt auf. „Wer soll das denn sein?" Und dann faßte er sich an die Stirn. „Bertold-Maria Schön."

„B.M. So eine Schei ... ", entfuhr es Goldberg.

„In der Tat, Peer."

Fischer sah ärgerlich von einem zum Nächsten und brummte dann gutmütig: „Aber gut gemacht, Franz, du bist doch der Beste!" Und zu Lili gewandt: „Laß den Joos laufen. Und ich werde jetzt mal der guten Familie Schön einen weiteren Besuch abstatten. Und ihr geht brav schlafen."

Fischer wandte sich zum Gehen. Lili blieb einen Augenblick unschlüssig stehen, dann rannte sie eilig hinter ihm her. Ihre Haare, heute wieder zu zwei langen Zöpfen geflochten, hüpften beim Laufen wie ein Jojo rechts und links an ihr hoch und runter.

„Chef", rief sie, „und was ist mit der Aussage von Schneeweiß? Ich hab da so ein Gefühl, das wir den Joos doch nicht laufen lassen sollten. Zumindest kann er uns doch vielleicht sagen, wo Ruben ist. Außerdem zuckt mein Auge, wenn ich an den Namen Ruben Joos denke. Klingt einfach böse."

Fischer drehte sich um und grinste. „Eigentlich ist das alles doch jetzt ziemlich eindeutig, oder? Aber frag ihn. Ich wünsche dir viel Glück dabei."

Damit verschwand er im Fahrstuhl und winkte ihr noch einmal freundlich zu. Schlafen kann ich nachher, dachte Lili und winkte Goldberg und Kamphausen zu sich. „Den schaffen wir noch, Jungs, oder?"

Gemeinsam traten sie in das Zimmer, in dem Boris Joos auf sein Verhör wartete, das sie kein Stück weiterbringen würde. Den entscheidenden Hinweis, der sie zum Täter führen würde, bekamen sie aus einer anderen Ecke.

25.

Allmählich hatte Käthe Kuss wirklich die Nase voll von dem ganzen Theater – buchstäblich wie im übertragenen Sinne. Am späten Nachmittag hatte Fischer angerufen und irgendwas von einem Zusammenhang zwischen einigen ihrer Leute und Schöns Tod gefaselt. Dann über dessen Vater, von dem sie ein Gewehr gefunden hatten und schließlich von einem Typen, der angeblich Kalliopes und Schöns Sohn war. Nach Fischers Verschwörungstheorie, die er ihr nervtötend ausdauernd dargelegt hatte, bat er sie weitere fünf Minuten lang um ihre Unterstützung. Was Käthe in keinster Weise mehr unangenehm war. Im Gegenteil.

Dieser Kommissar, der hatte was, wie der einen mit seinem stahlblauen Blick einfangen konnte! Der brannte Löcher in ihre Haut ...

Käthe Kuss sah ihre Chance gekommen. Ihre uralte, blinde Dandie Dinmont Terrier-Hündin Eurydike lag vor dem Spiegel, vor dem Käthe nun ihre Kleidung für den Abend sehr sorgfältig auswählte. Eine schwarze, durchsichtige Bluse aus Georgette, und darunter ein schwarzes Top, das so viel Dekolleté zeigte, daß es in ihren Augen nicht unschicklich wirkte. Dazu nahm sie einen weinroten Rock (wann hatte sie das letzte Mal wohl einen weinroten Rock getragen?) in italienischer Länge, also gerade so das Knie bedeckend, und hohe, schwarze Pumps, welches beides ihre schönen Beine zur Geltung brachte. Die eckige Brille tauschte sie gegen Kontaktlinsen, die zwar höllisch brannten, aber das war die Sache wert.

Käthe Kuss war seit vielen Jahren nicht mehr abends mit einem Mann verabredet gewesen, und es schien ihr in dem Moment gleichgültig, daß es nun ausgerechnet ein Polizist im Dienst war. Strenggenommen war es nicht mal eine Verabredung, sondern eine Art Verhör, oder wie immer man so ein Gespräch nennen könnte, vielleicht am ehesten ein mentaler Austausch in angenehmer Atmosphäre.

Sie trafen sich im La Buca, dem Italiener an der Pfennigbrücke. Das war die Bedingung für ihre Hilfe. In ihrem Stammlokal, an ihrem

Stammplatz am Fenster zur Aller hin, wo sie beinahe jeden Tag aß, fühlte Käthe sich sicher. Ganz nebenbei sollte dieser Fischer ruhig sehen, daß sie kultiviert war und Spiedini di Scampi von Scaloppa Vino Bianco unterscheiden konnte, und sie dem Besitzer, Francesco di Grazia, ihre Bestellung in perfektem Italienisch in den Bestellblock diktieren konnte.

Ungünstigerweise konnte der Kommissar das auch, mußte sie nun mit Bedauern feststellen. Er bestellte ebenfalls in einem passablen Italienisch: „Francesco, va bene? Prendo Prosciutto Parma con Melone e Spaghetti Aglio, Olio e Peperoncino. Grazie."

Damit konnte sie also nicht punkten. Andererseits, dachte sie nun, war diese wundervolle Sprache, die sie beide offensichtlich beherrschten, ein netter privater Aufhänger für ein wenig Smalltalk oder charmantes Geplänkel. Doch leider beherrschte dieser Fischer weder das eine, noch das andere besonders gut, zumindest nicht bei ihr: Bei jedem Stichwort landete er unweigerlich immer wieder bei seiner Frau Ingrid. „Meine Frau ist italienischer Abstammung, ihre Urgroßeltern stammten aus der Nähe von Bari." Dann waren es ihre Kochkünste, ihre schwarzen Haare, ihre Kosmetikausbildung in Turin ... Käthe Kuss wurde das Gefühl nicht los, daß die Investition in ihr Aussehen schlichtweg umsonst gewesen war. Sie war enttäuscht. Ihre Art war nicht mehr dazu tauglich, einen Mann für sich zu interessieren. Sie würde wohl oder übel bei Kalliope in die Lehre gehen müssen. Sie mußte die Taktik ändern.

Käthe straffte sich, setzte einen sachlichen Gesichtsausdruck auf, und als sie beim Tartufo angekommen waren und schließlich auch Ingrid Fischer verbal hinter sich gelassen hatten, wußte die Intendantin immerhin vom aktuellen Stand der Ermittlungen, soweit Fischer davon berichten durfte.

„Leider war die Spur zu den Schöns nur unzureichend erfolgreich. Das Gewehr war weg, ohne daß sie angeblich davon gewußt hatten. Der Vater ist ziemlich ungehalten gewesen und beschuldigte seinen Sohn posthum noch, das Gewehr gestohlen zu haben. Mit dem ist nicht gut Kirschenessen. Und Vater Schön hat leider, genau wie die Tochter, die an dem Abend mit einer Kollegin zusammen stundenlang Spargelcremesuppe gekocht hatte, ein hieb- und stichfestes Alibi."

„Ach, tatsächlich?"

„Er war im Taubenverein in der Borchmannstraße zur Jahresversammlung und hat für den Zeitpunkt des Todes seines Sohnes mindestens siebenundzwanzig Zeugen, die ihn im Heim gesehen haben. Er ist Schriftwart und hatte die Versammlung zu protokollieren."

Käthe nickte stumm, weil es sie nicht die Bohne interessierte, was Schöns Vater in seiner Freizeit trieb. Viel spannender war die Frage, wer aus der Truppe in der Lage war, einen Menschen zu töten. Aber sie war müde. Sie hatte Fischer ihres Erachtens genug Rede und Antwort gestanden. Sie hatte es aus einem einzigen Grund getan: Der Ruf des Hauses war angekratzt, und noch weniger Besucher konnte sie sich absolut nicht leisten. Aber eine Sache mußte sie noch loswerden. Käthe bestellte sich einen Grappa Tignanello, und zähneknirschend berichtete sie nun von ihrem gewachsenen Haß auf Kalliope – was den Kommissar nicht weiter zu verwundern schien – in möglichst unverfänglichen Worten, von ihrer plötzlichen emotionalen Wandlung und ihrer veränderten Haltung der Schauspielerin gegenüber sowie von dem hübschen, ihr unbekannten jungen Mann, den sie am Vormittag, als sie im Treppenhaus in den Glaskästen für Bekanntmachungen einige Infoblätter anpinnte, im Spiegel des Glases im Gang hatte verschwinden sehen. „Im ersten Moment dachte ich, es sei Amandus, aber der Mann war größer und muskulöser. Bis ich kapiert hatte, daß das ein Fremder war und ich ihm lieber nachsehen sollte, war er längst verschwunden."

„Sie sagten, er sah ein wenig aus wie Schön", hakte Fischer nach. Seine Stimme wurde dabei etwas aufgeregt, wie ihr schien.

„Ja, ich hatte mich erst erschrocken, ich dachte: Der ist doch tot, das kann ja nicht sein."

„Verstehe." Der Kommissar nippte an einem alkoholfreien Bier, was Käthe ziemlich unkultiviert fand. Aber da er eh immun gegen andere Frauen als seine eigene zu sein schien, verwarf sie alle weiteren Gedanken der möglicherweise notwendigen Umerziehung dieses attraktiven Mannes.

Nachdem sie von dem Unbekannten im Theater berichtet hatte, wurde Fischer obendrein noch ziemlich unhöflich. „Frau Kuss, ich würde jetzt gerne zahlen, wenn Sie nichts dagegen haben."

Aber sie war noch nicht fertig. „Vielleicht interessiert es Sie noch, daß keine Minute, nachdem der Junge verschwunden war, Kalliope den Flur runter kam und mich anblaffte, weswegen ich denn unbedingt am Sonntagmorgen Blätter aushängen müßte."

Fischers Blick weitete sich – was seine blauen Augen nicht weniger attraktiv erscheinen ließ. „Frau Jung, sagen Sie?"

„Genau. Und es war ihr sehr unangenehm, mich zu treffen, da bin ich mir ziemlich sicher."

Fischer winkte den Wirt heran. „Il conto, per favore, Francesco. "

Die Intendantin hatte erwartet, daß er sie einlud, doch – weit gefehlt.

Vor dem Restaurant verabschiedete sich Kommissar Fischer mit einem kräftigen Händedruck und den Worten: „Ich danke Ihnen, Sie haben mir sehr geholfen."

Käthe Kuss schlenderte müde und trotz Rotwein und Grappa ernüchtert, die Schuhstraße entlang, bog beim Kino ab Richtung Bergstraße und fragte sich, womit sie diesem blauäugigen Polizisten wohl geholfen haben könnte. Etwa, weil sie erzählte, daß sie Kalliope gesehen hatte?

Nachdenklich beschloß sie, als sie am Karstadt-Parkhaus vorbeiging, um zu ihrer Wohnung in den Südwall zu gelangen, eine Versammlung für den nächsten Morgen einzuberufen. Sie wollte endlich wissen, was in diesem verfluchten Theater vor sich ging. Sie gab hier schließlich die Marschrichtung vor! Käthe beschleunigte ihren Schritt. Vor ihrer Haustür angekommen, sah sie einen Schatten an der gegenüberliegenden Hauswand, der sich aus der Dunkelheit löste. Käthe erstarrte. Sie war einmal im Urlaub in Rom überfallen worden. Das Gefühl der Angst kroch an ihren Schenkeln hinauf, über Bauch und Rippen hoch bis zum Hals. Für den Bruchteil einer Sekunde schloß sie die Augen.

„Kati? Können wir reden? Bitte!"

Käthe riß die Augen auf. „Gott, hast du mich erschreckt, Noah."

Sie ließ ihren Blick über die Gestalt gleiten, die in einer alten ausgebeulten Cordhose und weißem Hemd vor ihr stand. Jetzt konnte die angehaltene Luft aus ihren Lungen entweichen. Sie kramte erleichtert in ihrem mit schwarzen Pailletten besetzten Täschchen nach dem Schlüssel. Bereits im Hausflur hörte sie Eurydike winseln.

„Tut mir leid."

„Was ist denn los, Noah, warum mußt du nachts vor meiner Haustür herumlungern?

„Ich möchte, daß du weißt, daß wir nichts getan haben. Wir wollten nur den Schön ein wenig ärgern, Boris, Betüls Bruder, der Junge und ich."

„Der Junge?"

„Der Junge von Kal."

Sie gingen die alte, ausgelatschte Holztreppe nach oben. Im Flur blätterte die gelbe Farbe von den Wänden, und es roch nach Katzenpisse. Angewidert rümpfte Käthe die Nase. Aber ihre Wohnung im obersten Stock war einfach ein Traum. Vier Zimmer, drei nach Süden, eins mit großem Balkon nach Westen raus, fast vier Meter hohe Decken mit alter Stuckverzierung und einem traumhaften, alten Parkett auf fünfundneunzig Quadratmetern. Und dann der Blick zum Französischen Garten! Um nichts in der Welt wollte sie woanders hinziehen. Oben angekommen, öffnete Käthe die Wohnungstür und ließ Noah eintreten. „Setz dich schon mal ins Wohnzimmer, ich komme gleich, muß nur eben Eurydike was zu fressen geben."

„Wie alt ist die denn schon? Hundert?"

Käthe lächelte. „Fast, sie ist bald achtzehn. Ich hab sie nach dem Gastjahr aus England mitgebracht", gab Käthe zurück und füllte dabei Hundeflocken und Wasser in Eurydikes Freßnapf.

Plötzlich stand Noah neben ihr. „Erzähl von dem Jungen, Noah", bat sie unsicher, bevor sie sich etwas anderes überlegen würde, was sie mit ihm machen wollte, auch wenn sie der festen Überzeugung war, daß Noah Miller eher auf Männer stand.

Noah Miller ließ sich stöhnend an dem wuchtigen Holztisch in der Küche nieder und legte den blauen Pulli, der um seine Schultern geschlungen war, auf einen der weißen Stühle. Käthe holte zwei Weingläser aus dem Küchenschrank und öffnete eine Flasche Rotwein.

„Der Junge kreuzte das erste Mal vor etwa zwei Wochen völlig verwirrt im Keller auf. Er wollte zu seinem Adoptivbruder Boris, hatte unglaublich viel Geld in der Tasche und sagte, das hätte sein Vater ihm gegeben, damit er wieder verschwindet. Ist das nicht unglaublich?"

Käthe nickte stumm.

„Boris Joos ist der Adoptivbruder von Amandus' und Kals Sohn. Es war purer Zufall, daß dieser Ruben ausgerechnet in Celle den leiblichen Vater ausfindig gemacht hatte. Er quartierte sich bei Boris ein, und der brachte ihn mit in den Keller, nachdem er von Amandus' Verhalten gehört hatte. Wir waren außer uns. Wie konnte er den Jungen nur mit Geld abspeisen? Wir überlegten, wie wir ihm einen verpassen könnten. Ruben schlief also bei Boris, der wiederum von Tarik Ceylan den Auftrag hatte, auf Betül aufzupassen."

„Tarik?"

„Alles sehr verwirrend, ich weiß. Der wiederum hatte Angst um seine kleine Schwester, und da Boris und Betül zusammen zur Schule gegangen sind, bat er ihn um Hilfe."

Sie stießen mit dem Rotwein an, und Noah fuhr kopfschüttelnd fort: „Am nächsten Tag kam Ruben mit einem Gewehr und meinte, er wollte doch wenigstens ein Andenken an seine biologische Familie haben. Als ich ihn fragte, woher er das habe, meinte er, er habe es bei seinem Vater mitgehen lassen."

„Dann stimmt es, was der Kommissar über Amandus' Vater sagte. Der meinte nämlich, daß Amandus das Gewehr ohne Erlaubnis an sich genommen hatte." Käthe zog die Tischschublade auf, nahm sich ein Päckchen Marlboro light heraus und zündete sich eine Zigarette an. Es war selten, daß sie rauchte, besonders nicht in Anwesenheit anderer Personen. Aber heute abend war es ihr egal, daß sie dabei gesehen wurde. „Der Junge, wie heißt er, ist also bei seinem leiblichen Vater eingebrochen?"

„Ja. Er heißt Ruben."

„Das ist hebräisch und heißt ‚Sehet, ein Sohn'. Wie beziehungsreich." Käthe pustete den Rauch in Richtung Fenster.

„Wir fanden es nicht allzu schlimm, daß er das Gewehr stibitzt hatte", berichtete Noah weiter und angelte sich ebenfalls eine Zigarette aus Käthes Päckchen. „Amandus mußte doch endlich mal eine Lektion bekommen. Jeder von uns hatte eine Rechnung mit ihm offen. Dieser Tarik, weil der Kerl seiner kleinen Schwester dauernd schöne Augen machte und ihm seine fanatische Frau deswegen die Hölle heiß machte. Und der war eh durch den Wind, nachdem Boris, der ja auf sie aufpassen sollte, ihm steckte, daß Amandus richtig scharf auf die Kleine war. Und ich fand ihn einfach unerträglich eklig, seit er auch noch mit meinem einzigen Kind, na ja, du weißt schon. Eines Abends im Keller kam Kal dann an unseren Tisch. Sie sah das Gewehr vor Ruben liegen und meinte, sie könne schießen und ob sie es ihm beibringen solle. Ruben war begeistert, und sie übten einige Male im Park."

„Auch an dem Abend, als ..."

„Amandus angeschossen wurde?"

„Nein, soweit ich weiß, nicht."

„Glaubst du, der Junge ...?"

„Kann ich mir nicht vorstellen."

„Meinst du, Amandus wurde mit seinem eigenen Gewehr ... ich meine, hat Kal ihn vielleicht erschossen?" Käthe nahm einen großen Schluck von dem Wein.

„Nein, aber ich glaube, sie weiß, wo Ruben ist, seit er vor der Union auf den letzten Drücker entkam."

Der Junge, der sich in den Glaskästen spiegelte. Dann das plötzliche Erscheinen von Kalliope. Käthe war auf einmal klar, womit sie Fischer geholfen hatte. Sie rieb sich müde über die Stirn. „Ich weiß es auch, Noah. Irgendwo im Theater."

Als Miller endlich wieder verschwunden war, griff sie zum Telephon und wählte die Handynummer von Fischer, um ihn davon zu unterrichten, was sie von Noah noch alles erfahren hatte. Sie sagte ihm, daß sie gedenke, für Montagmorgen eine Versammlung im Konversationszimmer einzuberufen, was der Kommissar mit kaum zu verhehlendem Interesse zur Kenntnis nahm.

26.

Marian Grosse, der Inspizient, stand mit Käthe Kuss im Türrahmen zum Konversationszimmer. Sie hörte ihm sichtlich nervös und angestrengt zu, genau wie Kalliope, die in einiger Entfernung seine schrille Stimme zu überhören versuchte, was aber bei dessen Organ auch im Innenhof des Schlosses kaum möglich gewesen wäre. Sie starrte mißmutig in die Runde, die die Intendantin in den Raum gebeten hatte. Diese hatte alle, weiß der Geier weshalb, zu einer außerordentlichen Versammlung beordert – einschließlich Otto Schneeweiß.

Verdrießlich blickte sie zu der kleinen Schön. Ein hübsches Mädchen. Diese süße Zahnlücke und das lange, blonde Haar. Otto Schneeweiß wirkte heute dagegen wie der Haremswächter Osmin persönlich, den er vor langer Zeit mal gespielt hatte, als er noch sprechen und singen konnte. Damals konnte er mühelos in Die Entführung aus dem Serail mitmachen. Doch heute erschien er Kalliope irgendwie besonders würdevoll in seinem abgewetzten, dunkelblauen Anzug.

„Also, ich muß hier wohl mal für etwas Aufmunterung sorgen, Frau Kuss“, sagte Grosse noch eine Spur lauter, „hier, der neueste Witz, den hab ich gestern abend im Schweineschulzen gehört. Ein Mann kommt ...“

Kalliope sah unruhig zur Tür. Aber auf wen wartete sie? Wieso wurde ihr Blick andauernd magisch von der Tür angezogen? Wieso mußten ihre Augen pausenlos alles absuchen wie ein Jäger sein Revier?

„... sehr spät abends nach Hause. Seine Frau steht mit einem Besen an der Tür. Erstaunt fragt der Mann: ‚Ach Schatz, bist du immer noch am Saubermachen? Oder willst du noch ausfliegen?‘“

Der Inspizient lachte sich schlapp, schlug sich vor Begeisterung über seinen eigenen Humor auf die Schenkel, aber weder Käthe Kuss noch Kalliope konnten über den Witz lachen. Männer, dachte Kalliope, und Hexenwitze in Anwesenheit der Intendantin fand sie bei aller Kritik an Käthe Kuss doch etwas gewagt.

Sie fing den Blick der Intendantin auf. Kalliope war verwundert. Hier war etwas im Gange, das sie nicht greifen konnte. Die Kuss sah genauso nervös zur Tür wie sie selbst. Die Schauspielerin strich sich fahrig das leichte, hellrosa geblümte Kleid glatt. Seitdem sie den Jungen im Turm versteckt hatte, war sie nicht mehr sie selbst. Sie schwitzte. Verschämt zog sie ihr ebenfalls rosafarbenes Strickjäckchen über die rechte Schulter und sah zu ihren Achseln, unter denen sich breite Schweißflecken gebildet hatten.

Als ihr Sohn am Samstagabend plötzlich vor ihrer Tür gestanden hatte, völlig außer Atem, verwirrt und mit ängstlich aufgerissenen Augen, bekam sie auf einmal das Kind zurück, das sie vor so vielen

Jahren hatte weggeben müssen. Wegen Amandus. Nun erschien Ruben ihr wie ein Geschenk des Himmels, das zu ihr zurückgekehrt war. Auch wegen Amandus. Sie hatte nicht im Traum daran gedacht, daß sie Ruben noch einmal wiedersehen würde. Und nun hatte sie ihn wieder! Nach einer ersten Schrecksekunde hatte sie ihn eingelassen. Gott sei Dank war der Langweiler Fuchs für zwei Tage verreist. Sie mußte ihm später in Ruhe klarmachen, daß der Junge zu ihr gehörte und sie ihn nicht wieder weggehen lassen wollte. Sie hatte ihrem Sohn einen Milchkaffee gekocht, ihm Speckeier mit Käsetoast gemacht, und er aß, als hätte er drei Jahre nichts bekommen. Er hatte so wunderschön ausgesehen, als er an ihrem Tisch saß und das Essen in sich hineinschaufelte. Auch wenn er aß wie Schön. Hektisch und nicht übertrieben ästhetisch. Und die Gabel hielt er genau wie sie selbst, sein Daumen ruhte auf dem mittleren Gelenk des Zeigefingers. Sie suchte nach weiteren Spuren. Waren die Hände von ihr? Die Augen? Die Zähne?

Eine Welle von Liebe hatte sie durchflutet, als sie voller Zuneigung ihr Fleisch und Blut betrachtete. Sie hatte den Impuls unterdrücken müssen, ihm durch seine weichen Locken zu fahren oder ihre Hand auf die seine zu legen. Soweit waren sie noch nicht. Doch Ruben wollte von ihrer erwachten Mutterliebe ohnehin nichts wissen. „Was schaust du mich so an?“ hat er zwischen zwei Gabeln Speckeiern gegrunzt. Sie übersah geflissentlich die Zeichen seiner Unflätigkeit.

„Warum bist du hier, Ruben?“

„Na warum wohl, Mutter.“

Mutter. Kalliopes Herz sang, obwohl er das Wort beinahe ausspie. „Ich dachte, du wärst längst wieder in Berlin.“

„Falsch gedacht. Die Bullen sind hinter mir her. Und du mußt mir helfen.“

Sein rauher Ton verwirrte sie. Kalliope sah ernst in sein blasses, fein gezeichnetes Gesicht mit den frechen Wangenkochen und dem geschwungen Mund, in dem sie seinen Vater sehen konnte, als er genauso alt war wie Ruben jetzt.

„Was hast du getan?“

„Ich habe das getan, was ihr alle längst gerne getan hättet. Ich habe ...“

„Sei ruhig, ich will es lieber nicht hören."

„Ach, komm, du bist doch auch froh darüber."

„Worüber?" Ihre Finger verkrampften sich.

„Daß ich Amandus, diesen Scheißkerl von Vater, erwischt habe. Wenn auch nur aus Versehen, wie ich gehört habe."

Kalliope hatte gespürt, wie ihr die Farbe aus dem Gesicht wich, wie ihr Blut sich in ihr Inneres zurückzog. Er hatte dabei seelenruhig den Becher mit dem Milchkaffee geschlürft. „Aber um den ist es nun wirklich nicht schade. Auch wenn er, leider, mein Vater war."

Kalliope hatte Mühe, sich aufrecht zu halten. Was sollte sie nur tun? Vor ihr hatte der Mann gesessen, der ihr Sohn war und der ihr ihren Liebsten genommen hatte. Gleichzeitig war er das einzige, was ihr von ihm geblieben war. Ein wilder Kampf, der keinen Gewinner hervorbringen würde, tobte in ihren Adern. Und in ihrem Kopf. Was hätte sie tun sollen? Ihr eigenes Kind der Polizei ausliefern? Das einzige, was ihr von Amandus Schön geblieben war, den Wölfen zum Fraß vorwerfen?

„Wie konntest du das nur tun", hatte sie daraufhin geflüstert und war in Tränen ausgebrochen, die ihren Sohn in keinerlei Weise gerührt hatten. Die gesamte Nacht hatte Kalliope Jung anschließend wachgelegen, ihren Sohn tief schlafend im Arbeitszimmer wissend, und auf dessen gleichmäßigen Atem gehorcht. Stundenlang hatte sie überlegt, was sie nun tun sollte.

„... wir alle vermissen ihn."

Kalliope schreckte aus ihren Gedanken hoch. Was hatte die Intendantin da gerade gesagt? Hatte sie richtig gehört? Erstaunt hob sie ihren Blick und sah verdutzt zu ihr hin. Käthe Kuss leuchtete wie ein hellrosa Lampion, der an einem lauen Sommerabend an einem Apfelbaum im Garten baumelte, während sie weiter von Schön schwärmte: „Und ich vermisse ihn ganz besonders. Amandus war ein wunderbarer Mensch, auch wenn wir seine guten Eigenschaften nicht immer vor Augen hatten. Aber er hatte viel Liebe in sich. Und diese auch bei vielen geweckt. Selbst bei mir."

Käthes Teint wechselte in einen satten Rotton. Claudia Schön schluchzte auf, während der Blick der Intendantin wieder suchend in Richtung Tür ging.

Kalliopes Mund klappte wortlos auf und wieder zu. Sie empfand Käthes Worte als klebrig und unecht. Eine posthume Ohrfeige für Schön, den die Intendantin die letzten Jahre kaum eines Blickes gewürdigt hatte. Was war nur in sie gefahren? Sie konnte sich die pappigen Worte nur mit spät-klimakterischen Störungen erklären. Nie im Leben wäre Kal auf die Idee gekommen, daß die erröteten Wangen von einem weichen Kuß herrührten, von dem diese nun in kryptischen Worten berichtete. Kalliope verstand nichts, aber sie wollte ohnehin nichts mehr davon hören. Sie wünschte, sich nur noch möglichst unauffällig aus dieser Versammlung zu entfernen, um nach ihrem Sohn zu sehen.

In der Nacht hatte sie über ein passendes Versteck für ihn nachgedacht und hatte ihn schließlich am Sonntagmorgen im Theater versteckt. Hier, in den vielen verwinkelten Ecken, würde er kaum gesucht werden. Sie brachte ihn zu einem schmalen Seitenturm, der vom Boden des Schlosses bis hoch ins Dach mit einer Feuerleiter zu begehen war. Als sie ihm den Weg mit einer Taschenlampe ausgeleuchtet hatte, war ihr fast schlecht geworden. Hinter der kleinen Tür ging es endlos nach unten in die Schwärze und genauso endlos nach oben in ein dunkles Nichts.

Kalliope ging langsam zur Tür des Konversationszimmers. Leise öffnete sie die schwere Holztür und zog sie mit einem Seufzer der Erleichterung rasch wieder hinter sich zu. Sie ging in Richtung ihrer Garderobe. Dort stand ein kleiner Korb mit Obst und Keksen, den sie zum Verlies, wie ihr Sohn sein Versteck verächtlich bezeichnet hatte, bringen wollte, bevor sie zur CD-Kaserne fahren und dort den ganzen Tag in den Proben für das letzte Stück der Saison verschwunden sein würde. Ausgerechnet die konservative Mutter der Wendla Bergmann in Wedekinds Frühlings Erwachen mußte sie spielen. Die Rolle erschien ihr plötzlich wie eine schwere Last, die sie, dessen war sie sich sicher, nicht gut würde spielen können. Das Textbuch lag noch aufgeschlagen auf ihrem kleinen, weißen Tischchen. „Kind, Kind, laß uns einander das Herz nicht noch schwerer machen! Fasse dich! Verzweifle mir nicht, mein Kind! Sieh, ich wäre eher darauf gefaßt gewesen, daß die Sonne erlischt. Ich habe an dir nicht anders getan, als meine liebe gute Mutter an mir getan hat ... O laß uns auf den lieben Gott vertrauen, laß uns auf Barmherzigkeit hoffen und das Unsrige tun! Sieh, noch ist ja nichts geschehen, Kind. Und wenn nur wir jetzt nicht kleinmütig werden, dann wird uns auch der liebe Gott nicht verlassen ... So sitzt man einmal am Fenster und legt die Hände in den Schoß, weil sich doch noch alles zum Guten gewandt, und da bricht's dann herein, daß einem gleich das Herz bersten möchte ..."

Wie sollte sie eine Mutter darstellen, die ihr Kind auf dem Gewissen hat? Es fiel ihr unendlich schwer, den Text zu lernen. Manchmal ließ sich das mangelhafte Gedächtnis möglicherweise auf ihre gelebten Jahre zurückführen und weniger auf ihr Alter. Aber sie war bihändig, konnte also mit beiden Händen alle Arbeiten wie schneiden oder schreiben verrichten. Und sie hatte mal gelesen, daß man dann kein Alzheimer bekäme, was sie sehr beruhigt hatte. Egal, es halfen eh keine entlastenden Gedanken. Sie mußte den Text auswendig können!

Entschlossen klappte sie das Textbuch zu, legte es auf die Keksrolle und schnappte sich den Korb, um zu ihrem Sohn zu gehen. Ein Stockwerk tiefer war der Eingang zum Turm. Im Treppenhaus hörte sie leise Stimmen und dachte, daß die Versammlung wohl zu Ende war. Was dieser ganze Zirkus wohl zu bedeuten hatte? Sie dachte nicht weiter darüber nach. Obwohl der suchende Blick von Käthe Kuss sie doch ins Grübeln gebracht hatte.

Sie zog ihr Kleid bis über die Knie hoch und nahm die kurze Seitentreppe mit den riesigen Stufen, die zum Verlies führten, in zwei Sätzen. Lautlos ließ sie die Tür hinter sich ins Schloß fallen und knipste das Licht an. Die Tür zum Turm stand offen. Kalliope sah die alte Eisenleiter, die sich unheimlich über die gesamte Höhe des Turmes erstreckte. Die Tür, die zu dem kleinen Raum unter der Bühne führte, stand offen. Dort saß Ruben und wartete bereits auf sie. Leise zog sie die Tür hinter sich zu.

„Wird auch mal Zeit."

Kalliope betrachtete wachsam ihren Sohn. Er hatte etwas an sich, was ihr Furcht einflößte und sie frösteln ließ. Obwohl sein Gesicht dem eines Engels glich, so hübsch und ebenmäßig wie das von seinem Vater. Aber auch Engel konnten böse sein.

Und er war böse. Das hatte sie unter dessen tief verletzten Schale leider entdecken müssen. Auch darüber hatte sie in der letzten Nacht nachgedacht. Und welches der Moment war, der seine Seele in Bosheit gefrieren ließ – einen jungen Mann von achtzehn Jahren. Sie durfte nicht weiter darüber nachdenken, sonst würde sie verrückt werden. Und dann hatte sie von einer Sekunde auf die andere beschlossen, ihn zu beschützen. „Ist dir nicht kalt?" Sie zeigte auf sein dunkelgrünes Sweatshirt, das er achtlos auf den Boden geworfen hatte. Er trug nur ein weißes T-Shirt und Jeans. Sie unterdrückte den Impuls, den Pullover aufzuheben und ihn um seine Schultern zu legen. Statt dessen erlaubte sie sich die Geste, die ihr vor wenigen Tagen noch zu intim erschien und strich ihm sanft über das wirre, helle Haar, das dringend einer Wäsche bedurfte. Wäre sie doch nur seine Mutter geblieben!

„Laß das." Unwirsch schob er ihre Hand beiseite. „Gib mir lieber was zu essen."

Kalliope reichte ihm einen Apfel aus dem Korb. Einen roten, dickwangigen Apfel. Äpfel hatte er ausdrücklich bestellt. Sein Vater hatte sie auch so sehr geliebt. Eigenartig, was man, ohne etwas dafür zu tun, seinen Kindern mit ins Leben gab. Nicht nur eine Haar- oder Augenfarbe, auch die Vorlieben und Abneigungen. Und das Herz? Hatte er das kalte Herz geerbt, das nicht lieben konnte?

Sie antwortete müde: „Ich will dir nur zeigen, daß ich deine Mutter bin. Und vielleicht etwas gutmachen."

„Ich habe eine Mutter. Die reicht mir. Danke – no interest. Und etwas gutmachen? Das schaffst du nicht mehr." In diesem einen Satz hatte Ruben Joos alles gesagt, was zu sagen war.

Auf einmal war ihr kalt. Kalliope setzte sich bekümmert auf einen alten Stuhl, dessen Lehne abgebrochen war. Sie strich ihr Kleid glatt, zog die Ärmel ihrer Strickjacke bis zu den Knöcheln vor und zupfte einige Fusseln an ihrem Bauch weg. In einer Ecke entdeckte sie ein altes, schwarzes Bakelit-Telephon, in einer anderen eine staubige Pappkiste mit eingetrockneten Farbtöpfen.

Sie wagte einen letzten Versuch. „Ich könnte dir doch helfen, aus der Sache einigermaßen unbeschadet rauszukommen. Ich kenne gute Anwälte, die dir helfen können."

Sie betrachtete ihn, wie er von dem Apfel abbiß. Ruben kaute schweigend. Der Raum war niedrig, etwa zwei Meter nur, aber er konnte noch gut stehen. Von der Decke, die gleichzeitig ein Teil des hölzernen Bühnenbodens war, hingen gelbgestreifte Stoffetzen, die den Kopf von Kalliopes Sohn wie ein sonniger Nimbus umgaben.

Er schluckte und erwiderte barsch: „Halt einfach deine Klappe, ja?“ Er sah sie mit funkelnden, blauen Augen an und schnappte sich einen weiteren rotwangigen Apfel aus dem Korb. „Du hast genug damit angerichtet, mich wegzuwerfen. Nur für diesen Typen. Du kannst nichts gutmachen. Gar nichts. Nur dafür sorgen, daß mich keiner schnappt.“

„Keine Sorge, Ruben“, gab sie sanft zurück. Doch innerlich begann ihr Herz zu bluten. „Ich kenne nur einen, der die Ecken hier so gut kennt wie ich.“

„Der Penner?“

„Otto, ja. Aber dem wird keiner wirklich Glauben schenken.“

„Er hat mich aber gesehen.“

„Hier bist du geschützt.“ Doch plötzlich war sie sich dessen nicht mehr so sicher. Eben dachte sie schon, draußen im Flur eine Stimme gehört zu haben.

„Was ist das für ein Loch im Boden?“ fragte Ruben kauend und zeigte auf eine deutlich sichtbare Luke aus Holz, die genau in der Mitte des Steinbodens eingelassen war.

„Da kann man noch tiefer runterklettern. Aber nur etwa zwei oder drei Meter. Ab da ist der Turm zugeschüttet.“ Im selben Moment hörte sie ein leises Klacken. Ruben hatte es auch gehört und flüsterte: „Was war das für ein Geräusch?“

Sie erstarrten und hielten den Atem an. Kalliope konnte plötzlich Ruben hinter sich spüren – seine Hand auf ihrer rechten Schulter. „Mach das Licht aus“, zischte er in ihr Ohr.

„Das geht nur von draußen. Hier drin ist kein Schalter.“

Sie lauschten angestrengt den Geräuschen vor der Turmtür. Plötzlich war es wieder still.

Kalliope atmete leise aus. In dem Augenblick wurde die Tür aufgerissen, und zwei grelle Scheinwerfer nahmen ihr die Sicht. Erschrocken griff sie mit einer Hand hinter sich und suchte nach Rubens Hand. Doch er schlug sie weg.

„Sicher, ja?“ schnaubte dieser zornig und ließ ihre Schulter los.

Und dann hörte Kalliope Fischers tiefe Stimme, die energisch sprach: „Joos, Kal, kommt heraus.“

Kalliope trat vorsichtig einen kleinen Schritt nach vorn. Ihre Augen gewöhnten sich allmählich an das grelle Licht. Sie erkannte eine junge Asiatin, die eine Pistole auf ihren Sohn gerichtet hatte. Neben ihr stand der junge Ermittler mit der Nickelbrille und daneben einer mit violetten Haaren. Dieser hatte das Gewehr direkt auf sie gerichtet. Ein physischer Schmerz durchfuhr ihre Glieder von Kopf bis Fuß, doch sie war gleichzeitig erleichtert. Die schwere Last des Unrechts, die sie sich wenige Nächte zuvor auferlegt hatte, wurde auf spektakuläre Weise wieder von ihr genommen.

„Sie können das einstecken“ entgegnete sie kraftlos, zeigte auf die Waffen und stellte sich wieder schützend vor Ruben. An Fischer gewandt, fragte sie mit erstickter Stimme: „Wie bist du auf ihn gekommen, Mark?“

Fischer legte ihr sanft einen Arm auf die Schulter. „Käthe Kuss hat ihn hier im Theater gesehen. Aber ich wußte, daß der Weg über dich letztlich zum ihm führen würde.“

„Verstehe.“ Sie schluckte. „Du weißt, daß er ihn nicht töten wollte. Er sollte nur eine kleine Abreibung bekommen. Das hatten Noah, Boris und Tarik mit ihm besprochen. Aber keinesfalls mit einem Gewehr!“

„Ich weiß“, murmelte er und sah zu Joos. „Sein Vater ist tot. Dafür muß er sich vor Gericht verantworten, Kal. Auch wenn alles letztlich eine Laune der Natur war, wegen des situs inversus.“

Joos, der sich mittlerweile jämmerlich zusammengekauert hinter seiner leiblichen Mutter versteckte, murmelte: „Er war nie mein Vater.“

Fischer nickte mitleidig. „Wohl nicht, nein.“

Kalliope hörte hinter sich das metallene Klacken von Handschellen. Fischer zog sie langsam zur Seite. Und dann sagte er: „Ruben Joos, es tut mir leid, Sie sind festgenommen.“

Kalliope drehte sich langsam um. Sie suchte die himmelblauen Augen. Amandus’ Augen. Der verletzte, verzerrte Blick ihres Sohnes glitt in ihr Herz. Nie wieder würde sie diesen Moment, in dem sie ihr Kind zum zweiten Mal hergeben mußte, vergessen. Weinend sank sie an Fischers Brust.

„Ich bring dich zum Revier, Kal.“

Sie sahen ihn hilflos an. „Du mußt deine Aussage machen. Dann fahre ich dich nach Hause.“

27.

Fischer war fix und fertig. Er hatte Kopfweh und Halsschmerzen, als wäre eine handfeste Grippe im Anmarsch. Die konnte er nun überhaupt nicht gebrauchen. Außerdem war der Tag bislang einfach nur grauenvoll gewesen.

Fischer bog in Wolthausen von der Harburger Straße ab und ließ den Mercedes langsam ausrollen. Hoffnungsvoll sah er einen Moment zu Ingrid, die sich nun in dem spärlichen Licht, das über den Hof der Heideschenke ins Wageninnere schimmerte, am Rückspiegel die Lippen nachzog. Sie stellte den Spiegel danach nie wieder in die richtige Position zurück, was ihn gelegentlich in den Wahnsinn trieb. Aber heute beachtete er ihre Nachlässigkeit nicht weiter, sondern sagte statt dessen müde: „Irgendwie müssen wir jetzt versuchen, den Schalter zur anderen Seite umzulegen. Nur wie?“

Sie lächelte ihn milde an: „Alles hett sei Zeit, Henry, des hett doch de Paschtor vorhin in dere Kapell ufm Friedhof gsagt. Mir werre des schaffe, du weisch es doch.“

Fischer nickte. Nach den goldenen Oktobertagen, die alle Wärmerekorde gebrochen hatten, hatte der Herbst im südlichen Niedersachsen Einzug gehalten. Ein noch ungewohnt kühler Wind pfiff durch die Einfahrt und wirbelte die ersten welken Blätter auf. Er stellte den Motor ab und ging um sein weißes Cabrio herum, um seiner Nene die Beifahrertür zu öffnen. Sie hatte bereits den Kragen ihres schwarzen Mantels hochgestellt, den sie heute seit dem frühen Nachmittag trug.

Die letzten fünfeinhalb Stunden hatten sie an Matthias Kunz' Seite verbracht. Erst die Trauerfeier für Ulrike mit anschließender Beerdigung auf dem Stadtfriedhof, dann der Leichenschmaus bei Kunz zu Hause. Das kleine Haus im Hehlentor war beinahe aus den Nähten geplatzt, so viele Leute waren gekommen, um Ulrike Kunz das letzte Geleit zu geben. Nachbarn hatten gebacken, Kollegen von ihr Kartoffelsuppe und Chili gekocht, einige Ärzte und Schwestern aus Kunz' Abteilung im Krankenhaus waren mit belegten Broten dazugekommen.

Ulrike Kunz hatte die sechs Wochen, die ihr nach der Diagnosestellung Leukämie prophezeit worden waren, überlebt, aber die sechs Monate bis zu ihrem Geburtstag hatte sie nicht mehr geschafft. Heute, am ersten November, war sie jedoch nicht nur beerdigt worden, sondern alle feierten gleichzeitig posthum ihren Geburtstag. Eine feierliche und doch unendlich traurige Stimmung hatte demzufolge das Haus erfüllt. Ein sonderbarer Kontrast, hatte Fischer gedacht, üppige Kuchen, mit dreiundvierzig Kerzen verziert, und daneben schwarz gekleidete Menschen mit verquollenen Gesichtern. Freude und Trauer im Wechsel der irdischen Gezeiten. Nur Dr. Matthias Kunz, seine neunundneunzigjährige Großmutter Annabell und seine sechzehnjährige Tochter Emma hatten, eingehüllt in schwarze Jacken und dumpfes Schweigen, in der Küche an dem alten Holztisch gesessen und alles stumm über sich ergehen lassen.

Der Tod blieb für den Kommissar eine sonderbare Angelegenheit, über deren Eigenheiten er gelegentlich bei einem Glas Rotwein nachdachte und deren wahren Charakter er letztlich nie würde erforschen können. Es lag zu vieles darin nebeneinander, das seine Berechtigung hatte.

Es war die Entwicklung der letzten Monate gewesen, die die beiden Männer Fischer und Kunz wieder sehr nah zueinandergebracht hatte. Sie hatten, seit bei Ulrike die Krankheit ausgebrochen war, viele Abende zusammengesessen. Fischer hatte Matthias Kunz das Angebot zur Ablenkung – allwöchentliches Doppelkopfspielen oder hin und wieder bei Fischers zu Hause einen Wein tinken – mehrmals angetragen, und schließlich lebte die alte Schülerfreundschaft wieder auf.

Alles und jedes, was einem im Leben widerfährt, hat seine guten Seiten, pflegte sein Vater, der alte Fritze Fischer, stets zu sagen. Und er hatte recht. Denn er und Kunz waren mal dicke Schulfreunde gewesen, bis Fischer in der Achten sitzengeblieben war. So banal es war, aber Ulrikes Tod hatte für ihn auch etwas Gutes. Er hatte einen alten Freund wiedergefunden.

Daran mußte Fischer nun denken, als sich Ingrid fröstelnd bei ihm unterhakte. Er hielt sie ein wenig fester als nötig, aber irgendwie mußte er die warmen, weichen Ströme der Erkenntnis, die in diesem Moment durch seine Adern flossen, kanalisieren. Ingrid sah ihn wissend an.

Gemeinsam schlitterten sie über das feuchte Pflaster Richtung Eingang. Es war der Abend des alljährlich stattfindenden Grünkohlessens, das Fischer für seine Abteilung, bevor für alle der Weihnachtsstreß begann, ausrichten ließ. Ingrid und er hatten sich entschieden, trotz der Beerdigung das Essen nicht abzusagen. Es war schwer genug, alle aus der Truppe terminlich unter einen Hut zu bekommen. Im Eingang begrüßten sie den Wirt, der ihnen den Tisch im Nebenzimmer zuwies, an dem bereits fast alle aus der Truppe zusammensaßen. Nur Franz Bellmann fehlte, der bereits mit einer dikken Grippe im Bett lag. Bei dem hatte er sich bestimmt angesteckt, überlegte Fischer, der alte Kerl kam ja selbst mit vierzig Grad Fieber noch in sein heißgeliebtes Labor. Noch, denn Ende des Jahres würde Bellmann in Pension gehen, und an seine Stelle würde Klaus Griesbaum treten.

Tisch und Fensternischen im Nebenraum waren mit kleinen Zierkürbissen, gelben Beerenzweigen und Astern herbstlich geschmückt. Orangefarbene Kerzen verliehen dem Raum einen gemütlichen Ton. Zur vollkommenen Abrundung des Flairs fehlte eigentlich nur ein prasselndes Kaminfeuer. Fischer spürte, wie die Kälte des Tages und des Todes allmählich von ihm wichen und sich eine sanfte Entspannung in ihm breitmachte. Er sah in die Runde. Cosima, die aussah, als stünde sie kurz vor dem Platzen, und daher vorsichtshalber in Begleitung ihres Bruders Stephan gekommen war, saß neben Peer Goldberg, der seinen neuesten Familienzuwachs, den kleinen Lukas, in seinen Armen hielt.

„Schön, daß wir nicht verschoben haben“, flüsterte Fischer Ingrid ins Ohr, „schau sie dir an.“

Ingrid nickte und tätschelte Fischers Arm, bevor er ihr den Mantel abnahm und zur Garderobe brachte.

„Hierher, Ingrid“, rief Cosima und zeigte auf den freien Platz neben ihr, „ich habe für dich neben mir reserviert.“ Sie sah entschuldigend in die Runde, „für alle Fälle, falls ich weiblichen Beistand benötige.“ Sie strich über ihren riesigen Bauch, und alle lachten.

„Ich bin ja auch noch da“, grinste Lili und hielt dabei Maltes Hand.

„Aber du hast noch keine Kinder bekommen“, konterte Cosima lächelnd und sah zu Anne Goldberg, die unbekümmert zurücklächelte.

„Alles zu seiner Zeit“, entgegnete Lili und küßte ihren frisch angetrauten Ehemann aufs rechte Ohr. Lili und Malte waren gerade von ihrer vierwöchigen Hochzeitsreise aus Vietnam zurückgekommen. Sie hatten am letzten Freitag im September geheiratet. In vietnamesischem Weiß, wie Lili allen erklärt hatte, nachdem sie in einem traditionellen asiatischen Seidenanzug mit Malte vor den Altar der Neuenhäuser Kirche getreten war – zum Entsetzen ihrer Mutter Hella, die sich schon ziemlich genau ausgemalt hatte, wie das Brautkleid ihrer Tochter auszusehen hatte. Bodenlang sollte es sein, hatte sich Fischer von der Brautmutter beim Hochzeitsessen langmütig erklären lassen, mit Fledermausärmeln und Spitzenbesatz am weiten Ausschnitt.

„Wie fühlet Se sich als Frau Lilienthal, Lili?“ fragte Ingrid nun laut über den Tisch hinweg, während sie sich an Cosimas üppigem Bauch vorbeiquetschte und dabei fast das Orangensaftglas umstieß. Alle anwesenden Ermittler, Goldberg, Vollmer, Klein, Kamphausen, die Photographin Christiane Levy, selbst Cosima und Fischer stöhnten gleichzeitig auf.

„Nicht das schon wieder“, brummte Michael Klein vom anderen Ende des Tisches, „wir mußten monatelang Klang- und Schriftproben in allen Variationen ertragen.“

Ingrid lachte und warf dabei ihre schwarzen Locken in den Nakken. „Hab nix gsagt, isch scho gut!“ Und winkte entschuldigend ab.

In der Tat, erinnerte sich Fischer, es waren endlose Diskussionen, die Lilis Hochzeit vorangingen, bis sie sich endlich entscheiden konnte, wie sie sich nach der Hochzeit nennen wollte.

„Das sind Lebensentscheidungen, Michael, so etwas sollte man eben nicht nur eine Nacht überdenken“, grinste Lilienthal den Kollegen seiner Frau an. Lili lächelte ihn dankbar an.

Fischer setzte sich Ingrid gegenüber zwischen die beiden Youngsters Kamphausen und Vollmer. „Ich gewöhne mich auf alle Fälle allmählich daran“, sagte Lili währenddessen und sah zu Ingrid, „durch die Reisepapiere. Da steht der neue Name ja überall drauf.“

Fischer betrachtete die junge Kollegin ihm gegenüber. Seit ihrer Hochzeit – es war kaum fünf Wochen her – wirkte sie weicher, reifer und weiblicher. Sie hatte etwas zugenommen, ihre Wangen waren zart gerötet. Solange Fischer zurückdenken konnte, trug sie, ausgenommen an ihrem Hochzeitstag, schwarz von Kopf bis Fuß, doch heute hatte sie eine Blue Jeans an und – man staune – einen hellblauen, weichen Pulli mit V-Ausschnitt, der wunderbar zu ihrem zart getönten Teint paßte. Was Liebe doch bewirken konnte, schmunzelte er innerlich. Oder war es die Reise nach Vietnam? „Lili, erzähl von der Reise", forderte Fischer sie auf und nippte an einem Schluck Weißwein, den der Ober ihm eben eingeschenkt hatte. Eigentlich trank man hier im Norden zu Grünkohl Bier, aber Fischer mochte Bier nicht mehr besonders, seit er vor vielen Jahren das erste Mal in Ingrids Heimat war und die köstlichen Bodenseeweine entdeckt hatte: Meersburger Sängerhalde. Hagnauer Sonnenufer. Hohentwieler Elisabethenberg ...

Lilis Gesichtsfarbe wurde noch eine Spur lebhafter. „Das Land ist wunderschön", begann sie, „grün und weit. Und die Menschen sind so nett und freundlich. Nur kann ich leider die Sprache nicht. Aber ich werde Unterricht nehmen."

Der Grünkohl wurde aufgetragen, einschließlich der Extraportion Sauce Hollandaise, ohne die, so Ingrids Meinung, diese niedersächsische Besonderheit ja kaum zu ertragen sei. Fischer mochte die Kombination auch, aber als alter Celler konnte er das ja nicht wirklich zugeben, schließlich aß man Grünkohl hier traditionell mit gezuckerten Kartoffeln, die er nicht ausstehen konnte und die ihm hier im Lokal, Gott sei Dank, erspart blieben.

Plötzlich spürte Fischer einen Mordshunger. Er hatte bei Kunz nichts essen können. Ihm war die Feier ganz schön auf den Magen geschlagen. Fischer fragte sich ohnehin oft, weshalb manche Menschen nach einer Beerdigung Unmengen verschlingen konnten. Wollten sie damit den Schmerz wegschlucken? Dieser Gedanke gehörte für ihn ebenfalls in die Kategorie der unergründbaren Todesrituale und beschloß, ein andermal darüber nachzudenken, denn er spürte nun ein verheißungsvolles Grummeln in seinem Magen. Er leckte sich sehnsüchtig über die Lippen, während er Lili weiter zuhörte.

„Hanoi ist mir zu wuselig. Zu grau. Zu groß. Nichts für meine provinzielle Celler Seele. Aber die Begegnung mit meinem Vater und meiner Großmutter war sehr aufregend. Sie sah genau so aus, wie ich sie mir vorgestellt hatte. Mein Vater ist weder groß noch blond, was ich ja manchmal geträumt habe. Aber das war ja letztlich zu erwarten. Und er kann zwar nicht mehr sprechen, aber schreiben. Auch Englisch, Gott sei Dank.“

„Und was ist mit der Familie deiner Mutter?“

„Sie haben uns wie Könige empfangen. Meine Tante, meine andere Großmutter und meine Cousins. Es war total klasse.“

„Wie sin Ihre Eltern mit allem zrecht komme?“ fragte Ingrid und legte dabei ihre Hand auf Cosimas runden Bauch.

„Es ist gut, daß sie dabei waren. Flitterwochen hin oder her. Sie sehen keine Familienkonkurrenz mehr, weil einfach keine da ist. Mein Vater war für sie ja fast wie ein Phantom. Das hat sich nun gelegt.“

„Wird er mal nach Celle kommen?“ fragte Goldberg, und Klein ergänzte: „Genau, würde mich ja mal interessieren, wie du aussiehst, wenn du alt bist, Lotusblüte.“

Er prostete ihr lachend zu. Lili schwieg. Ob sie sich dazu je Gedanken gemacht hatte? Ihr biologischer Vater in Celle? Die Ermittlerin bewegte grundsätzlich alle ihre Gedanken erst mal im Stillen. Eine Antwort darauf würden sie heute nicht mehr bekommen, schätzte Fischer. Statt Lili antwortete ihr Ehemann: „Er wird kommen. Und ihr werdet ihn bestimmt auch kennenlernen. Aber alles zu seiner Zeit. Das Verhältnis muß wachsen.“

Grinsend ergänzte Lili: „Aber Jungs, ich kann euch alle beruhigen. Er sieht einfach umwerfend aus! Phantastisch! Wie ein Prinz. Und ich komme ganz nach ihm.“

„Das will ich doch hoffen“, erwiderte Klein lachend.

Alle hatten nun ihre Teller gefüllt. Fischer stand auf und erhob sein Glas. „Ich will’s kurz machen heute, wir hatten, wie ich euch vorhergesagt hatte, einen schweren Tag. Also: Ich danke den anwesenden Partnern für die Geduld mit uns, der Rechtsmedizin für die raschen und stets funktionierenden Einsätze und allen meinen Mitabeitern für die wunderbare Zusammenarbeit. Ich freue mich auf das kommende Jahr und die Arbeit mit euch und Ihnen allen. Ich erhebe mein Glas auf das fast vergangene Jahr und singe auf die Zukunft. Wie hieß es in dem Musical Anatevka so schön: ‚Auf unser Wohlergehen! Auf Gesundheit und Glück! Zum Wohl, zum Wohl, Lechajim! Das Leben ist ja so wunderschön, besonders wenn wir uns so gut verstehen! Zum Wohl! Zum Wohl!‘“

Alle standen auf, reckten ihm das Glas entgegen, prosteten zurück und setzen sich wieder auf ihren Platz. Eine heitere Stimmung legte sich nun über den Raum, und je länger sie zusammensaßen, desto mehr zogen sich endlich die schlimmen Bilder des Tages in Fischers Kopf zurück. Über die Tafel legte sich das wohlige Schweigen des Genusses. Man hörte nur noch das eifrige Klappern der Bestecke, hin und wieder ein leises Hüsteln oder ein Schluck kühles Bier die Kehle hinabgluckern. Schließlich, als alle bereits den halben Teller geleert hatten, fragte Cosima: „Apropos Anatevka, Mark, hast du noch mal etwas zu dem Fall gehört?“

Fischer, der gerade den Mund voller Kartoffeln und Sauce Hollandaise hatte, schluckte und antwortete: „Ich habe mir mit Ingrid das erste Stück im September angesehen. Irgendwas mit Pferden. War ganz toll. Danach trafen wir im Theaterkeller Kalliope Jung. Es geht ihr ganz gut. Sie hat sich mit der Intendantin ausgesöhnt und ihr, wie sie meinte, den Verrat verziehen. Sie sind jetzt dickste Freundinnen, wie mir scheint. Sie hat noch Kontakt zu dem Sohn und der Familie. Hat ihn sogar schon mal besucht. Die Joos-Brüder sind ja beide wieder in Berlin, und Ruben wurde wohl recht milde verurteilt.“ Er schob sich eine Gabel Grünkohl mit einem Stückchen Bregenwurst in den Mund. „Der alte Schön ist im übrigen einige Wochen nach dem Tod seines Sohnes einem Herzinfarkt erlegen, und die Tochter soll angeblich mit dem Notarzt aus dem AKH, der den Vater erstbehandelt hat, was haben.“

„Doch nicht mit unserem guten Dr. Vetters?“ stöhnte Lili auf.

„Genau der. Und noch was, die junge Türkin ist noch im AKH Tante geworden. Angeblich ist sie geläutert. Kal erzählte, die junge Familie sei nach Celle gezogen, und diese Aleyna käme jetzt sogar manchmal im Theater vorbei und füttere alle mit alevitischen Blätterteig-Käsetäschchen. Alle sind schon total süchtig nach den Dingern. Außerdem erzählt sie allen, daß ihre Tochter Fatima heiße und genau so lächle wie die Tochter von Mohammed.“

„Dann hat Schöns Tod ja etwas Gutes bewirkt. Eine Familie ist wieder vereint“, sagte Cosima.

„Scheint so“, gab Fischer zurück.

„Und was ist aus Schneeweiß geworden?“ fragte Lili.

„Das ist auch so ein Ding. Das erzählte Kal auch. Der wohnt jetzt als Hausmeister in der CD-Kaserne und wurde erfolgreich operiert, kann wieder halbwegs verständlich reden und hilft jetzt Schülern, die als Statisten mitspielen sollen, bei den Proben. Er ist jetzt manchmal im Jugendclub als Aushilfs... tja, wie sagt man, Dramaturg oder so was in der Richtung.“

„Das hätte der Intendantin ja vor ein paar Jahren schon einfallen können, oder?“ meinte Goldberg. Fischer nickte.

Lukas, das Goldbergsche Baby fing an zu jammern, und Anne nahm es ihrem Mann ab, um zu stillen. Fischer sah, wie Cosima wie hypnotisiert auf die Szene starrte. Bald mußte sie selbst für zwei die Nahrung produzieren. Und dem werdenden Vater hatte sie bislang nichts von seinem Nachwuchs erzählt. Sie war auf sich alleine gestellt. Nur ihre Mutter würde ihr helfen. Ein wenig tat sie Fischer leid.

Die Ärztin riß sich von dem Anblick des Goldbergschen Babys los, setzte sich aufrecht hin und lächelte ihren Bruder an: „Vielleicht sollten wir auch mal ins Theater gehen, bevor die Kinder da sind, was meinst du?“

Stephan Fabricius, ein gutaussehender Mann, der Fischer immer ein wenig an George Clooney in seiner Rolle als Dr. Ross in Emergency Room – der Lieblingssendung seines behinderten Sohnes – erinnerte und seiner Ingrid gelegentlich Seufzer des Entzückens entlockte, sah seine drei Jahre jüngere Schwester schelmisch an. „Wenn du meinst. Was wird den als nächstes gespielt? Ein Märchen?“

„Oh, du bist unmöglich“, erwiderte Cosima, und dann ging ein breites Grinsen über ihr Gesicht. „Ich hab mal die kleinste Geiß gespielt, in Der Wolf und die sieben Geißlein, weißt du noch?“ Stephan nickte, während Cosima in Erinnerungen schwelgte: „Im Kindergarten. Und du warst gerade in der zweiten Klasse und hast dich in Grund und Boden geschämt, weil du mit in die Vorstellung mußtest. Dabei mußte ich nur einen Satz sagen: ‚Liebe Mutter, ich stecke im Uhrkasten!‘“

Fischer lauschte, leicht beschwipst. In ihm machte sich ein Sättigungsgefühl breit, und die Kopfschmerzen waren verschwunden. Er sah auf die Uhr. Schon bald zehn. Gleich noch die rote Grütze mit Vanillesauce. Noch eine Runde Korn für alle – außer Cosima. Noch zwei Tage arbeiten. Vor ihm lag sein langersehntes, freies Wochenende, an dem er nichts, absolut nichts tun würde, außer ein wenig Klavierspielen vielleicht. Er würde ausgiebig die Zeitung lesen und Sonntagabends zum Tanzen gehen, was er das ganze Jahr hatte ausfallen lassen müssen, angefangen an dem komischen Abend mit der Kuss im La Buca – aber immerhin, sie führte ihn an jenem Abend auf den richtigen Weg, was Ruben Joos anbetraf. Zwischendurch würde er Oliver abholen, ihn durchs Städtchen schieben, im @home am Großen Plan einen Kaffee trinken und anschließend mit Oliver die neuen Folgen von E.R. anschauen. Vor lauter Vorfreude räkelte sich Fischer ein klein wenig. Er wollte jetzt einfach bald nach Hause. Er suchte Ingrids Blick, aber sie war vertieft in den Anblick von Cosimas schönem und Gott sei Dank homosexuellem Bruder Stephan. Er tastete mit seinem linken Fuß unter dem Tisch nach ihren Füßen. Als sie ihn spürte, lächelte sie ihn an, nickte und wandte sich wieder Cosima zu, die gerade erzählte: „Freitag ist mein letzter Arbeitstag. Der Mutterschutz gilt ab sechs Wochen vor der Geburt, bei Zwillingen zwölf Wochen danach. Ich denke, etwa Mitte März stehe ich wieder zur Verfügung. Ich hoffe allerdings, sie kommen früher, damit ich nicht platze." Dabei streichelte sie über ihren prallen Bauch, der Fischer an einen der Riesenkürbisse erinnerte, die er für Laura und Leah jedes Jahr im Garten pflanzte und die ihm regelmäßig alle Herbstblumen überwucherten. Der größte aller Kürbisse in diesem Jahr baumelte am einzigen Birnbaum in seinem Garten, dem Butterbirnbaum Clairgeaus.

„Ab Dezember zieht dann meine Mutter erst mal bei mir ein. Obwohl die kaum noch anzutreffen ist, seit sie mit diesem Banker zusammen ist."

„Mit einem Banker? Deine Mutter?"

Cosima nickte. „Ach, Mark, das wollte ich doch schon lange mal erzählen. Sie ist wieder fest liiert. Mit einem von der Sparkasse, der vierzehn Jahre, stell dir vor, vierzehn Jahre jünger ist als sie. Er heißt ..." Cosima ließ langsam das Saftglas, nachdem sie eben gegriffen hatte, wieder auf den Tisch sinken, riß die Augen auf und rief: „Das kann nicht wahr sein.“

„Was kann nicht wahr sein, Liebes?“ fragte Fischer.

„Wie heißt dein Bruder, Mark?“

„Dirk. Wieso?“

Stöhnend ließ sich Cosima in ihren Stuhl zurückfallen. „Verstehst du nicht? Ein Banker von der Sparkasse, vierzehn Jahre jünger, alleinstehend? Du weißt von nichts?“

„Ich verstehe nicht und weiß nichts, Dottoressa.“

„Denk nach, Mark.“

„Kann des sei, Cosi“, mischte sich nun Ingrid ein, „du meinsch, unser Dirk und dei Mutter?“

Plötzlich fing Fischer laut an zu lachen. Es gab doch die eigenartigsten Zufälle im Leben. Im gleichen Moment klingelte sein Handy in der Jackettasche. Er sah auf das Display. Der Anruf kam aus der Jägerstraße. „Verschone mich, oh Herr, vor bösen Menschen und gib mir statt dessen ein Zeichen deiner Gnade“, stöhnte Fischer laut auf und nahm ab. „Fischer“, bellte er in den Apparat und rollte mit seinen azurblauen Augen in die Runde. Alle hielten gespannt den Atem an.

„Hallo, Mark. Wir haben hier gerade einen Anruf aus der Hengstprüfungsanstalt bekommen. Dort wurde ein Toter aufgefunden. Mit ziemlich zugerichtetem Gesicht.“

Vor seinem inneren Auge sah der Kommissar augenblicklich sein Wochenende davonschwimmen und auf dem weiten Gelände bei Adelheidsdorf im brackigen Wasser untergehen. Schlagartig war Fischer wieder nüchtern, und sein Adrenalinspiegel stieg. „Ich komme“, antwortete er gedehnt, „und bringe Dr. Fabricius gleich mit.“

Cosima nickte ergeben. Fischer legte auf und berichtete von dem Telephonat. Kurze Zeit später brachen sie auf. Belustigt ließ Fischer die empörte Medizinerin, die weder die Geschichte mit ihrer Mutter und seinem Bruder, noch den Umstand, daß sie noch mal, bevor sie in Mutterschutz gehen würde, eine Leiche sezieren durfte, besonders witzig fand, in sein Auto einsteigen. Ingrid würde mit Klein zurückfahren.

Cosima zeterte: „Das wird hier Wellen schlagen, Mark, du liebe Güte, wenn das erst mal bekannt wird! Celle wird wieder mal Kopf stehen!“ Sie redete sich regelrecht in Rage.

Fischer schüttelte leicht den Kopf und antwortete ironisch: „Ts, ts, das gute Heidedorf im Ausnahmezustand! Aber was würde mein Freund Knut dazu sagen: ‚Eine Woche wird die Sau durchs Dorf getrieben, in der nächsten ist ne andere dran.‘“

„Ist dir das alles egal?“

Er dachte einen Moment nach. Nein, egal war es ihm nicht. Aber konnte er die Dinge ändern? Und hatte er seinem Bruder nicht immer gewünscht, die große Liebe zu finden? Während die dunklen Bäume zwischen Wolthausen und Groß-Hehlen im Nebel an ihnen vorbeizuschweben schienen und allmählich den Lichtern der Stadt wichen, erwiderte Fischer leise: „Du bist ja päpstlicher als der Papst, Dottoressa. Laß die beiden doch. Wen stört's denn? Außerdem ...“ Er sah freundlich über Cosimas kräftig gewölbte Mitte, die in einen weiten, schwarz-weiß karierten Wollmantel gehüllt war, „lebst du auch nicht gerade konform. Mit dir bist du nicht so streng wie mit deiner Mutter oder überhaupt mit anderen Leuten.“

Cosima sah ihn unsicher aus ihren grauen Pflaumenaugen an.

Fischer fuhr fort: „Damals, als Diana auf Nimmerwiedersehen verschwand, war es genauso. Nur damals hatte ich noch nicht die Ruhe und Reife, um mit den Dingen zurechtzukommen wie heute. Leben und leben lassen.“

„Leben und leben lassen“, murmelte Cosi und strich sich eine rotbraune Haarsträhne aus der Stirn „du magst ja recht haben. Aber jetzt zitiere ich aus Anatevka: ‚Natürlich können ein Fisch und ein Vogel heiraten, aber wo sollen sie leben?‘“

„Ach, Cosi, wer redet denn vom Heiraten? Laß sie doch einfach ein bißchen Liebe genießen. Du bist zu streng.“

„Findest du?“

Fischer nickte.

Sie fuhren schweigend durch die erleuchtete Stadt und schließlich durch Westercelle und das nachfolgende Waldstück Richtung Hannover.

„Trotzdem“, fuhr die Ärztin schließlich hinter Großmoor fort, „Thomas hat es nicht anders verdient.“

„Die Sache mit Thomas mußt du allein entscheiden, Cosi. Ich finde, du bist hart, aber in der Sache gerecht. Wenn auch nicht unbedingt deinen ungeborenen Kindern gegenüber, denen du den Vater vorenthältst. Aber du weißt ja, daß ich ihn eh nicht ausstehen kann. Du hast einen Mann verdient, der dir gerecht wird. Such dir einen besseren."

„Danke, Mark, du tust gut. Ich muß mich an so viel Neues gewöhnen. Ich habe ein wenig Angst vor dem, was vor mir liegt, und ich wünschte, ich hätte deine Stahlnerven."

Ja, die hatte er, der Herr Kriminalhauptkommissar, das konnte die junge Frau mit Fug und Recht behaupten. Selbst am heutigen Abend, an dem sich sein ersehntes freies Wochenende durch einen banalen Anruf in Luft auflöste.

Er grinste sie an. „Versprochen bleibt versprochen, Mädel. Keine Sorge, wir kümmern uns um dich und deine Brut. Laura hat auch schon gefragt, ob sie dann bei dir babysitten kann. Und Leah möchte Patin werden, möglichst von einem Mädchen, meinte sie."

„Sah im Ultraschall bei einem Zwilling ganz danach aus. Ich gebe mein Bestes." Cosima grinste dankbar zurück.

Sie waren bei der HPA angekommen. Die Nacht war klar. Einige Sterne funkelten am Firmament. Der Lichtstrahl der Diskothek Inkognito, den man bis weit in den Landkreis verfolgen konnte, flirrte am schwarzen Himmel entlang. Fischer atmete tief durch und sog die kühle Nachtluft ein. Er schnupperte Vertrautes. Seine Kindheit. So hatte es immer auf Großmutter Hildes Hof in Altencelle gerochen. Es roch nach würzigem Holz, fetter Erde, frisch gefallenem, feuchtem Laub. Und nach Pferdeäpfeln.

Danksagung

Ich danke allen, die mich bei diesem Krimi unterstützt haben, ganz besonders den Mitarbeitern des Schloßtheaters in Celle, die auf, vor, unter und hinter der Bühne wirken: Der Intendantin Frau Karin Veit, die mir erlaubt hat, Einsicht in den beruflichen Alltag der Schauspieler zu nehmen. Es war eine große Freude für mich, so viel aus der Theaterwelt erfahren zu können und hinter der Bühne schnuppern zu dürfen, den beiden Dramaturginnen Nina Wittemer und Astrid Rech, die mich zum einen über das Haus und die Arbeitsabläufe im Theater ausführlich unterrichtet und zum anderen geduldig meine Fragen beantwortet und den Text gelesen haben, den technischen Leiter Wesko Rohde, der mich vom Keller bis zum Dach durch das Theater geführt hat und mir einige schöne, geheimnisvolle und verwinkelte Ecken gezeigt hat. Ein ganz besonderes Dankeschön geht an die Mitglieder des künstlerischen Ensembles, die meine Anwesenheit und meine neugierigen Fragen und Blicke offen, wohlwollend, freundlich und geduldig ertragen haben. Ich danke Frau Birten Ceylan, die mir das Alevitentum erklärt und nahegebracht und mir damit im Vorfeld einen wichtigen Aspekt zur Gestaltung des Buches eröffnet hat. Auch in diesem Band möchte ich Herrn Walter Feldmann von der Polizeiinspektion Celle sehr herzlich für seine Mithilfe danken. Er hat das Manuskript gelesen und abgesegnet, genau wie Herr Dr. Detlef Günther aus dem Rechtsmedizinischen Institut der Medizinischen Hochschule Hannover, dem ich an dieser Stelle ebenfalls ein herzliches Dankeschön aussprechen möchte. Beide Herren haben mir auch bei dem zweiten Celle-Krimi mit ihrem Entgegenkommen, bei der Entstehung des Textes fachlich zu helfen, den Gesprächen am Telefon, den E-Mails, die hin und her gingen, sehr viel Motivation geschenkt und mir Mut gemacht zu schreiben. Haben sich bei aller Unterstützung dennoch Fehler eingeschlichen, ist das ausschließlich auf mich zurückzuführen, und ich bitte alle Fachleute vorsichtshalber an dieser Stelle dafür um Nachsicht.

Der größte Dank geht auch in diesem Band an meine Familie, die mich mit viel Liebe und Geduld unterstützt hat, ein Extra-Dankeschön an meine Tochte Mariane für ihr Musikwissen, das sie in mehreren Telefonaten mit mir geteilt hat, sowie den anderen Kindern, die auch bei diesem Celle-Krimi ihre Zuneigung und Toleranz mit großem Verständnis für die vielen Stunden, die ich am Laptop verbracht habe, häufig bewiesen und mich mit ihrer Phantasie und Lebendigkeit immer wieder beflügelt haben. Zum Schluß: ein großes Dankeschön für meinen Mann. Ohne seine Unterstützung wäre kein einziger Satz zustande gekommen. Ich freue mich über Post! Alle, die mir ihre Meinung über *Das Lächeln der Fatima* mitteilen wollen, können mir per E-Mail eine Nachricht zukommen lassen: bella-q@cos21.de oder sich in meinem Gästebuch auf der Homepage eintragen: www.cos21.de

Celle, im Januar 2008